漫画创作综合技法

Photoshop版

卓文华讯 编著
飞思数码产品研发中心 监制

電子工業出版社
Publishing House of Electronics Industry
北京·BEIJING

全书共5章，主要内容包括：漫画绘制所需的各种工具、漫画的定义、漫画绘制基础、漫画和插画实用、流行的绘制技法，通过实例介绍了如何绘制漫画人物的皮肤、五官、道具和场景，如何创作四格、多格漫画。最后用一个完整实例讲解如何用Photoshop CS4绘制奇幻少女。由浅到深，有助于读者学习成熟的创作经验，同时配合精美的图例，让读者不会感到乏味。

本书相关资料包括用于欣赏的漫画图片，以及书中部分实例的PSD文件，读者可到www.fecit.com.cn"下载专区"下载。

本书适合漫画初学者、相关专业学生和广大漫画爱好者阅读。

图书在版编目（CIP）数据

漫画创作综合技法／卓文华讯编著.—北京：电子工业出版社，2010.2
（百变漫画学园）
ISBN 978-7-121-10049-9

Ⅰ.漫… Ⅱ.卓… Ⅲ.漫画－技法（美术） Ⅳ.J218.2

中国版本图书馆CIP数据核字（2009）第224825号

责任编辑：何郑燕 范明霞
印　　刷：北京天宇星印刷厂
装　　订：涿州市桃园装订有限公司
出版发行：电子工业出版社
　　　　　北京市海淀区万寿路173信箱　邮编：100036
开　　本：787×1092 1/16　印张：8.5　字数：217.6千字　黑插：48
印　　次：2010年2月第1次印刷
印　　数：4000册　定价：35.00元

凡所购买电子工业出版社图书有缺损问题，请向购买书店调换。若书店售缺，请与本社发行部联系，联系及邮购电话：（010）88254888。

质量投诉请发邮件至zlts@phei.com.cn，盗版侵权举报请发邮件至dbqq@phei.com.cn。

服务热线：（010）88258888。

动漫产业，是指以创意为核心，以动画、漫画为表现形式，包含动漫图书、报刊、电影、电视、音像制品、舞台剧和基于现代信息传播技术手段的动漫新品种等动漫直接产品的开发、生产、出版、播出、演出和销售，以及与动漫形象有关的服装、玩具、电子游戏等衍生产品的生产和经营的产业。

动漫产品本身有巨大的市场空间，而动漫产品的衍生产品市场空间更大。中国儿童食品每年的销售额为 350 亿元人民币左右，玩具每年的销售额为 200 亿元人民币左右，儿童服装每年的销售额达 900 亿元人民币以上，儿童音像制品和各类儿童出版物每年的销售额达 100 亿元人民币……在某种程度上，这些行业今后的发展与行销都有赖于动漫这一新兴产业的带动作用，依次类推，中国动漫产业将拥有超千亿元产值的巨大发展空间。跟日本等动漫产业发达的国家相比，中国的动漫产业还处在起步阶段。作为较早从事本行业的插画师，我规划了“百变学园”系列图书，主要目的是为了让初学者进入入门状态，让入门者了解更多心得和经验，方便大家自己从事绘画的自由职业。

《漫画创作综合技法》为系列教材中的一本。本书讲述了漫画绘制所需的各种工具、技法要领，包括漫画的定义、漫画绘制基础、漫画场景绘制、漫画创作实例和用 Photoshop CS4 绘制奇幻少女等内容。

本书的内容编排

第 1 章 漫画。主要讲解漫画的起源、漫画的演变、漫画的风格分类等内容。

第 2 章 漫画的基础。主要讲解漫画绘制入门所用到的工具和在电脑上绘制的时候用到的软件等。详细讲解漫画人物的基础技法知识，包括如何绘制面部、身体动作等。

第 3 章 漫画场景绘制。主要针对漫画中构图、透视等要素来进行详细的讲解，让读者学会漫画场景绘制的要领。

第 4 章 漫画创作实例。主要讲解一幅漫画从创意到完工的整体流程和绘制要领，包括如何构图、如何造型、如何上色等。

第 5 章 用 Photoshop CS4 绘制奇幻少女。主要讲解用 Photoshop CS4 绘制数码漫画的技法要领。

本书写作结构体例

本书写作结构体例

知识要领 — 图例讲解 — 重点剖析 — 临摹练习

① 知识要领：对每一章需要讲解的绘画基础知识进行一个系统的概括性讲述，让读者对本章所学的知识有系统的了解。

② 图例讲解：章节重点环节。开场用具体的图例来对具体要学习的绘画知识进行系统的讲解。包括绘制顺序、绘制技巧、图例对比（正确图例和错误图例用对比手法让读者直观地了解绘画的技巧）等。

③ 重点剖析：对绘制中常出现的问题及重点、难点进行点评提示和总结。

④ 临摹练习：让读者对本章学习的知识内容进行回顾并练习。

本书读者对象

本书主要定位于初中以上想要学习漫画技法，想要绘制漫画或者插画，有这方面喜好的学生、美术爱好者和动漫从业人员等。书的内容是由浅到深的，从最基本的知识开始着手讲解，通俗易懂，配合精美的图例让读者不会感到乏味。书中讲解了漫画中常常运用到的工具、软件，解答了在绘画中会出现的一些问题，而且在书中还设有临摹练习，让读者不光是被动地在看书，也起到了与读者互动的作用。

致谢

在从 2008 年开始至今一年的创作过程中，我得到了很多友人、亲人的协助，在此表达我的谢意。同时对出版社编辑辛勤的劳动致以崇高敬意。在后期书籍的编审过程中，成都登巅资讯图书创作团队于昕杰、胡芳、于海波、陈蓉、罗珍妮、胡霞、向飞、陈静、明君等同事给予了很大的协助，在此表达我的感谢。由于时间的原因，书中难免出现一些错漏，读者朋友如果发现，请给我发邮件，我的邮箱地址：ben_uestc@163.com，我将热忱地解答和听取意见，也欢迎关注我未来的作品。

编 著 者

2009 年 3 月于成都

联系方式

咨询电话：（010）88254160 88254161-67

电子邮件：support@fecit.com.cn

服务网址：http://www.fecit.com.cn http://www.fecit.net

通用网址：计算机图书、飞思、飞思教育、飞思科技、FECIT

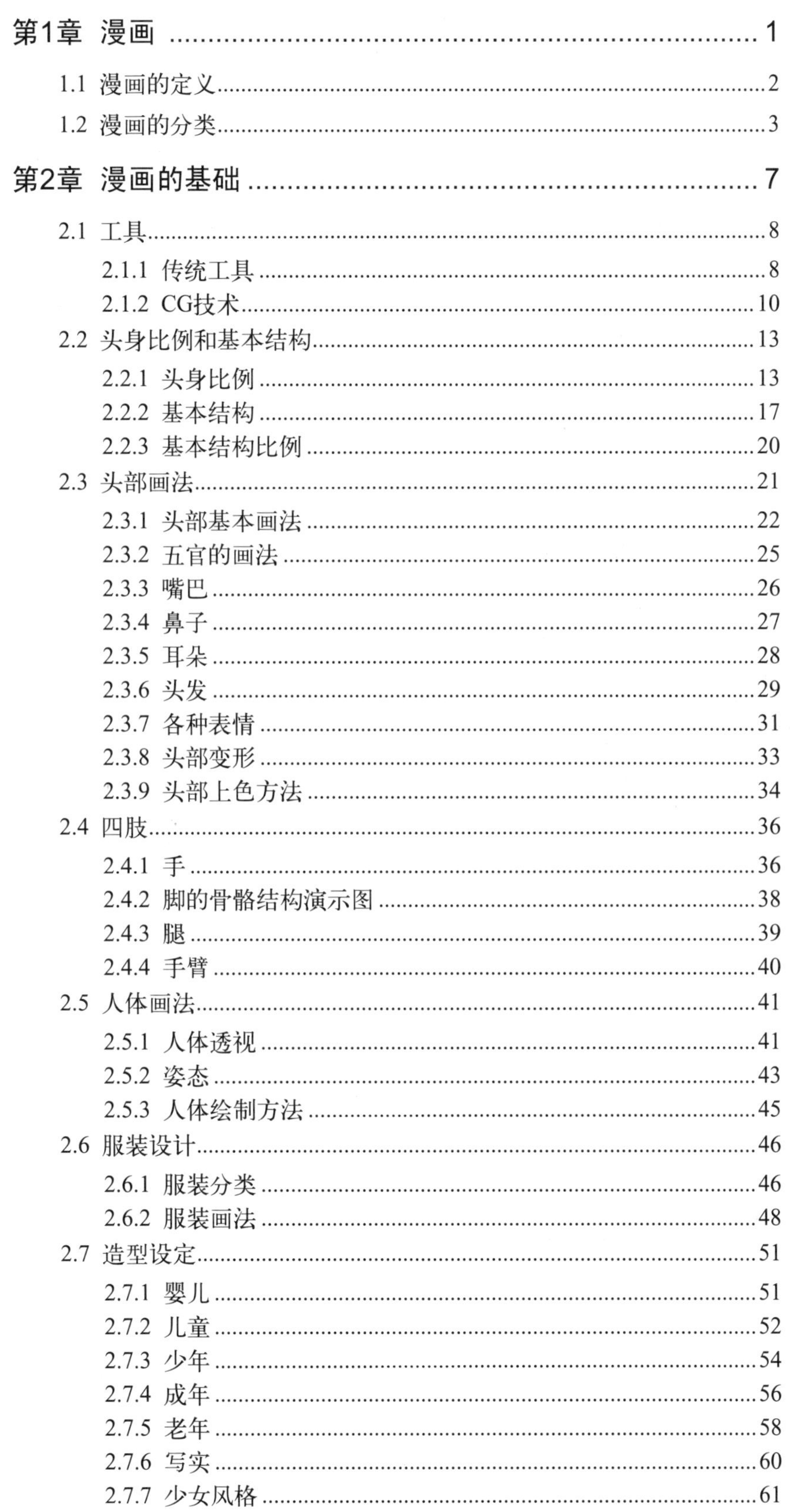

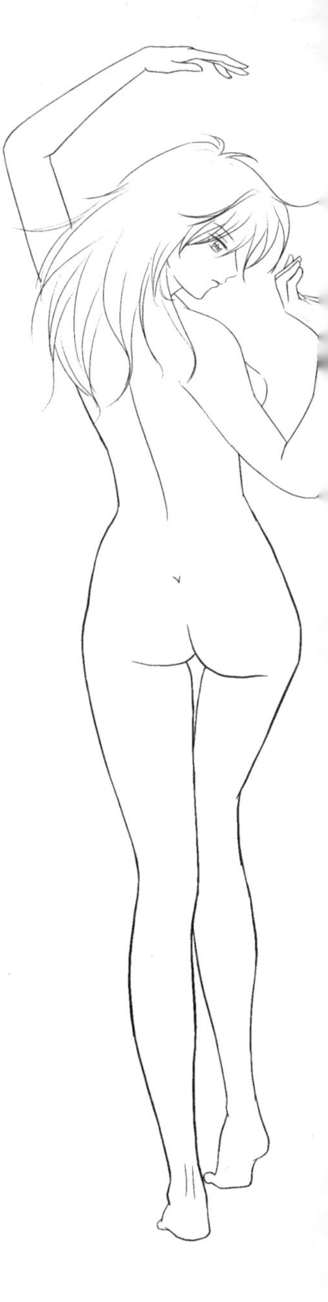

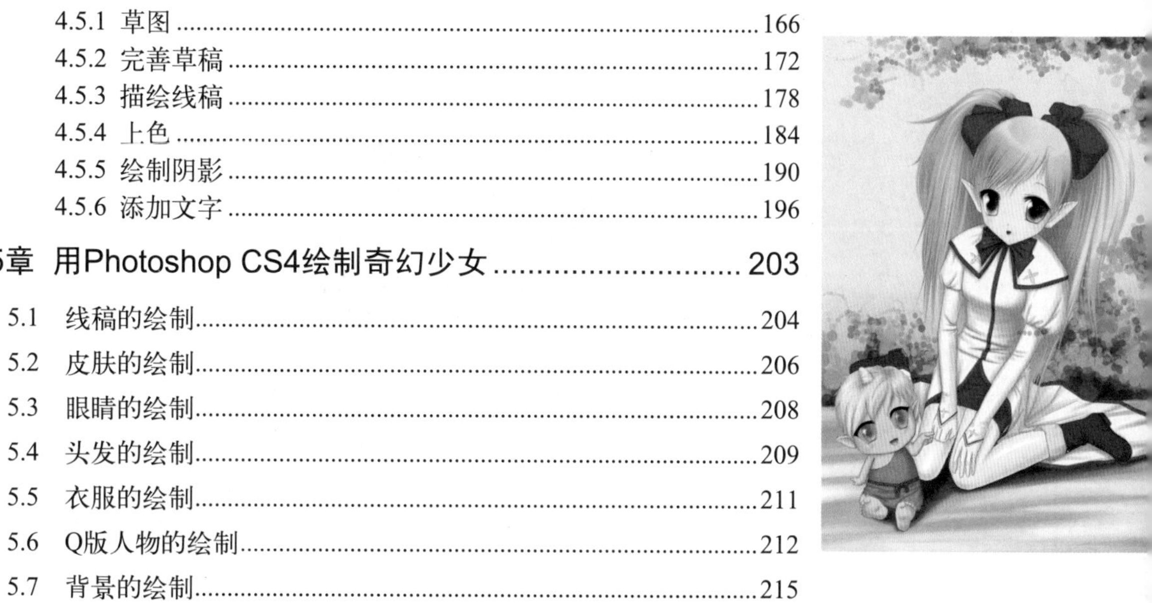

第1章 漫画

1.1 漫画的定义

漫画二字起源于日本，最初用“漫画”二字的人叫做葛饰北斋，其人生活于德川时代，“北斋”漫画为漫画的开山老祖（见下图）。

《富嶽三十六景》 葛饰北斋

漫画是运用夸张、比喻、象征等手法，将人物进行变形（如下图所示），讽刺、批评或歌颂生活或时事，具有强烈的讽刺性或幽默感的绘画，具有讽刺或歌颂的效果。也有纯为娱乐的作品，娱乐性质的作品往往存在搞笑型的人物创作。

人物的变形

漫画和其他艺术一样，是没有国界的世界语，深受各国人民的喜爱。不同的社会背景、政治背景以及不同民族赋予它不同的定义。漫画包含了绘画、哲学和文学：它是美的艺术品，能给人带来美的享受（如下图谷川流绘制的漫画）；它是具有哲学哲理的，需要人们去思索、探索；它是文学，讲述着历史、神话、故事，等等。所以漫画和其他艺术品的区别在于它具有令人发笑（如下图幽默大师莫迪洛所绘制的漫画）、深思和启智的功能。

漫画是视觉艺术，与其他绘画有着同样的共性，然而，它又不完全等同于其他绘画，它与其他绘画的根本区别在于对事物提出看法并加以评论，同时还具有幽默的特性。所以讽刺和幽默构成了漫画最基本的属性，漫画艺术就是讽刺和幽默的艺术，也是逆向思维艺术。

具有审美功能《凉宫春日的忧郁》　作者：谷川流

具有讽刺意味的漫画　作者：莫迪洛

1.2 漫画的分类

漫画按地域分为美国漫画、日本漫画、中国漫画、中国台湾地区漫画等

美国漫画起源于欧洲而兴盛于美国。二战前后是美国漫画发展的成熟期。这一时期的漫画为人们在这个动荡的时代找到了一个精神的寄托，这就是经久不衰的超级英雄漫画。所谓的超级英雄漫画就是将漫画的内容锁定在超级英雄的范围，其在绘画风格上已经非常写实化。尽管英雄漫画现在看来很

美国漫画《蝙蝠侠》

美国漫画《蜘蛛侠》

是老套，但这些英雄们引起了欧美地区居民的共鸣，并受他们广泛的接受和热爱。欧美漫画是幽默诙谐的，有点夸张，带着美国人那自由、无边界的想象和精神，情节上更多地依托科学与幻想。

日本漫画（如下图所示）：指日本国内制作或发行的漫画，包括故事连环画和四幅一组的组画，它

日本漫画　　作者：中岛洁

日本漫画　　《圣魔之血》

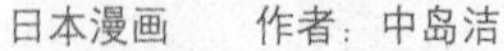

是画面组合作品的总称，也是指刊载这类作品的杂志和单行本。日本是个漫画大国，高度发展的日本漫画已经成为世界漫画当中具有独特风格以及庞大影响力的流派。多数日本漫画有一些共同的特征，而具有这类特征的漫画常被称为日式漫画。

中国漫画：从 1932 年开始连环画在中国就已经红红火火。漫画大致可分为新漫画和讽刺漫画。海外新漫画进入中国内地是在 1981 年。连环画和新漫画都是通过绘画来讲述故事的，因此很多人会把

中国漫画《老夫子》

中国漫画《风云》

1981 年进入中国的新漫画和连环画相提并论。进入 21 世纪，漫画品种多彩纷呈，在国内，漫画品种被划分得十分细致，例如，感想式漫画、抒情性漫画、哲理性漫画、水墨漫画，等等，不一而足。漫画种类十分繁多，它们之间的界限模糊，以致人们无法辨别。我国漫画向来没有专业学校，作者几乎均为自学。所以目前原创漫画水平有待进一步提高，原创漫画市场有待进一步开发。

《火王》　作者：游素兰

《乌龙院》　作者：敖幼祥

中国台湾地区漫画（如下图所示）：台湾地区漫画在 20 世纪初被日本统治的时代即发行过《台湾泼克》期刊，如同该时期的台湾文学 一样，受到皇民文化的影响。台湾地区漫画可以分为五个阶段：

单幅漫画《罗德岛战记》　作者：水野良

多格漫画《食梦者玛丽》

1945 – 1949 年为萌芽期；1946 – 1960 年为兴盛期；1961 – 1981 年为衰颓期；1974 – 1982 年为

黑白漫画《草莓百分百》

彩色漫画《魔兽世界》

转型期；1983 年开始为成熟期：此一时期的主要特色包括漫画的多元化与连环漫画的流行、漫画理论的研究、漫画人才的培训与奖励及国际化。

恐怖漫画《僵尸借贷》

作者：PEACH-PIT

青年漫画《上班族杀手》

作者：武藤启史

冒险漫画《声音X魔法》

作者：白濑修

第 2 章
漫画的基础

要画好漫画，就必须要了解绘制漫画的基础，如绘制漫画的工具需要哪些、人体的结构的了解、人体透视的变化，等等。

2.1 工具

在进行漫画创作之前，首先应该了解创作漫画必备的基本工具。由于漫画风格多种多样，绘制时所用到的工具也五花八门，如应用传统的工具：铅笔、橡皮、原稿纸、网点纸、尺子、刮网刀、拷贝台，或是应用现代工具：Photoshop、Painter 等。不同的工具绘制出不同的画面效果，如传统手绘的笔触很丰富，更具有个人风格，而电脑绘制的画面更加细腻等。

2.1.1 传统工具

进行漫画创作，特别是绘制出效果好的漫画，需要用到很多工具，所以首先应该了解创作漫画必备的工具。由于漫画风格多种多样，绘制时所用到的工具也五花八门，这里将介绍几种较常用的基本绘制工具：铅笔、橡皮、原稿纸、网点纸、尺子、刮网刀、拷贝台等。

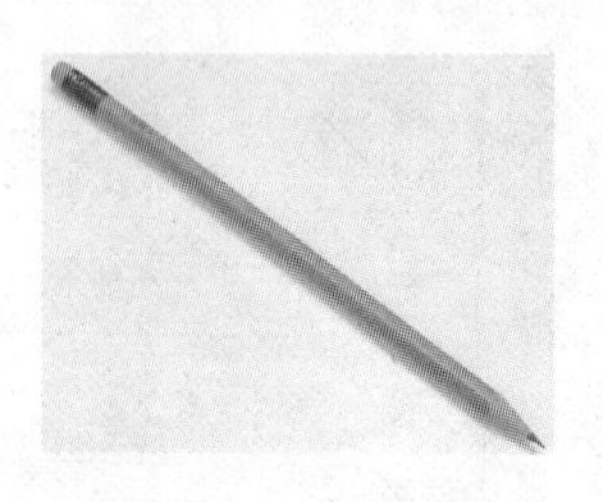

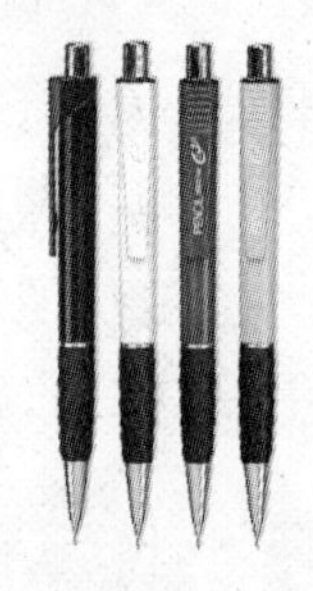

铅笔：

主要用来打草稿，用自动铅笔较好， 可根据个人习惯选用硬度不同的笔芯，还可以用木杆铅笔，如“中华”牌的，用 H B 以上或硬 H 笔即可。

绘图笔：

是一种很纤细的笔，常用来画边框及粗细均匀的线条等。绘图笔的粗细从 0.1mm 至 2mm，但常用尺寸是 0.6mm 至 0.8mm 的绘图笔。因为绘图笔的笔尖粗细均匀，画出的线没有笔锋，所以不宜多用。使用后应及时盖上笔帽，以防墨汁干后无法使用。

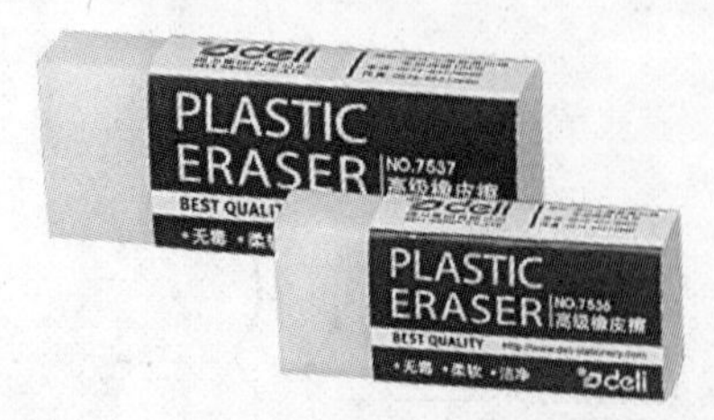

橡皮：

用来擦去铅笔线或在网点纸上做特殊效果。一定要使用不易使纸张起皱起毛的绘图橡皮。

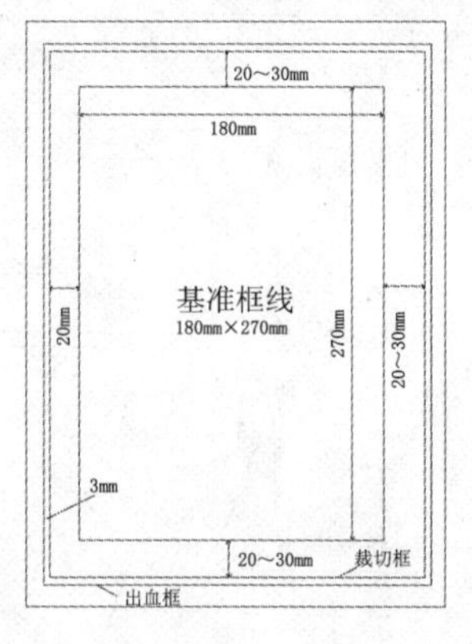

原稿纸：

用来绘制画稿。对纸的质量要求很高，不管反复画多少次、擦多少次，都不起毛、不破损、用蘸水笔画的线不会晕化，最好选用棉度高且表面光滑的稿纸。通常专业漫画家常用的纸是：漫画专用画稿纸或绘图纸、水彩纸、白卡纸等。

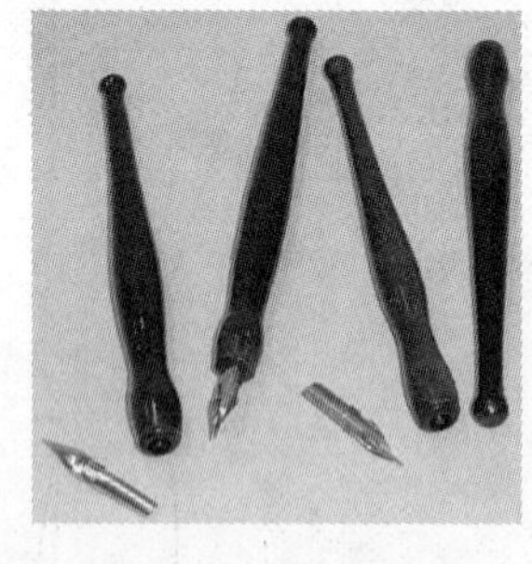

蘸水笔：

用来上墨线，但蘸水笔的种类较多，笔尖的粗细及形状各有不同，我们可以根据所画内容的不同选用不同粗细的蘸水笔。G 笔尖弹性很强，根据用力的大小可以画出粗细不同的线条，特别是画出的粗线条比较圆滑，最适合画轮廓线。圆笔尖适合画较细的线条，但用力的话和 G 笔尖一样也能画出较粗的线条，变化自如。整体来讲圆笔尖要比 G 笔尖细一些，所以有些人只用它画细节或背景。

网点纸：

用来上灰色调或做其他特殊效果。网点纸的图案很多，最常用的是灰网、渐变网，还有一些环境网和图案网，可配合使用。网点纸的种类分为纸网和胶网两种。

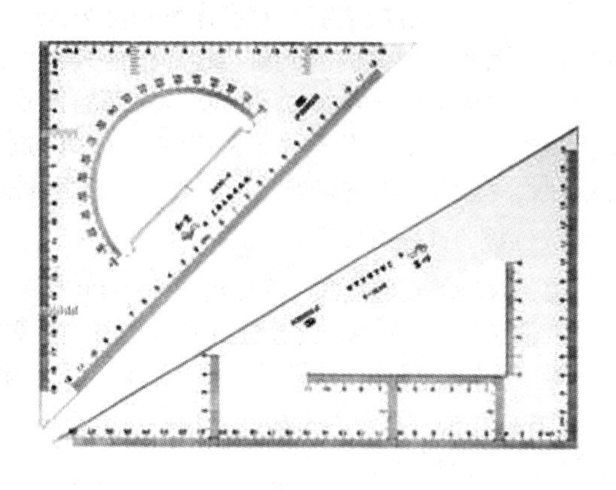

尺子：

画漫画时需要的尺子大体上有三种：直尺、三角尺、云形尺。直尺用得最多，一般用于画分格框和拉直线，其次是三角尺，用来画平行线和直角边，云形尺用来画曲线。应注意买尺子时，不要买边缘是直角的，最好是买带斜面的。

拷贝台：

网点纸分为纸网和胶网两种，纸网的透明度较低，要用拷贝台来加大网的透明度，以便割网、贴网时能够准确无误。

传统漫画创作中，对工具的了解是很重要的，如蘸水笔的笔尖粗细不同，只有对之熟悉才能运用自如，描绘出来的线条才够潇洒。

修正白（白颜色）：

用来修改画错、弄脏的部分。白色可以使画面华丽，富于变化。常用的是广告颜料的白颜色，使用时应注意调好浓度不同的浓度，将会产生不同的效果。在网点纸上画白色或是画小白点时要蘸满比较浓的白颜色。此外，头发、目光、衣服褶皱的高光处画上淡一点的白色可以体现其质感、立体感，画面更有层次、更美观，而随手画上去的飞白线条，有光照的感觉，起到画龙点睛的作用。

2.1.2 CG 技术

在近几年，随着电脑的普及，漫画的绘制已不仅仅限制于传统手绘方法，而是手绘和电脑相结合，上色完全可以通过电脑绘制。在电脑中绘制能给我们带来很多方便，比如说调整造型或者方便调整色相等。

2.1.2.1 数位板

数位板，又名绘图板、绘画板、手绘板等，是计算机输入设备的一种，通常是由一块板子和一支压感笔组成。数位板主要针对设计类的办公人士，用于绘画创作方面，就像画家的画板和画笔。我们在电影中常见的逼真的画面和栩栩如生的人物据说就是通过数位板一笔一笔画出来的。对于上色，可以通过数位板结合 Painter、Photoshop 等绘图软件，绘制出不同的画面效果，如油画、水彩画、素描、聚丙烯等。用数位板和压感笔，结合 Painter 软件就能模拟 400 多种笔触，如果你觉得还不够，你还可以自己定义数位板的这项绘画功能，是键盘和手写板无法媲美之处。

数位板的选择有以下几种：

首选 Wacom（和冠）数位板，Wacom 是一家全球顶尖的用户界面产品生产商，有不同价位的产品供我们选择。Wacom 的数位板和数位屏产品更被广泛应用于电脑绘画、游戏制作、电影特技、工业设计等多个电脑辅助设计领域，不断满足用户的全新需求。

我们还可以根据个人的情况选择汉王数位板、友基数位板、文明唐朝电脑笔或凡拓数位板。

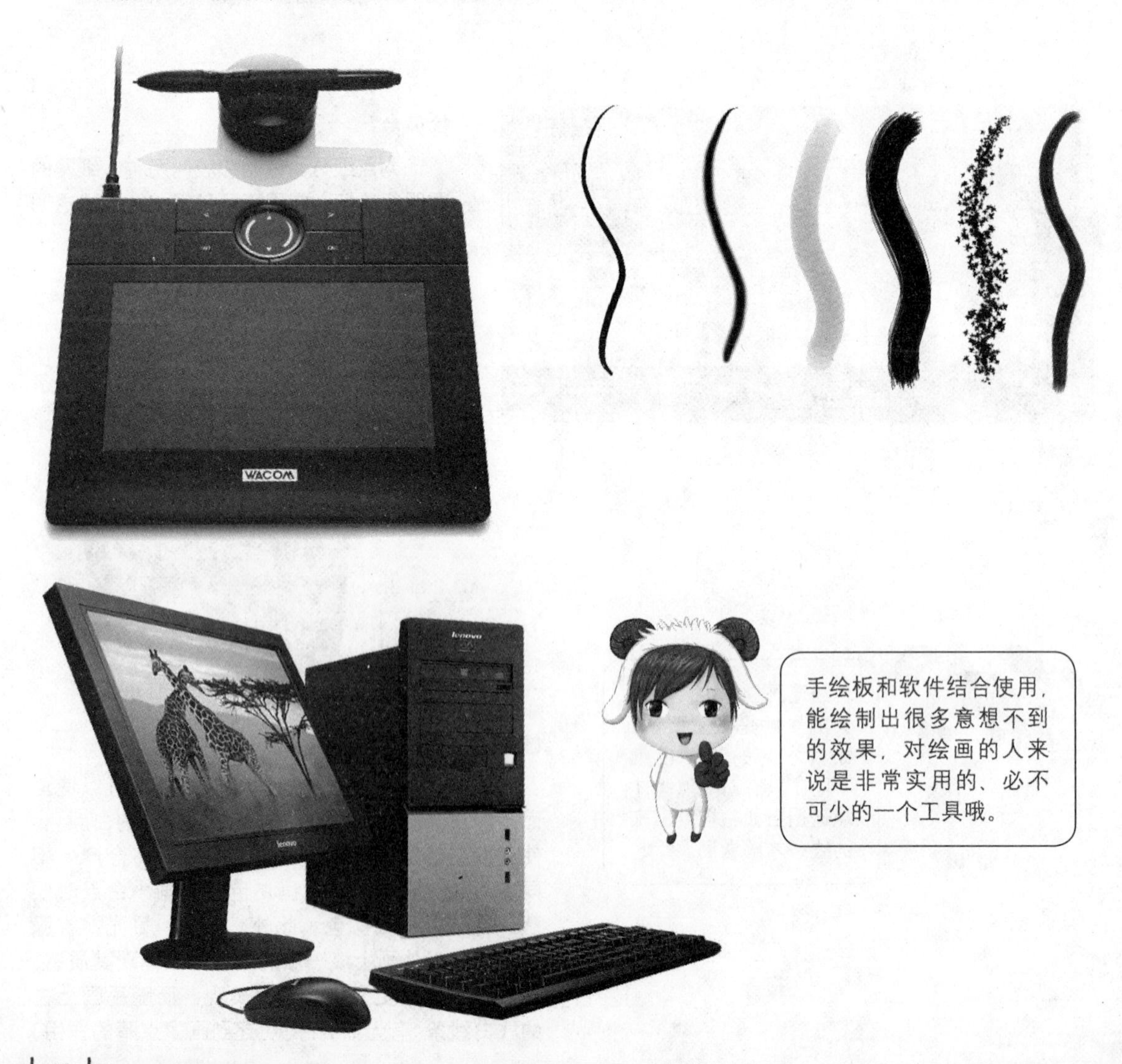

2.1.2.2 Painter IX

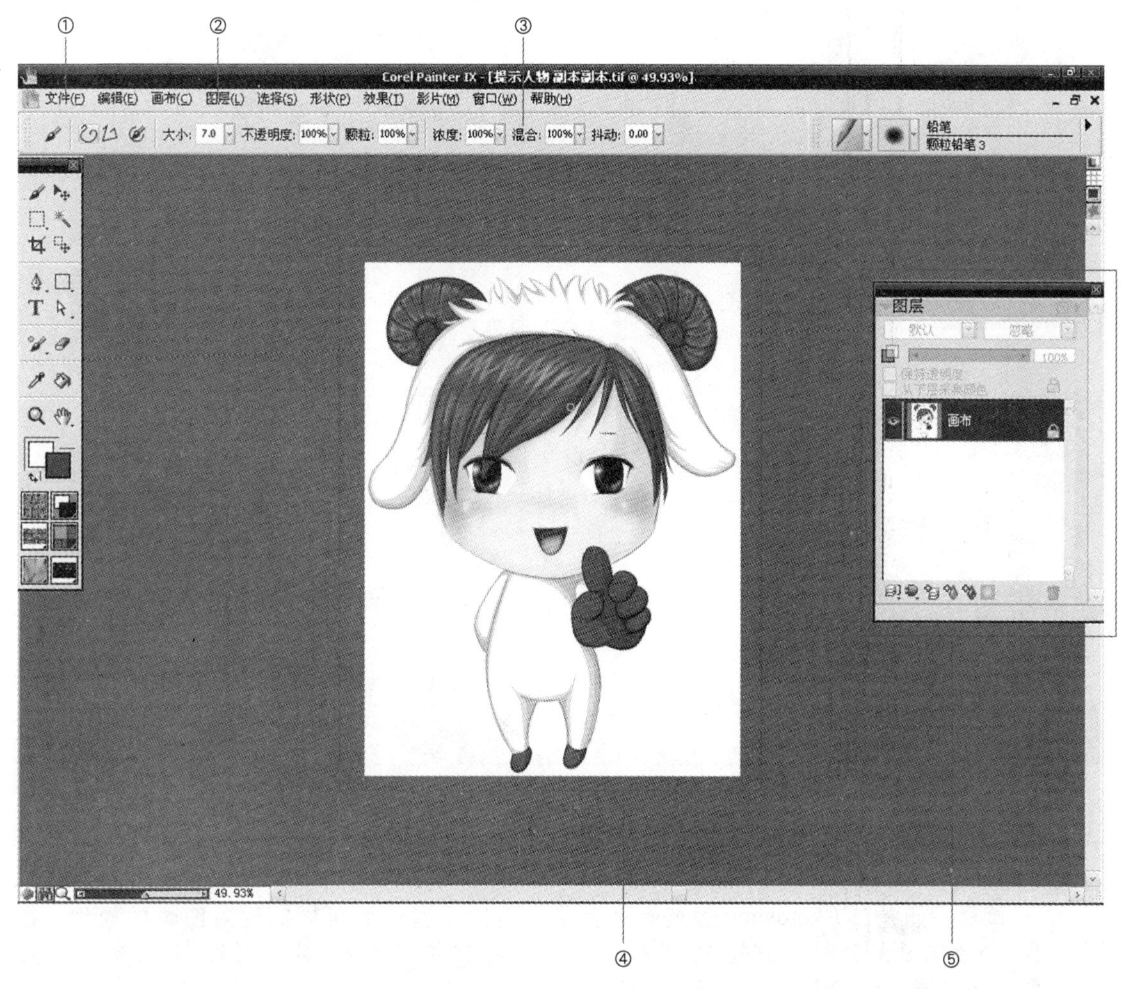

①菜单栏：涵盖了 Painter 里所有的命令，通过这些命令可以实现对图像的操作。

②选项栏：可对工具进行参数设置，大多数工具都有自己的属性，在此可以很方便地对工具进行控制。

③工具栏：包含了很多种应用工具、颜色选择等。

④工作区：是 Painter 图像处理的主要场所。

⑤面板：加强了图像的编辑功能，其中有图层面板、笔刷面板、颜色面板等，每个面板都有特定的功能，同时面板之间可以自由地拆散和组合。

在 Painter 中可以模仿很多笔触，甚至还可以绘制出手绘无法绘制出的效果。

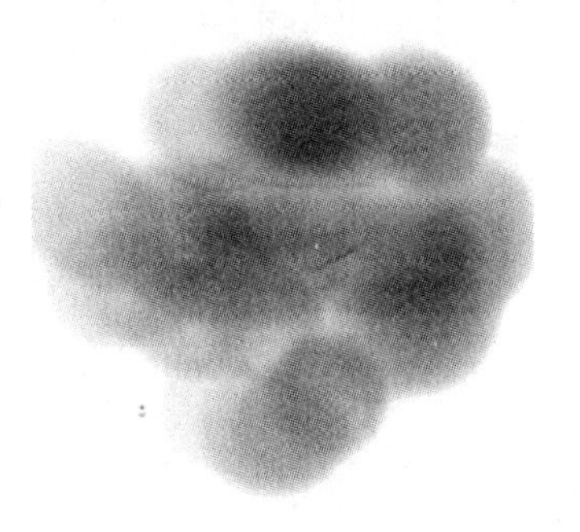
模仿水彩笔触的效果

模仿粉笔笔触的效果

毛发效果（但个人觉得这种偷懒的方法并不适合真正喜欢绘画的人）

2.1.2.3 Adobe Photoshop CS4

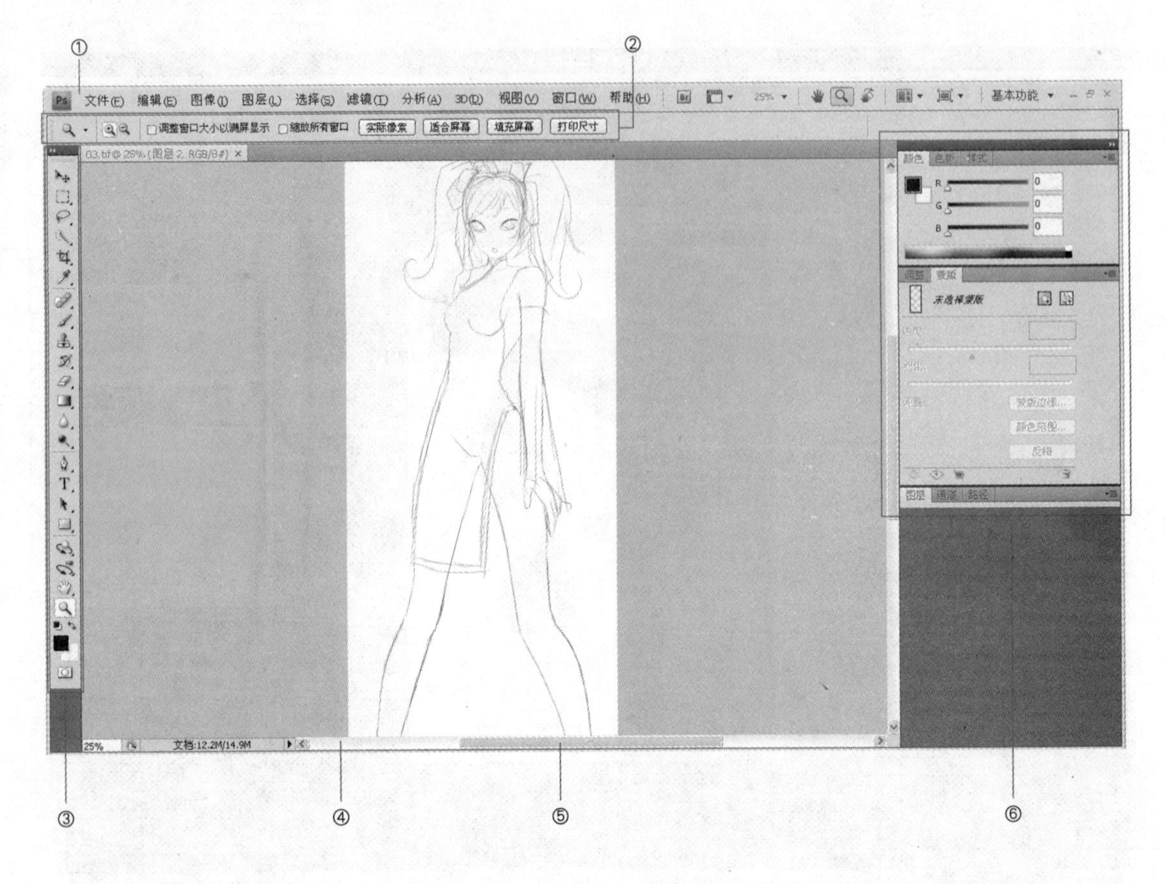

①菜单栏：涵盖了Photoshop里所有的命令，通过这些命令可以实现对图像的操作。在Photoshop中共有9大菜单，分别是【文件】菜单、【编辑】菜单、【图像】菜单、【图层】菜单、【选择】菜单、【滤镜】菜单、【视图】菜单、【窗口】菜单和【帮助】菜单。

②选项栏：可对工具进行参数设置，大多数工具都有自己的属性，在此可以很方便地对工具进行控制。

③工具栏：包含了很多种应用工具、颜色选择、屏幕视图等。

④状态栏：显示图像处理的状态，显示当前打开图像的文件信息、当前操作工具的信息、各种操作提示信息等。

⑤工作区：是Photoshop图像处理的主要场所，在此可以打开多个编辑窗口同时进行操作。

⑥面板：加强了图像的编辑功能，其中有图层面板、通道面板、历史记录面板等，每个面板都有特定的功能，同时面板之间可以自由地拆散和组合。

在Photoshop中可以方便地改变图片的色相，是不是很方便实用呢。

2.2 头身比例和基本结构

人物是漫画中最重要的元素，所以画好人物是必须的。想要画好人物，就必须了解人物的结构比例、人物的透视关系、人物常见的动作及细节的刻画等。

漫画中经常采用一些夸张的画法表现人体的美，在适当的部位做一些变形处理，运用一些夸张手法调整人物的比例，如7头身、5头身、2头身等，但是怎么样的变形都要建立在人体基本结构基础上。通常女主角为7个头高，而男主角为8个头高。正确掌握人物的比例关系，对画好漫画是很重要的。

2.2.1 头身比例

女性

绘制女性要注意曲线圆润、柔美，还需注意胸部和臀部要刻化得好看，四肢要纤细。

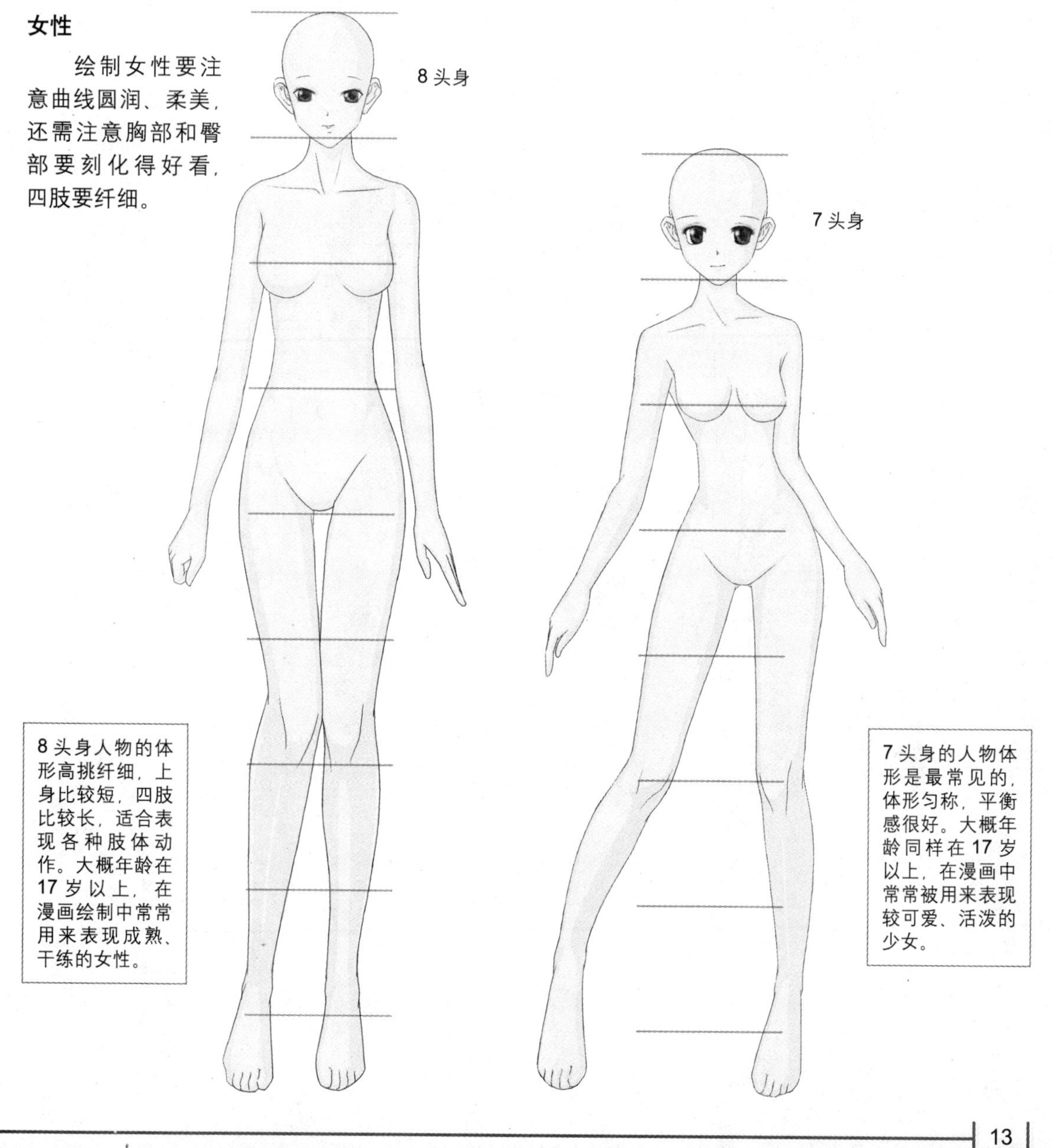

8头身人物的体形高挑纤细，上身比较短，四肢比较长，适合表现各种肢体动作。大概年龄在17岁以上，在漫画绘制中常常用来表现成熟、干练的女性。

7头身的人物体形是最常见的，体形匀称，平衡感很好。大概年龄同样在17岁以上，在漫画中常常被用来表现较可爱、活泼的少女。

在漫画中，人物的头身比可以夸张化，如10头身的人物，给人时尚的感觉，或者2头身的人物，给人可爱的感觉。一般气质成熟的、帅气的男生头部会画得比较小，所以常用的头身比为5～10头身。反之，2～4头身的人物，头部很大，会显得很可爱。在漫画故事中，常常根据需要将两者同时表现在一张纸上，如帅气的主角在看到很好吃的食物时，会用Q版人物表现他（她）很想吃的样子。所以学会绘制各种头身比的人物是很重要的哦，缺一不可。

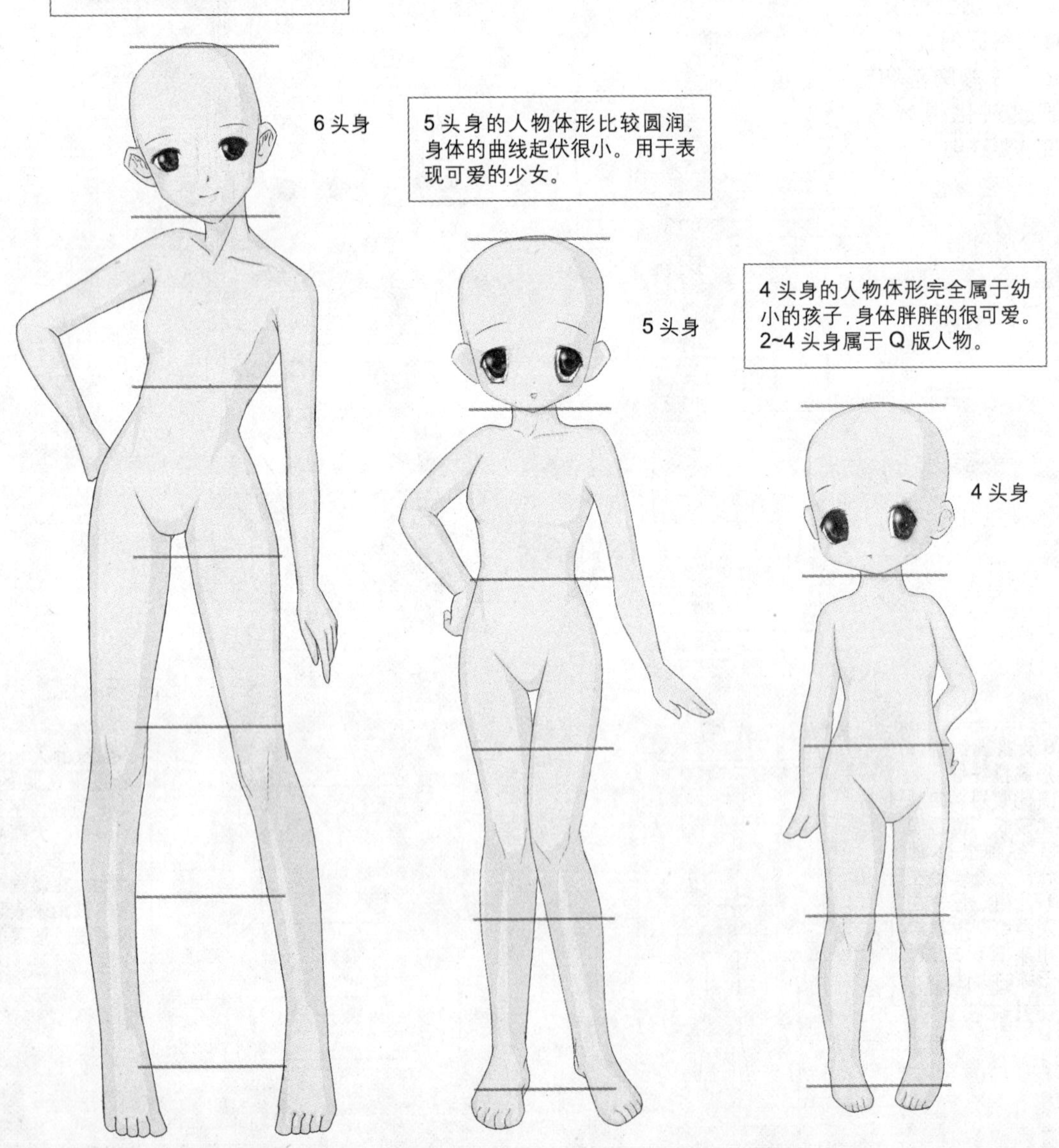

男性

绘制男性时，要把肩膀画得又宽又厚，给人魁梧的感觉。还应注意男性关节的起伏感，手、胳膊与腿要粗壮些，手腕部分要画得比女性的偏下（就是把手臂画长一些）。要表现出肌肉的起伏，从颈部到后背的线条要画得稍有曲线，这样，可以表现出男性身体的厚度。

8 头身的男性给人高大、成熟、稳重、帅气的感觉。在漫画中常常会将头部画得较小，这样角色才会给人潇洒帅气的感觉。

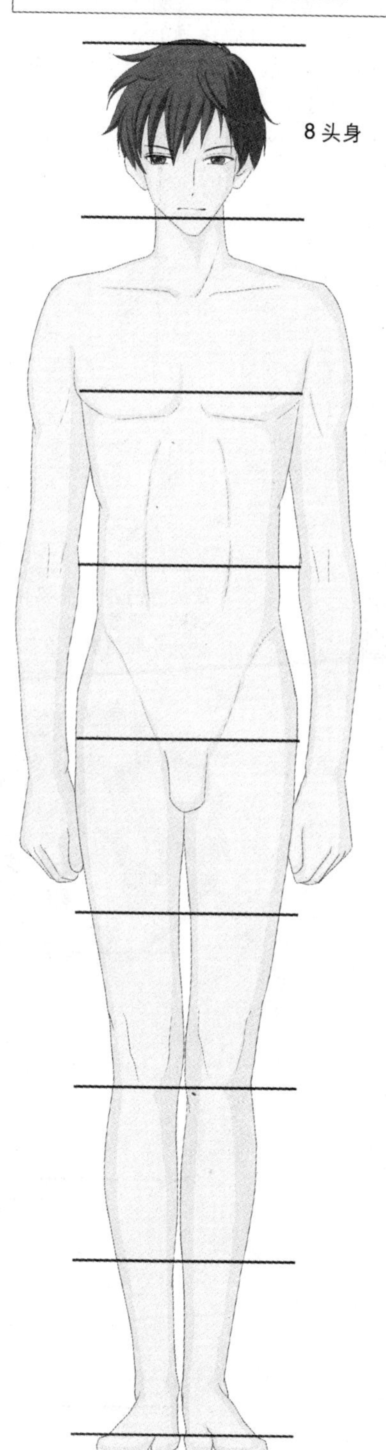

7 头身的男性给人的感觉略显秀气，头部也画得较大较圆些。

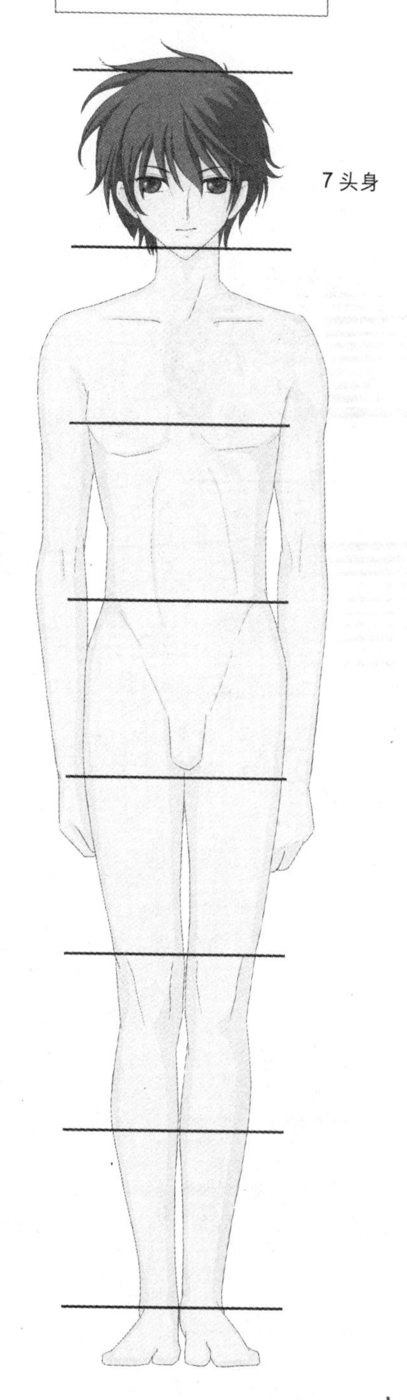

绘制不同头身比的人物时，注意造型的变化。如画8头身的人物时，人体比例和正常人物一样，随着头身比的缩小，头会越来越大，且越来越圆，身体反而越来越小；到2头身时，头就会画得很大，面部眼睛占较大比例，这样的人物给人很可爱的感觉。同时人体结构、头发和服装等会由复杂到简易化，如8头身会详细地表现出关节甚至肌肉，而2头身则用简单圆滑的线来表现就可以了。

5头身，人物给人可爱的感觉。身体结构也开始不仔细刻画，头越来越圆。

5头身

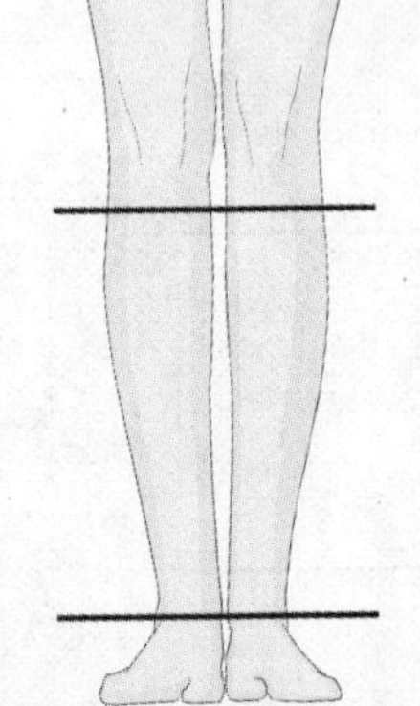

2~4头身属于Q版人物，四肢随着头身的减小而简易化。人物给人可爱的感觉。

4头身

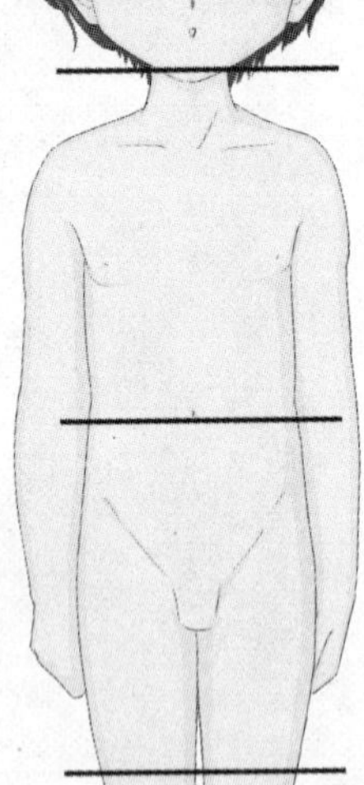

3头身的四肢简易化，关节几乎看不出来，头的大小和肩宽差不多。

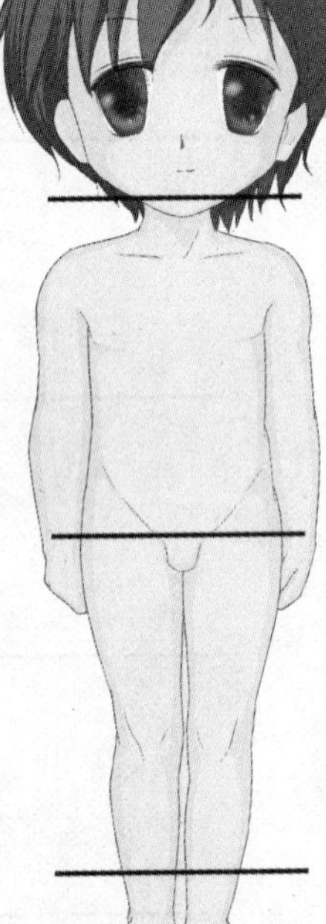

3头身

2.2.2 基本结构

肌肉

肌肉的形态多种多样，具有代表性的肌肉是四肢上长棱状的肌肉，分肌腹和肌腱，牵动着骨骼使之产生运动。另外还有扁平的阔肌和扁平的腱肌等。

按照肌肉所在的位置来排列：

1．头部由颞肌和咬肌等组成。

2．躯干由颈部的胸锁乳突肌，胸部的胸大肌、前锯肌，腹部的腹外斜肌、腹直肌和背部的斜方肌、背阔肌组成。

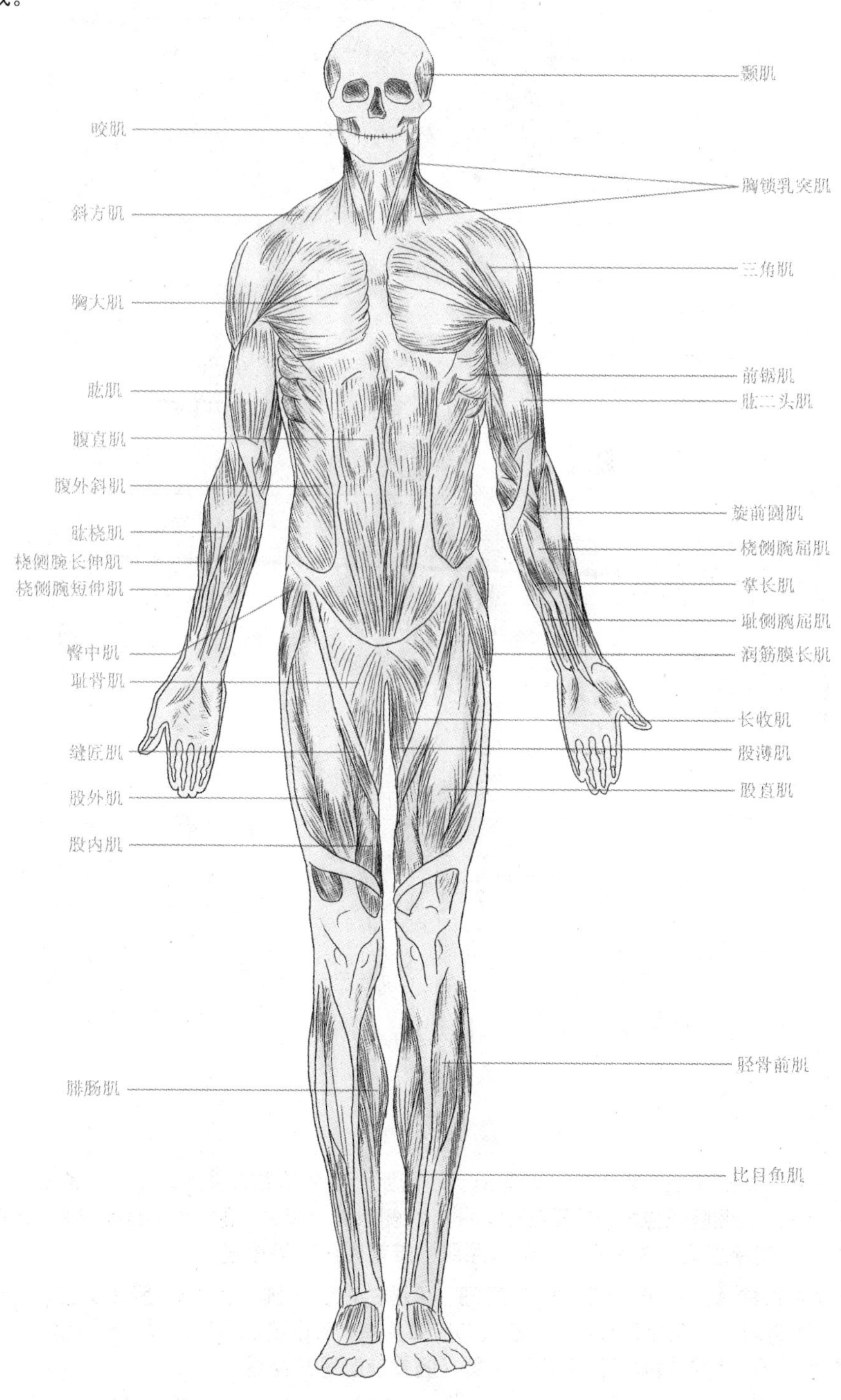

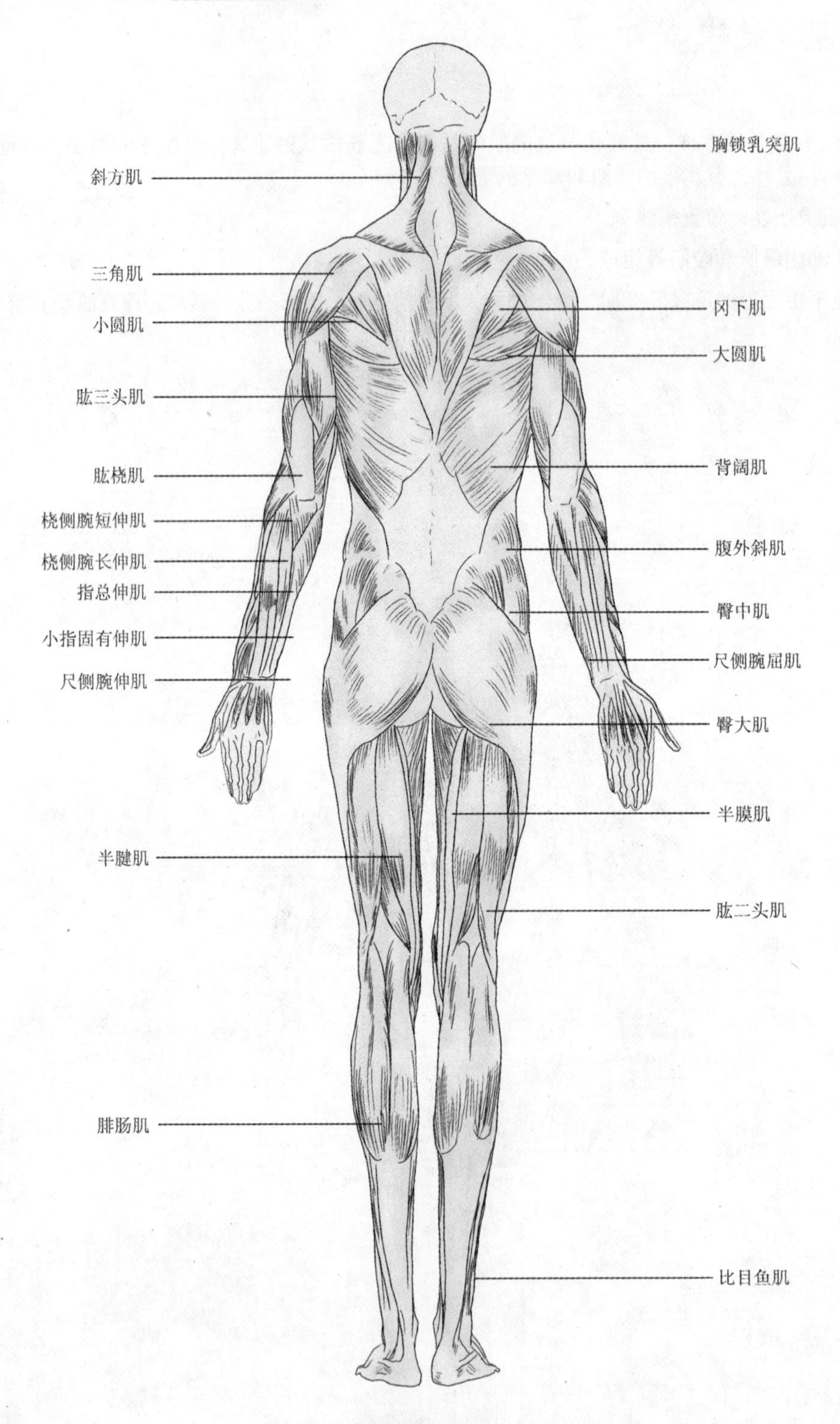

3．上肢由肩部的三角肌、冈下肌、大圆肌、小圆肌，上臂的肱二头肌、肱肌、肱三头肌，前臂的外侧肌群（肱桡肌、桡侧腕长伸肌、桡侧腕短伸肌）、背侧肌群（指总伸肌、小指固有伸肌、尺侧腕伸肌），以及掌侧肌群（尺侧腕屈肌、掌长肌、桡侧腕屈肌、旋前圆肌）等组成。

4．下肢由髋部的臀大肌、臀中肌、阔筋膜张肌，大腿的前侧肌群（缝匠肌、股四头肌）、内侧肌群（长收肌、股薄肌和耻骨肌），以及后侧肌群（半腱肌和股二头肌）和小腿的后侧肌群（腓肠肌 、比目鱼肌等）、外侧肌群（腓骨长肌、腓骨短肌等）及前侧肌群（胫骨前肌等）组成。

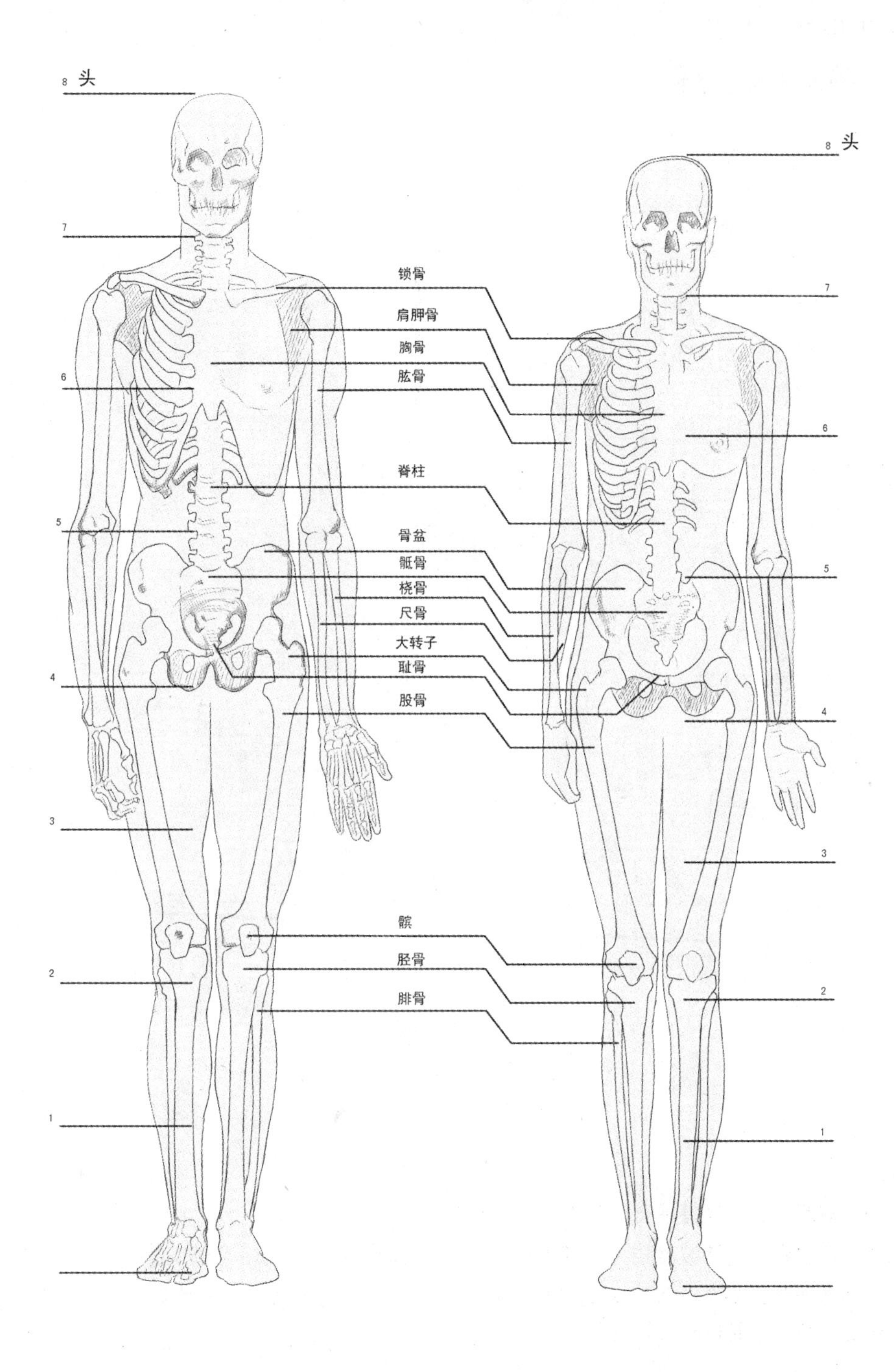

骨骼

按骨骼的所在部分来排列：

1．头部分脑颅（由一个额骨、一个枕骨、两个顶骨和在外型上观察不到的蝶骨组成）和面颅（有两个上颌骨、两个鼻骨、一个下颌骨和在外型上看不到的犁骨组成）。

2．躯干分脊椎（由 7 个颈椎、12 个胸椎、5 个腰椎、5 个骶椎和几个各人不等的尾椎组成）和胸廓（由胸骨和 24 个肋骨加肋软骨、胸椎组成）。

3．上肢分肩部（由两个锁骨和两个肩胛骨组成）、臂部（上臂的两个肱骨、前臂的两个尺骨和两个桡骨组成），以及手部（由 16 个腕骨、10 个掌骨和 28 个指骨组成）。

4．下肢分髋部（由两个骼骨、两个耻骨、两个坐骨组成）、腿部（由两个股骨、两个髌骨、两个胫骨和两个腓骨组成），以及足部（由 14 个跗骨、4 个跖骨和 28 个趾骨组成）。

2.2.3 基本结构比例

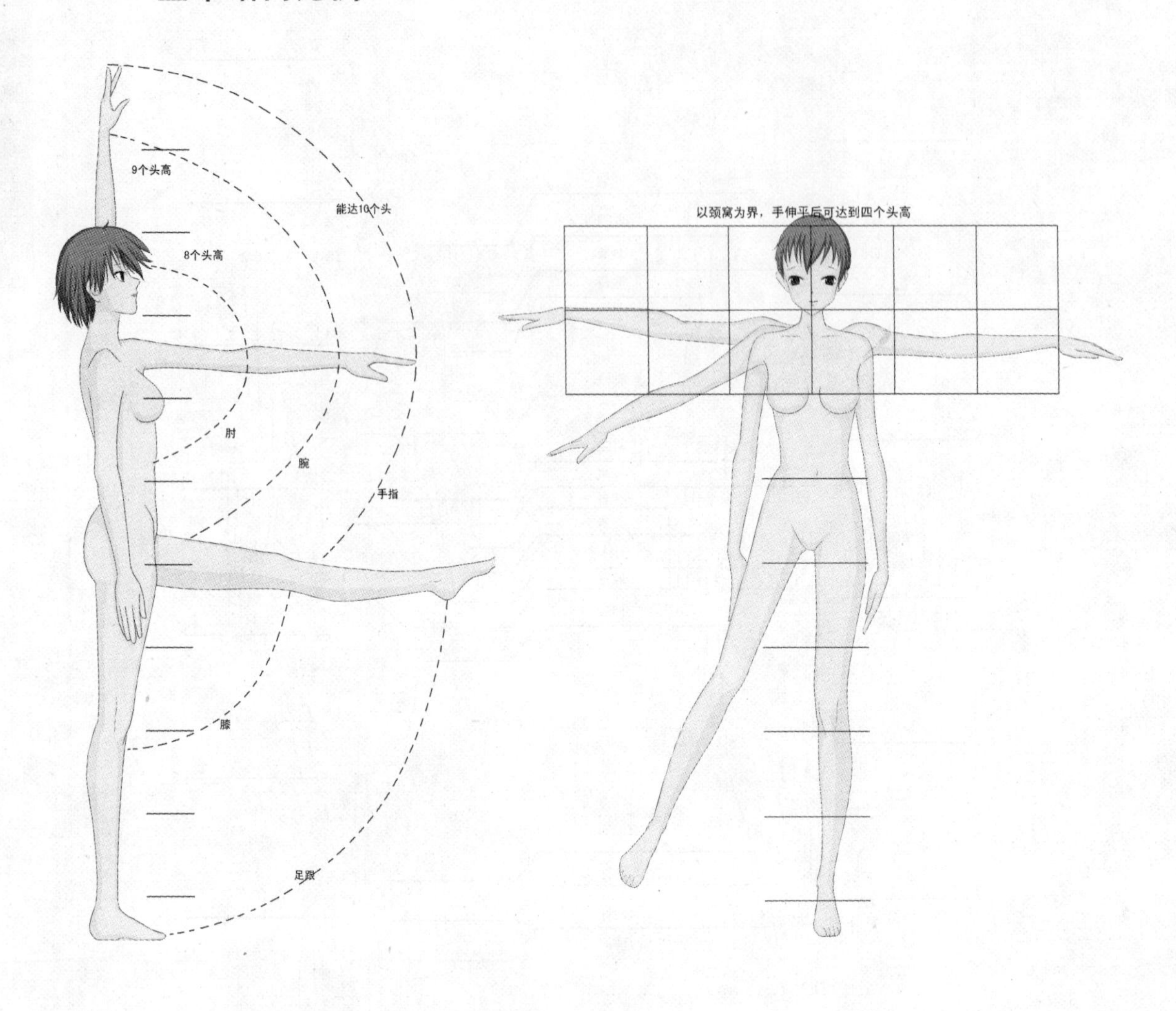

结构比例

男性：肩膀较宽，锁骨平宽而有力，四肢粗壮，肌肉结实饱满。

女性：肩膀窄，肩膀坡度较大，脖子较细，四肢比例略小，腰细，胯宽，胸部丰满。

把人体各肢体理解成一度空间的线段，并以头高的长度为度量单位来度量各个肢体，取其度量的约数，可以得到一个简单的人体比例。

在漫画中人物的结构比例可以夸张化，如2~4头身的Q版人物会将头画得比较大，完全不符合现实中的比例。想要成为一个优秀的漫画家，对每一种头身的人物都是要精通的，所以了解人物的骨骼、肌肉和基本结构比例是必须的。

2.3 头部画法

要画出满意的人物形象，首先要了解头部的基本结构比例。头部五官的比例为“三停五眼”。所谓的“三停五眼”是：从发际线到眉毛最上端、眉毛到鼻底、鼻底到下巴的三等分叫“三停”，而“五眼”是指一只耳朵到另一只耳朵的距离大概为五眼。

头部骨骼和肌肉

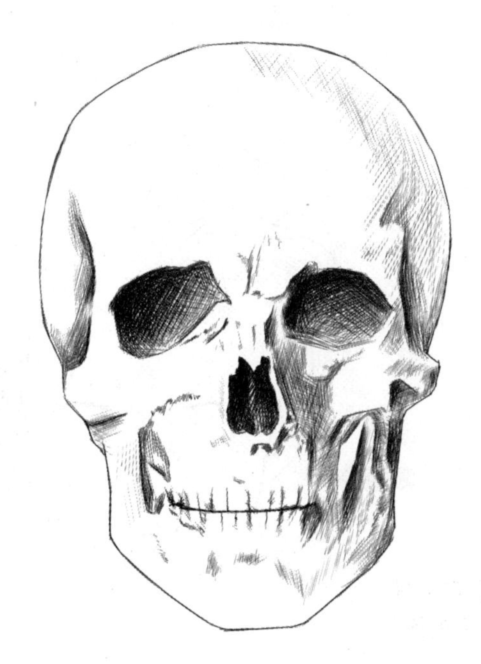

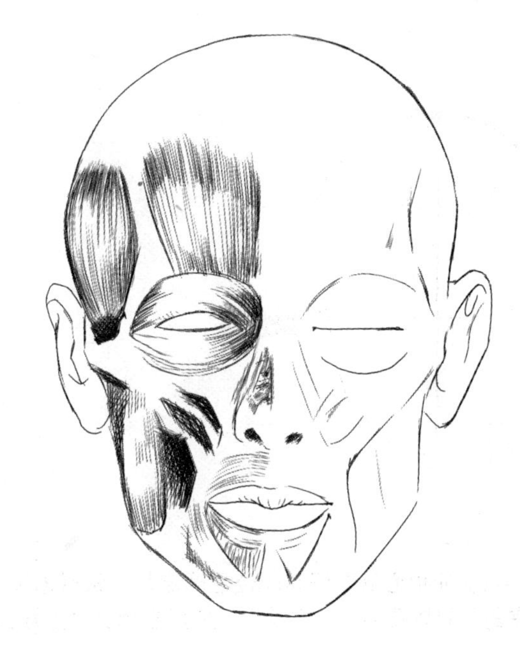

头部比例

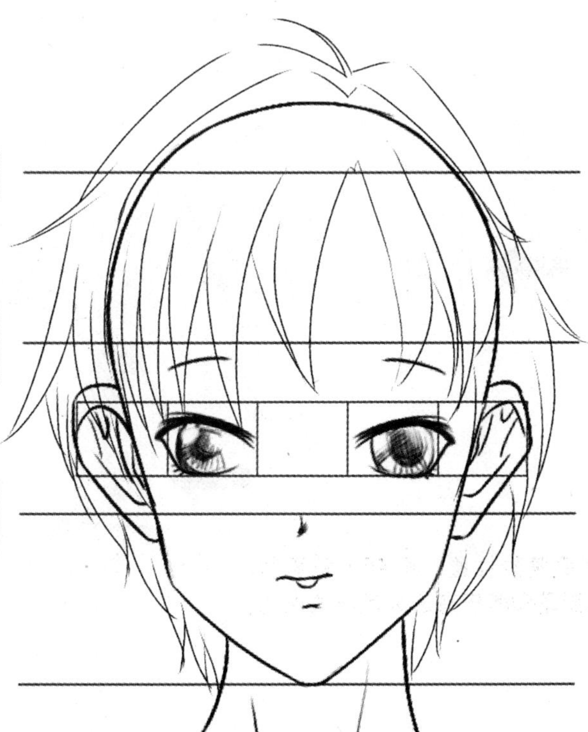

2.3.1 头部基本画法

绘制头部一定要画准轮廓，在画五官时要注意中轴线的运用，在打轮廓时要注意眉、眼、鼻、耳的长、宽以及厚度和位置。只有绘制好人物形象，才能更好地表现出人物的性格。

首先要将脸型确定好，或方脸或尖脸或圆脸等。然后确定中心线和眼睛位置，再绘制出五官和发型，最后清理出最终效果。

男：绘制男性面部要注意轮廓要硬朗、眼睛要深邃、鼻子要挺等，这样才会给人帅气、阳光、刚毅的感觉。

正面

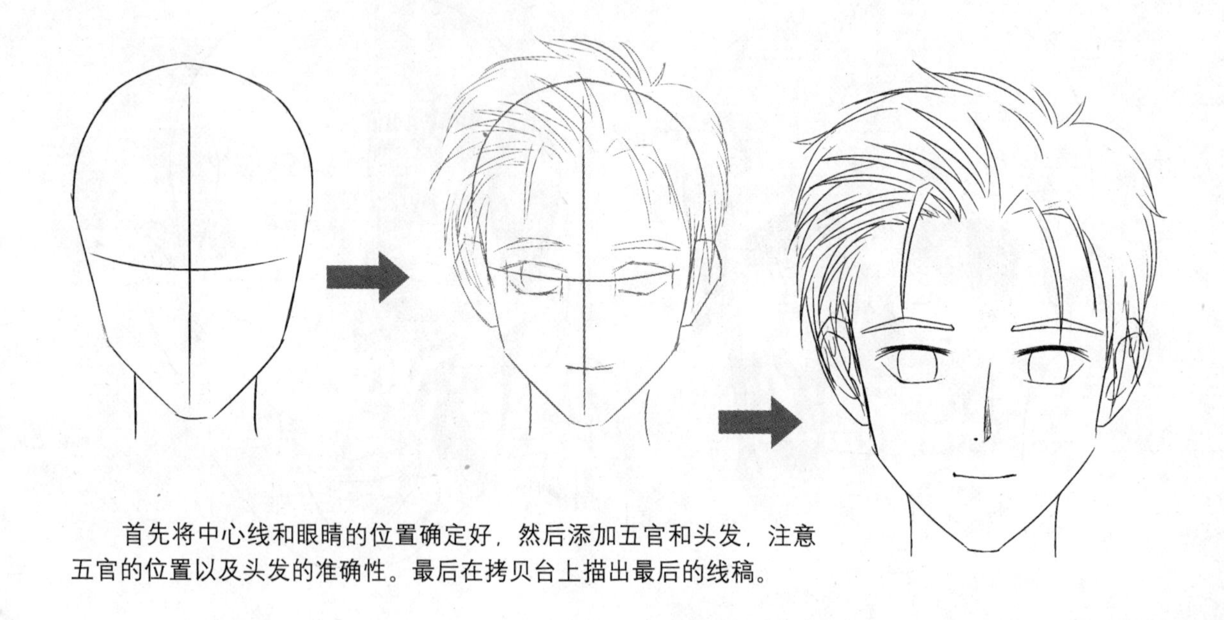

首先将中心线和眼睛的位置确定好，然后添加五官和头发，注意五官的位置以及头发的准确性。最后在拷贝台上描出最后的线稿。

45° 侧面

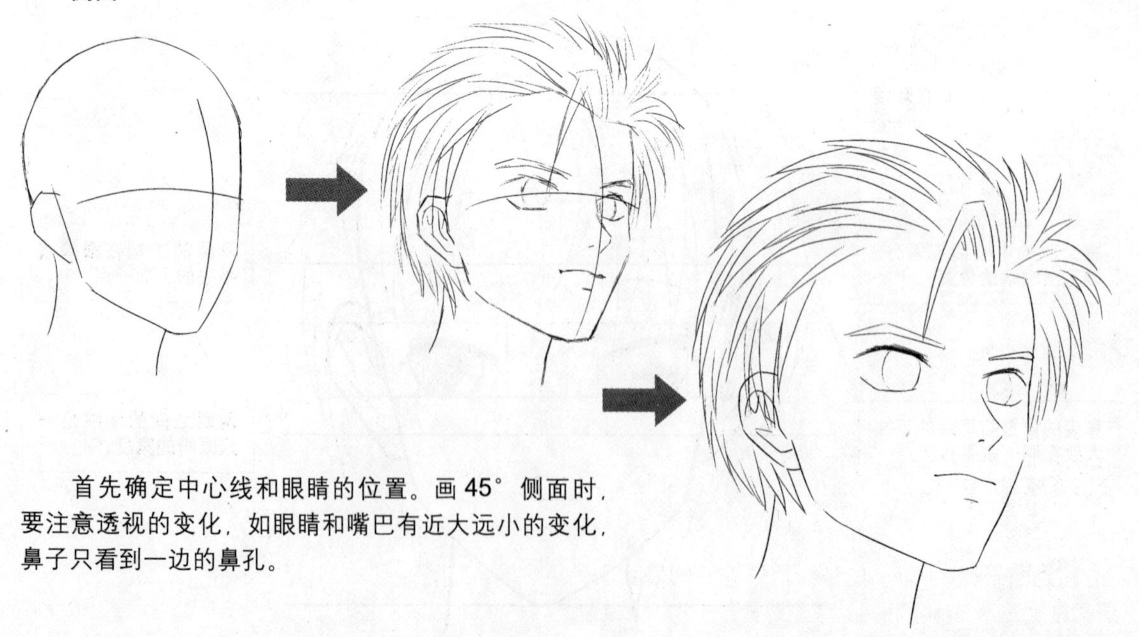

首先确定中心线和眼睛的位置。画 45° 侧面时，要注意透视的变化，如眼睛和嘴巴有近大远小的变化，鼻子只看到一边的鼻孔。

正侧面

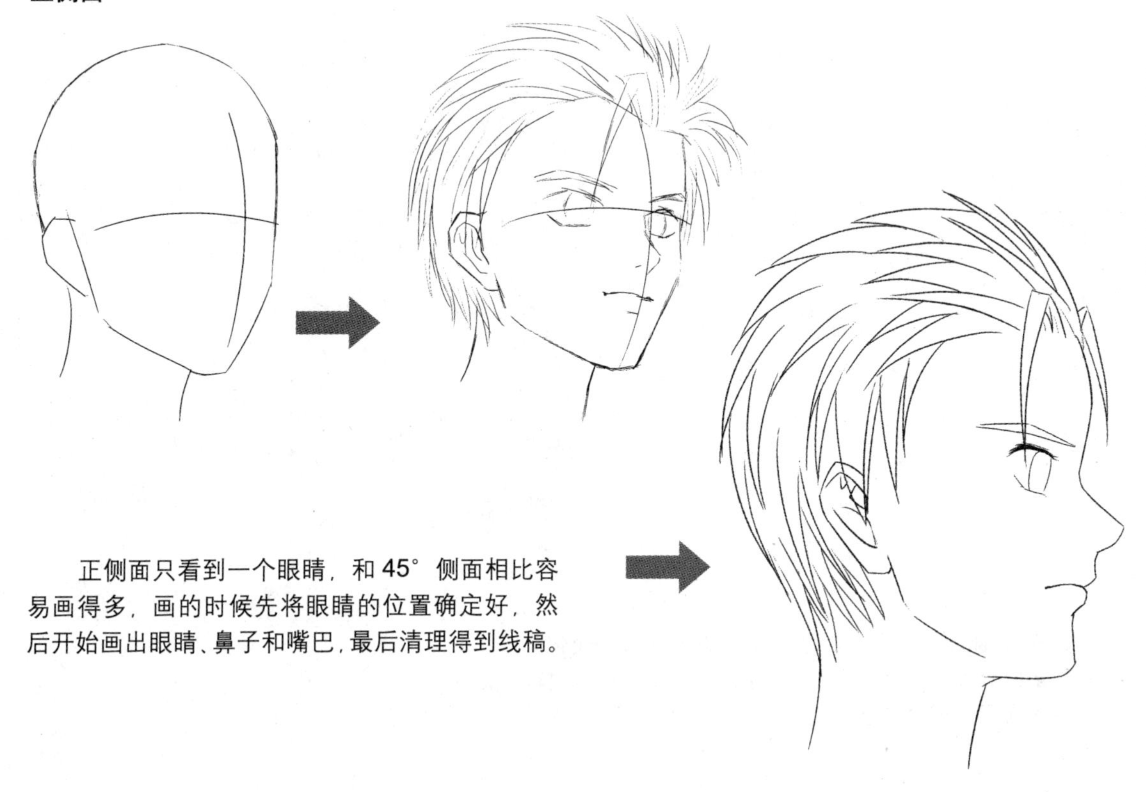

正侧面只看到一个眼睛，和45° 侧面相比容易画得多，画的时候先将眼睛的位置确定好，然后开始画出眼睛、鼻子和嘴巴，最后清理得到线稿。

女：绘制女性头部，轮廓要柔和、圆润，眼睛大而圆，鼻子和嘴巴都小巧，给人甜美、可爱等感觉。

正面

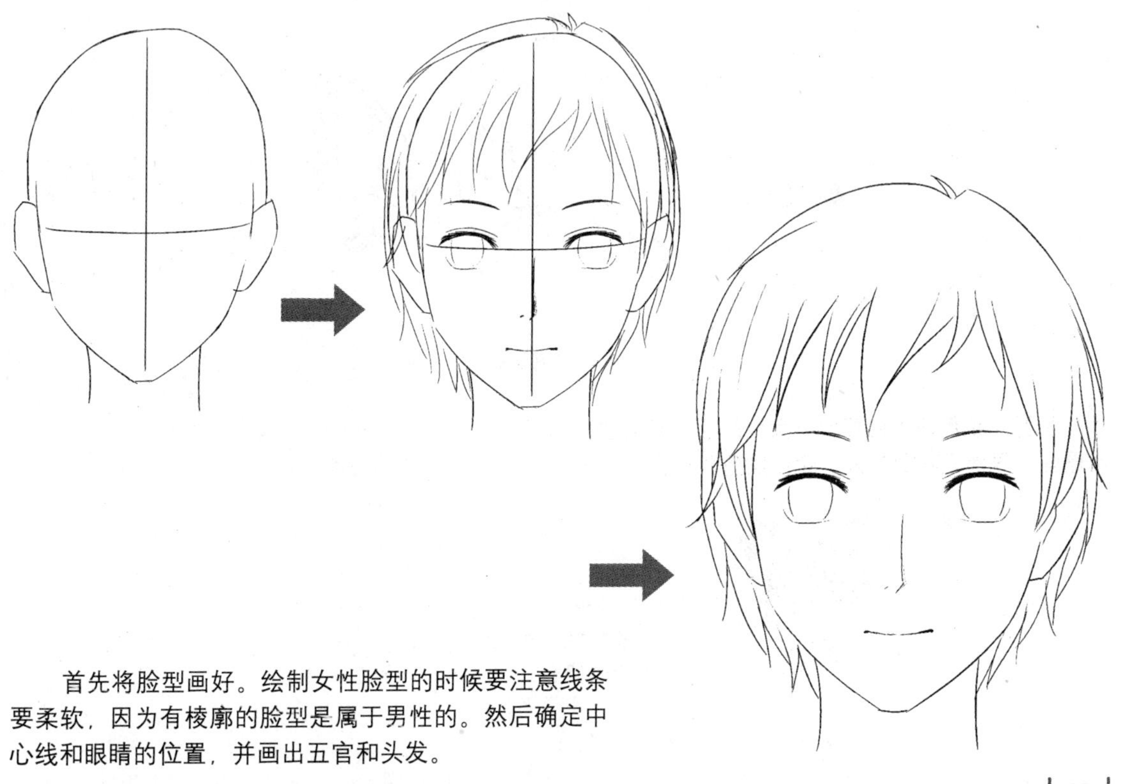

首先将脸型画好。绘制女性脸型的时候要注意线条要柔软，因为有棱廓的脸型是属于男性的。然后确定中心线和眼睛的位置，并画出五官和头发。

45° 侧面

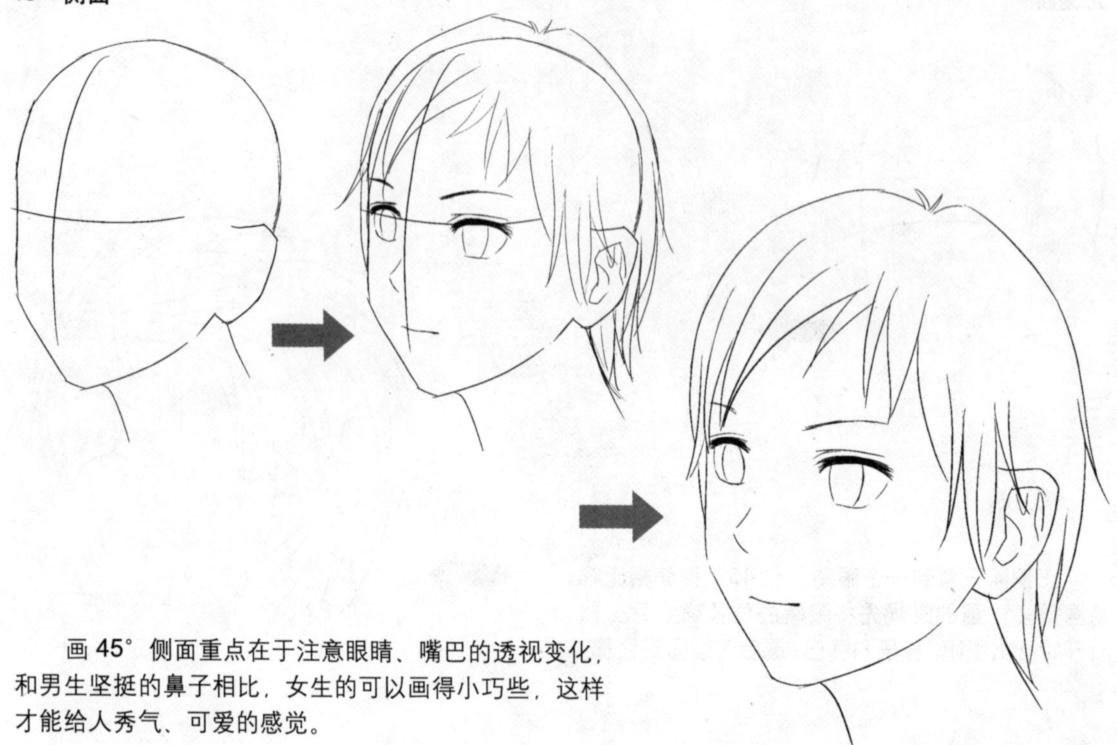

画 45° 侧面重点在于注意眼睛、嘴巴的透视变化，和男生坚挺的鼻子相比，女生的可以画得小巧些，这样才能给人秀气、可爱的感觉。

正侧面

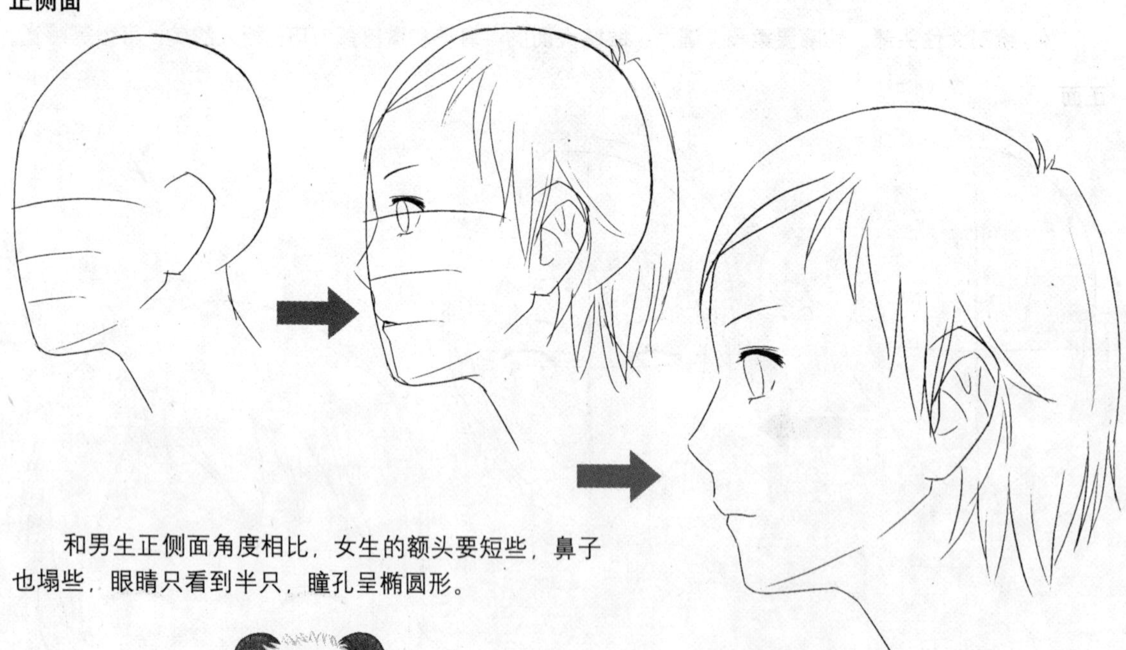

和男生正侧面角度相比，女生的额头要短些，鼻子也塌些，眼睛只看到半只，瞳孔呈椭圆形。

只要了解了头部的基本画法，再通过不断的努力，就可以随意画出自己想画的人物了哦。

2.3.2 五官的画法

眼睛是心灵的窗口，画好眼睛是必需的。漫画中的眼睛和写实眼睛的不同在于：眼睛造型可以夸张画，所以造型千变万化。

眼睛

眼睛是心灵的窗户，眼睛画得好，人物就更传神了。写实的眼睛一般呈杏仁型，而漫画中的眼睛可以变形为多种多样，如圆形、长条形等。

写实眼睛的表现方法

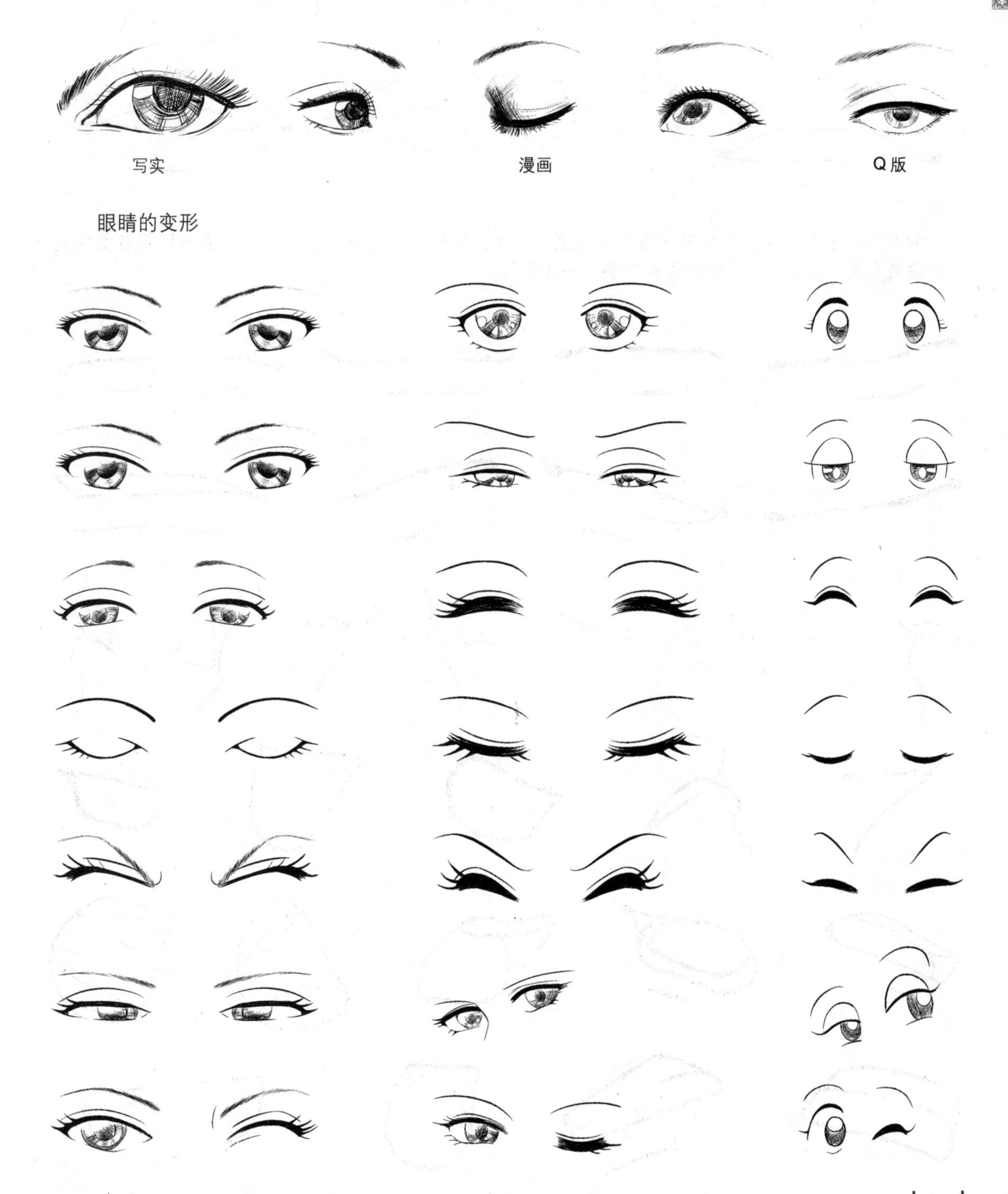

2.3.3 嘴巴

画嘴巴首先要确定好两个嘴角的位置，注意嘴巴合在一起时中间那个线的曲折，要画得有虚有实，可以适当添加嘴唇上的竖纹，可以画些明暗，注意嘴巴是有弧度和体积感的。

写实

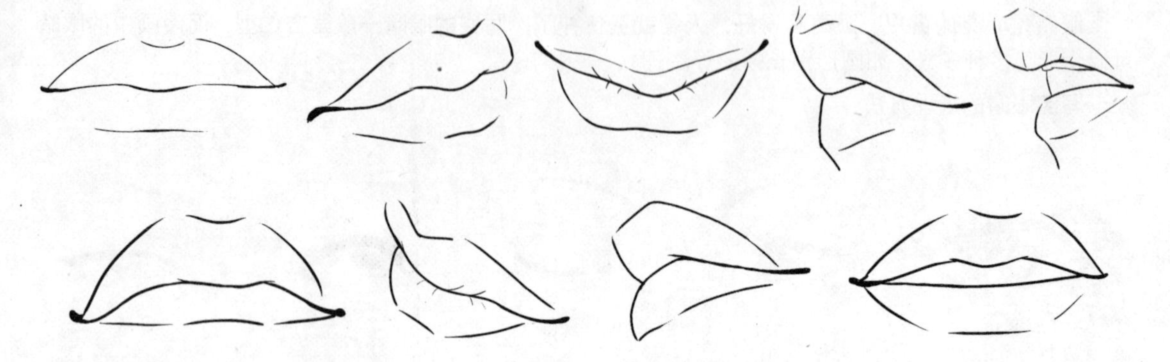

卡漫表现手法：漫画中常常将嘴巴简易画，只要大概画出口型就可以了，如闭嘴可以用有变化的一条线来表现。越简单的画法越要求准确，一步到位。

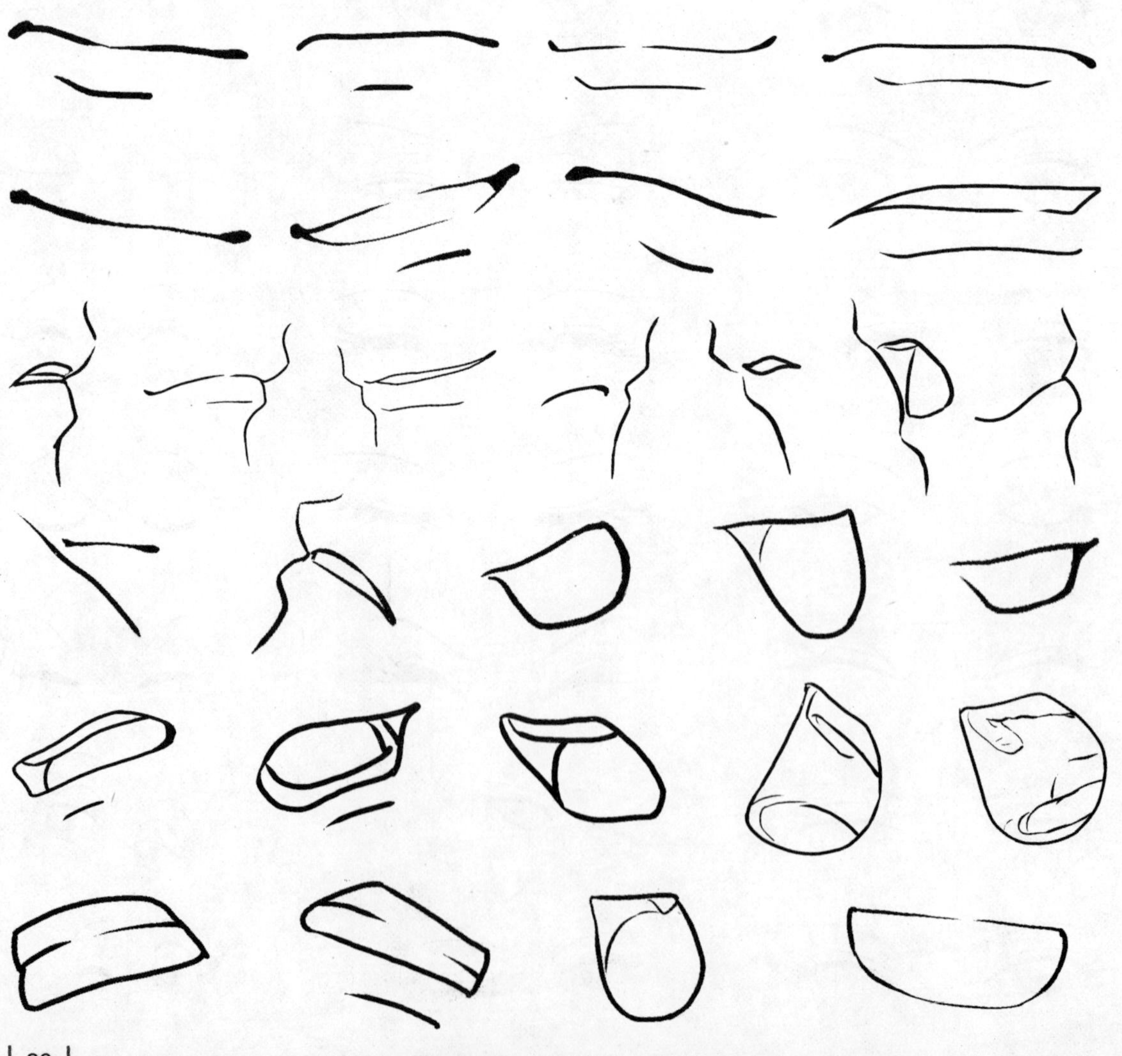

2.3.4 鼻子

写实表现手法：鼻子由鼻梁、鼻翼、鼻头、鼻孔组成。绘制的时候注意有的鼻梁挺而细，或挺而阔，鼻翼或厚而大，或薄而小，鼻头不大，或圆润，或向上翘起，鼻孔的形状大小不同。

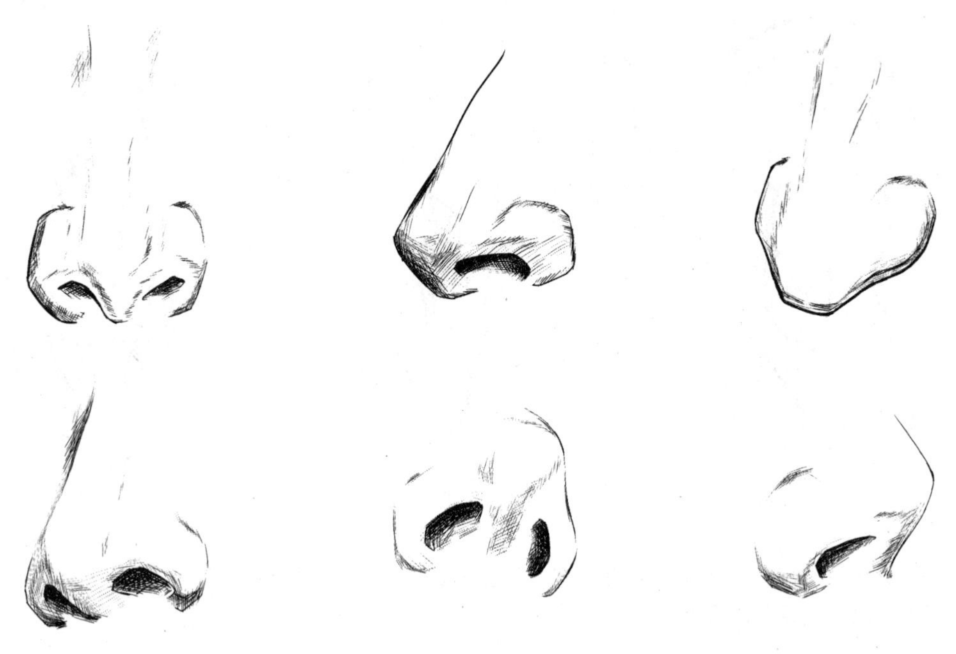

漫画表现手法

漫画中，鼻子的造型常常夸张画。如鹰钩鼻会将鼻头夸张地画得很勾，这样的人物给人阴险狡猾的感觉。

2.3.5 耳朵

写实表现手法：耳朵的结构分为三部分，为外耳、中耳、内耳。

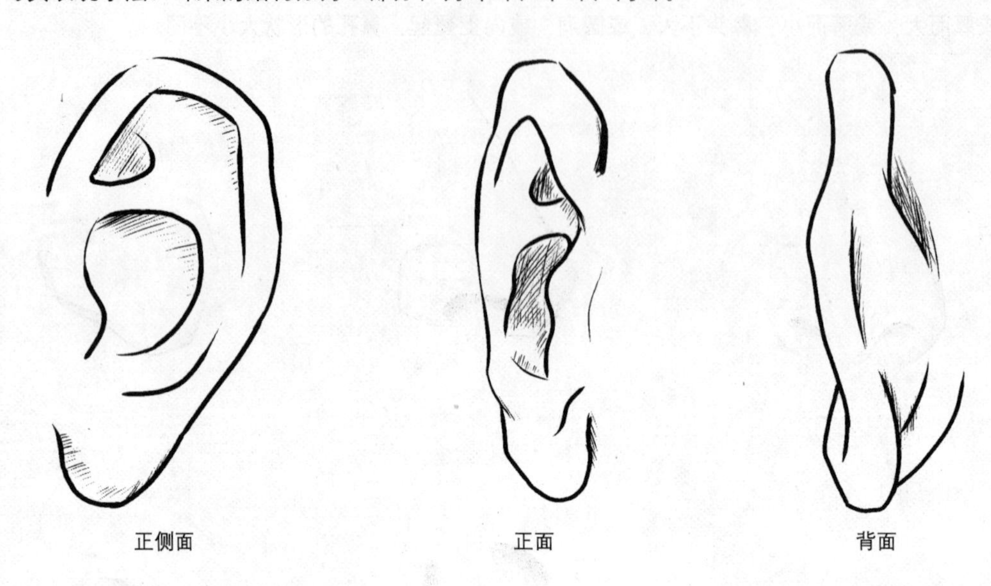

正侧面　　正面　　背面

漫画表现手法：漫画中，耳朵的变化很多，或画成圆形的，或画成动物耳朵的，总之没有固定的规定。可以随风格和内容的需要改变造型。

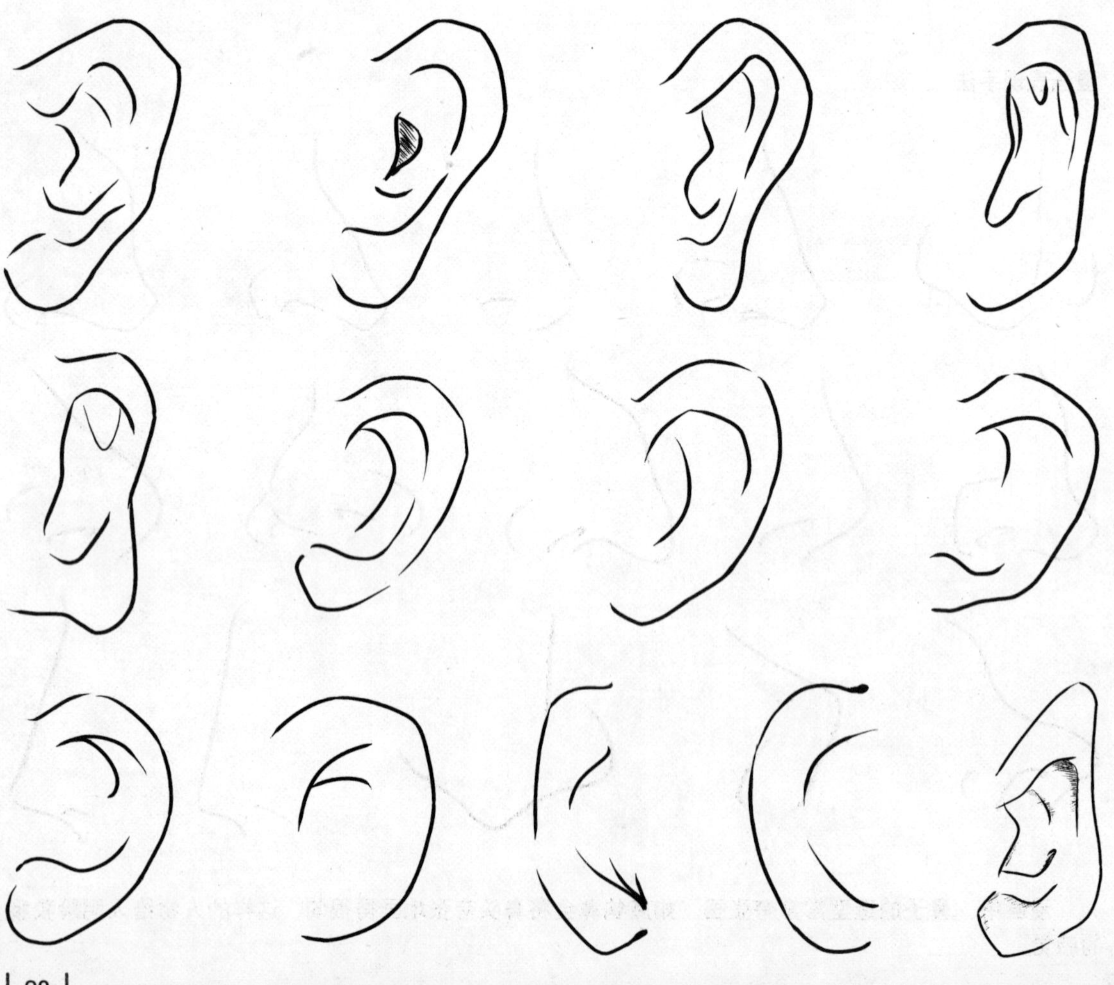

2.3.6 头发

绘制头发除了要注意发型还要注意头发的走势，线条一定要柔和、流畅，这样才能让头发看起来好看又有型。

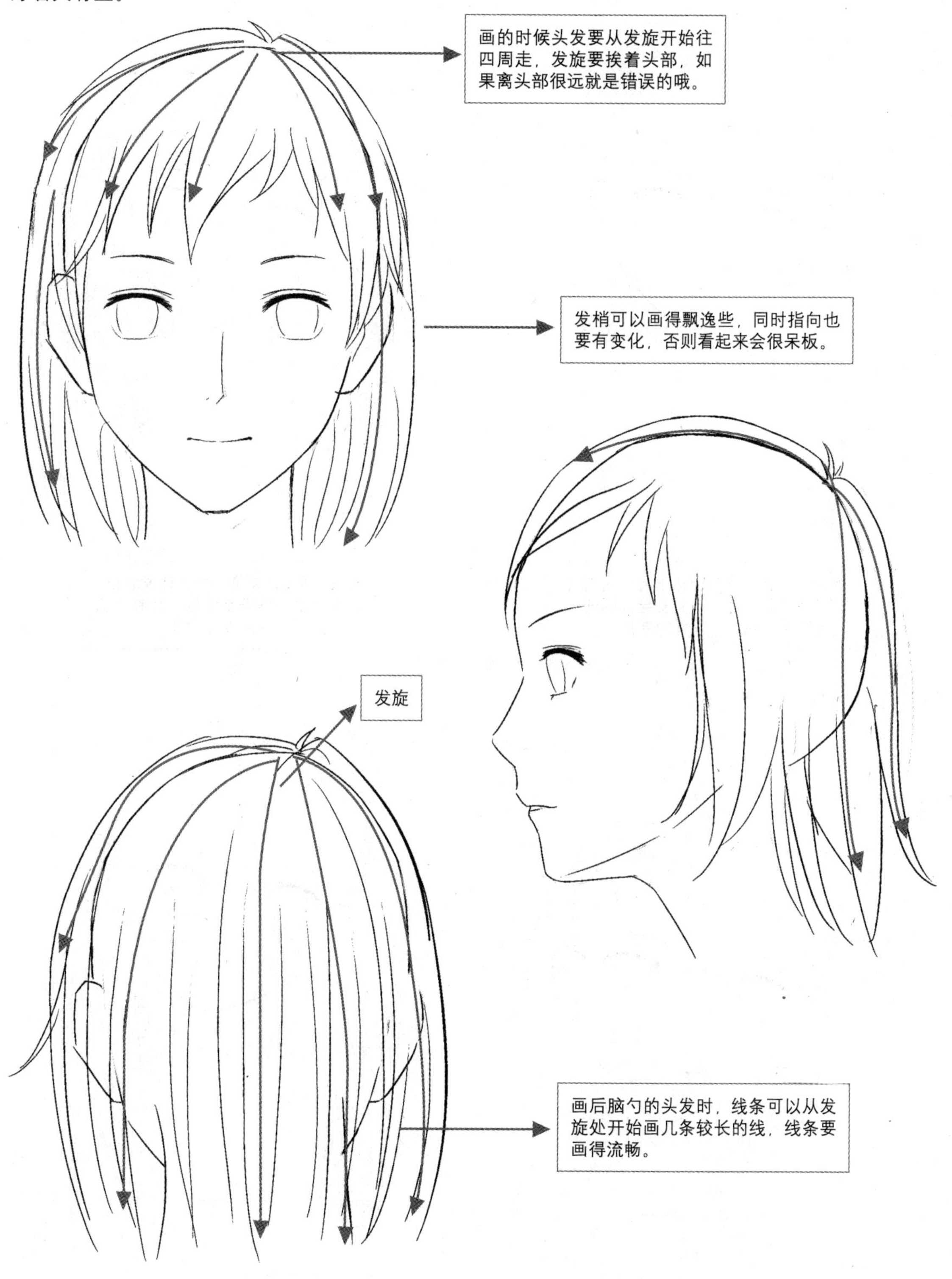

画头发，只要发根基本沿着头皮走，就不会出现太大的问题。只有头发的线条流畅，才能画出飘逸的头发效果。

发型

不同的发型给人不同感觉。长直发给人清纯可爱的感觉，卷发则给人性感、妩媚的感觉。所以在绘制漫画的时候，我们要根据人物的性格特征来选择人物的发型。

直发：所有的线条变化不大，发梢稍微弯曲就可以了。直发给人的感觉是清秀、甜美、乖乖的感觉。

卷发：卷发的刘海一般为碎发效果，表现卷发的线条要流畅，且卷要基本规则（玉米须发型除外）。

短发：虽然是短头，但发梢一定要有变化，这样才能让头发看起来有活力。

长发：长发给人淑女的感觉，绘制的时候注意线条要飘逸，让头发看起来更生动。

2.3.7 各种表情

表情是表现人物情绪最直接的方式，或喜、或悲、或怒等，每一种的表现方法都不同，所以作为画家必须要熟练掌握好每种表情的表现方法。

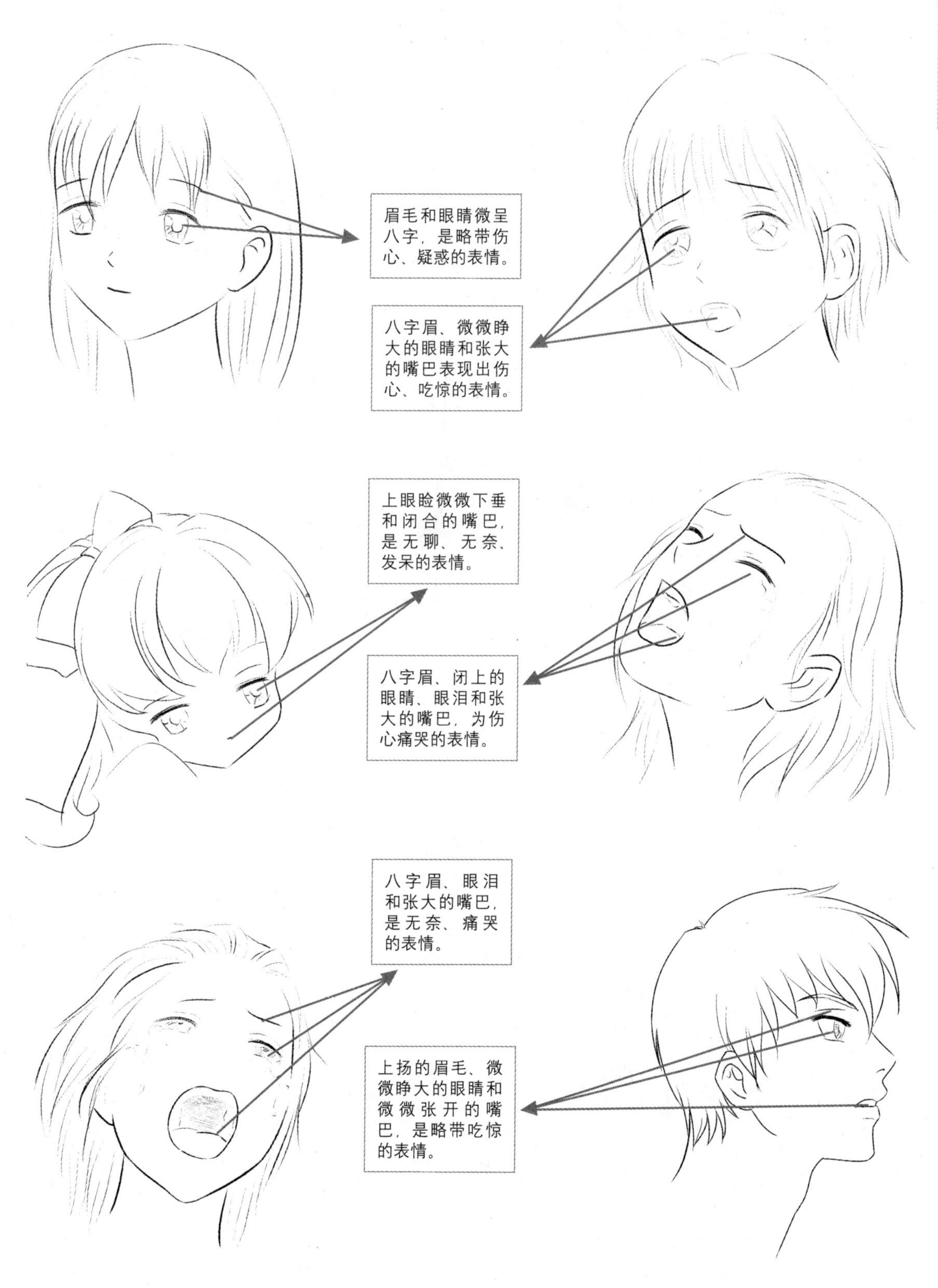

上扬的眉毛和咬牙的嘴巴，是不服气的表情。
上扬的眉毛、张大的眼睛和张大的嘴巴，是大吃一惊的表情。
眉毛略上扬、眼神柔和、微笑的嘴巴，是开心的表情。
呈倒八字的眉毛和眼睛、咬牙的嘴巴，给人不服气、敌对的表情。
眯着眼睛的微笑，给人腼腆的感觉。
半下垂的眼睛和微低下的头，是忧郁的表情。

2.3.8 头部变形

漫画是通过简单而夸张的手法来表现的。下面就来演示如何从写实手法变形到漫画手法。

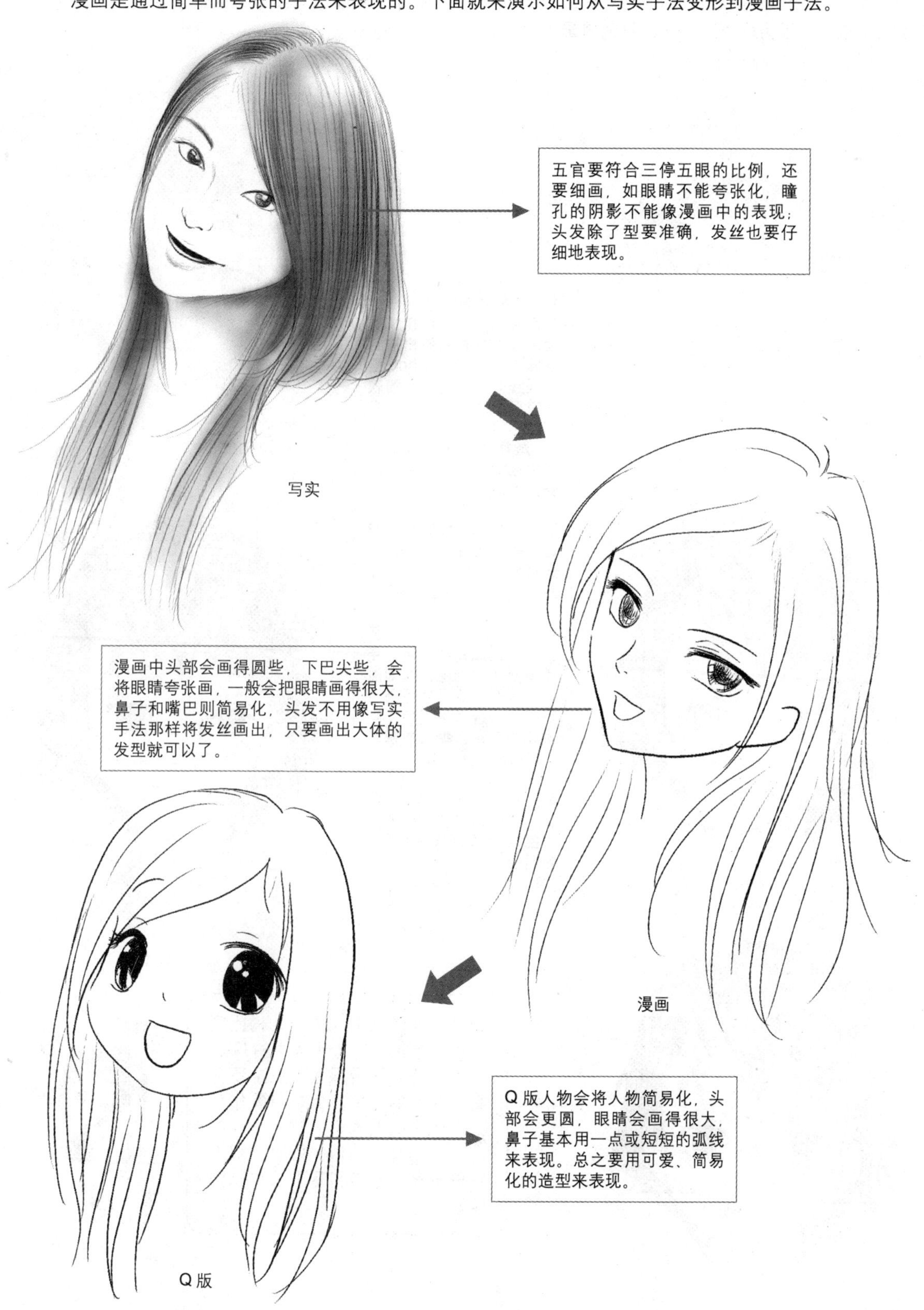

2.3.9 头部上色方法

绘制彩色漫画是漫画中不可少的一部分，而整个人物除了服装造型要吸引人，人物的头部是最吸引人的地方，因为面部是表现人物情绪最直接的方式。

1

2

1．首先绘制线稿，一般有两种方法：一是在纸上绘制，然后将草图扫描到电脑中，在 Photoshop 里清理线条；二是在绘图软件中直接绘制。

2．选择浅紫色、蓝紫色和肉色给头发、眼睛和皮肤上色。

3．新建一个图层绘制阴影。首先绘制头发阴影，选择紫色，将光源设定在左上角，然后画出阴影。

4．画皮肤的阴影，选择比基础色深些的颜色，用模糊变化的画笔，在刘海处、脸颊、下巴处等画出阴影。再选择深蓝色，画瞳孔的阴影，瞳孔的阴影一般上深下浅。

5．进一步添加头发的阴影，选择比紫色深些的深紫色(一般要选择同色相)。如图所示。

3

4

5

虽然说在漫画中人物的结构比例可以夸张化，如 2~4 头身的 Q 版人物会将头画得很大，完全不符合现实中的比例。但是想要作为一个优秀的漫画家，对每一种头身的人物都要精通，所以了解人物的骨骼、肌肉和基本结构比例是必需的。

6．继续添加皮肤的阴影，选择单橘色（色彩可以根据个人习惯来设置）加深阴影的效果，让光影效果更加明显。再选择暗蓝色，添加瞳孔阴影。

7．为了让头发立体效果更加明显，选择暗紫色，添加少许暗部的阴影。从图中可以看出头发的立体感增强了哦。

8．然后选择橘红色，在刘海处、下巴添加少许阴影，最重要的是添加脸颊的腮红，让脸更加红润。

9．最后添加高光。头部可以先用细画笔画，再添加有模糊变化的阴影。眼睛添加高光，让眼睛更加有神，最后要在脸颊处点上高光，让人物更加有精神。

2.4 四肢

绘制四肢要注意区分男性和女性，它们的表现是不一样的。女性的手、胳膊与腿要纤细，手腕和大腿根部在同一个位置，胳膊肘的位置在腰部附近。画侧面像时，要注意画出关节部位、臀部与大腿根部处的关系。肩膀的位置画准确，胳膊就显得自然了。男性的手、胳膊与腿要粗壮些，手腕处比女性的手腕部位画得要偏下（就是把手臂画长一些）。

2.4.1 手

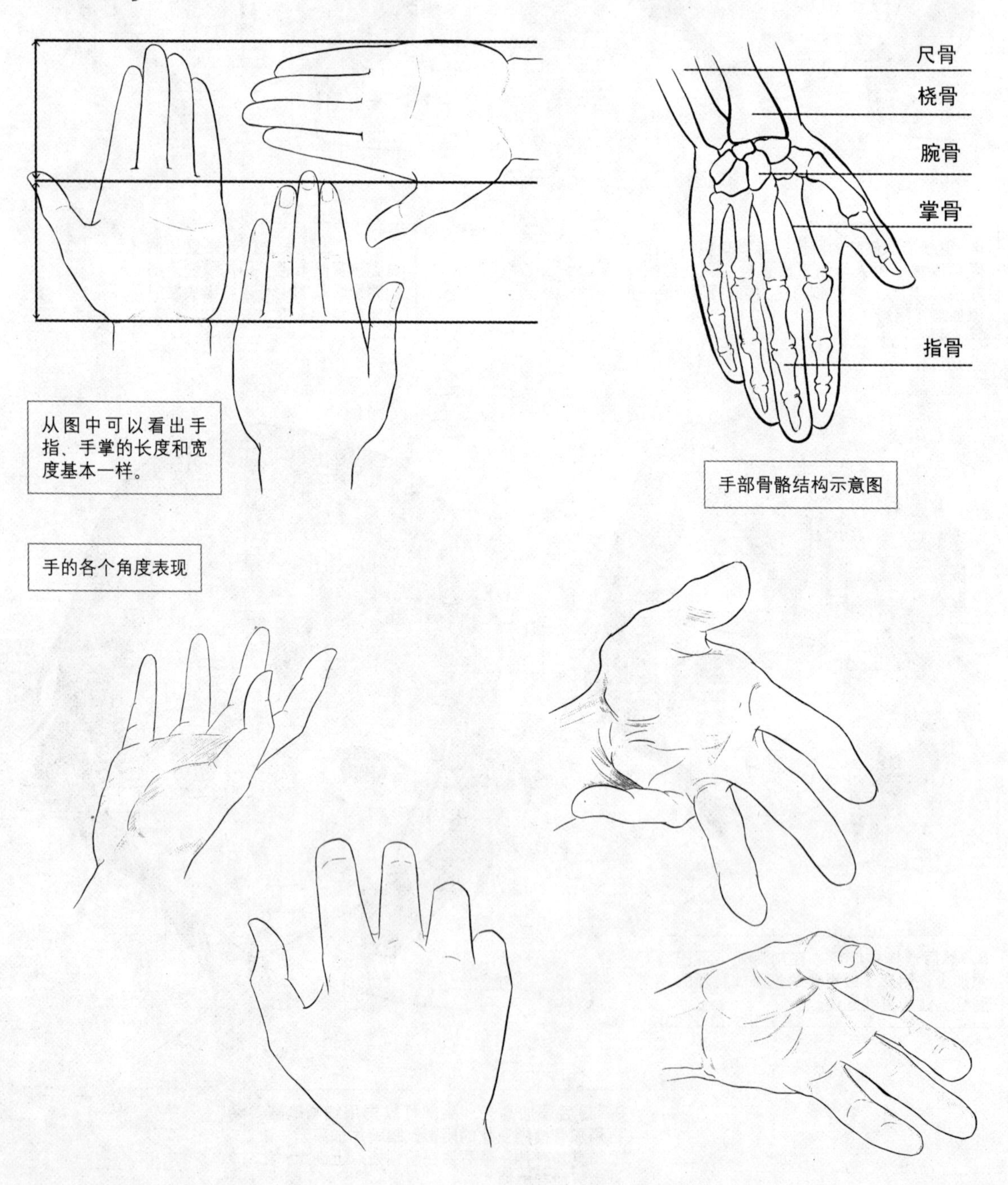

从图中可以看出手指、手掌的长度和宽度基本一样。

手部骨骼结构示意图

手的各个角度表现

手的画法

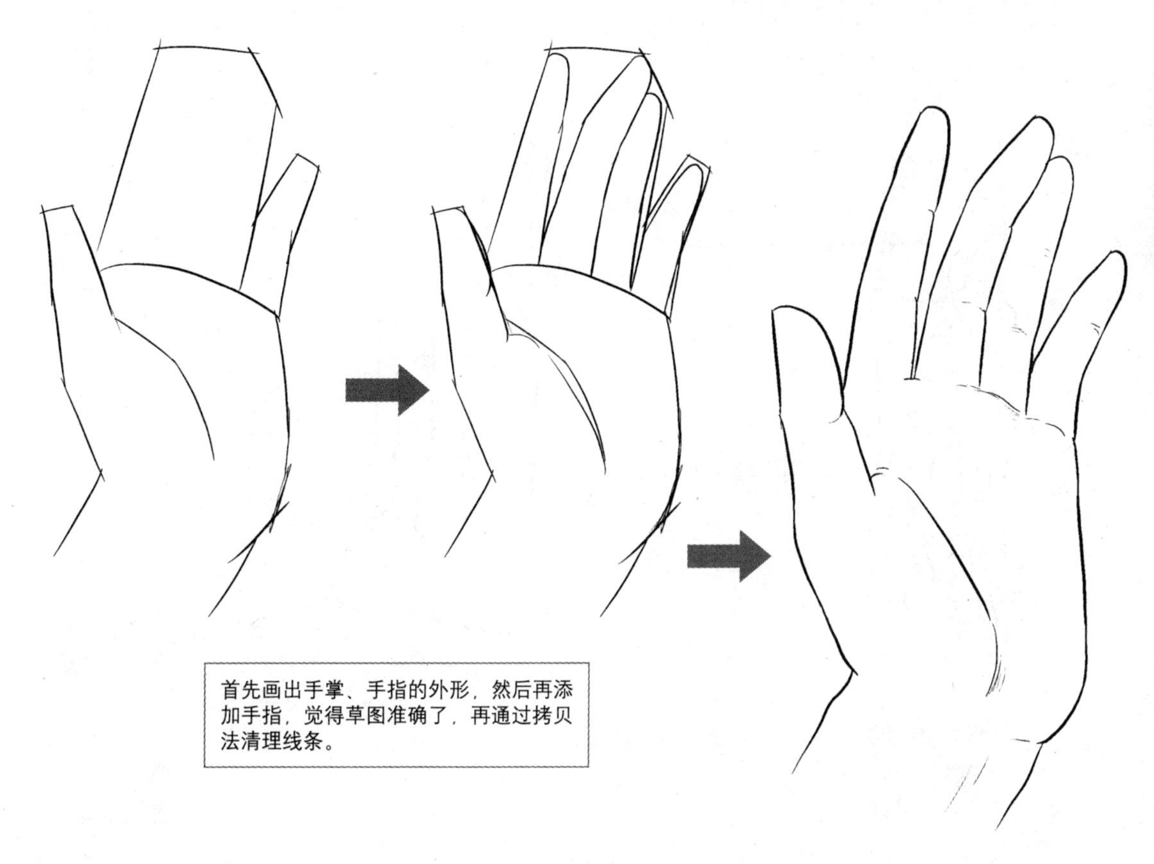

首先画出手掌、手指的外形，然后再添加手指，觉得草图准确了，再通过拷贝法清理线条。

手的变形

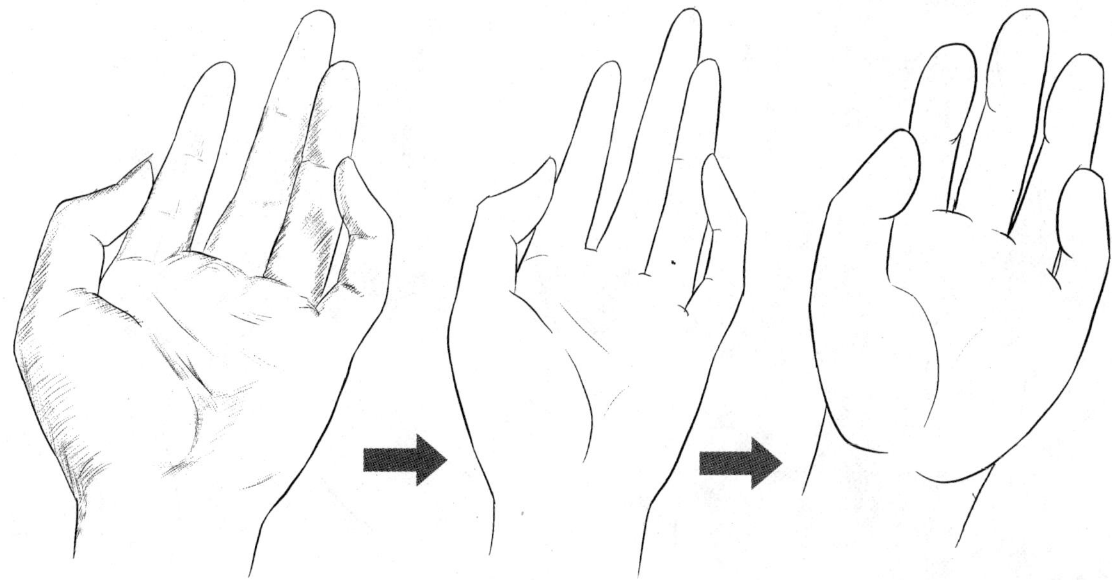

写实手法，关节要详细表现，还要添加阴影和手纹。

漫画中，会将手指画得很修长，手指关节的交代没有写实那么详细。

Q 版人物的手会画得很圆很大，要求画得可爱。

2.4.2 脚的骨骼结构演示图

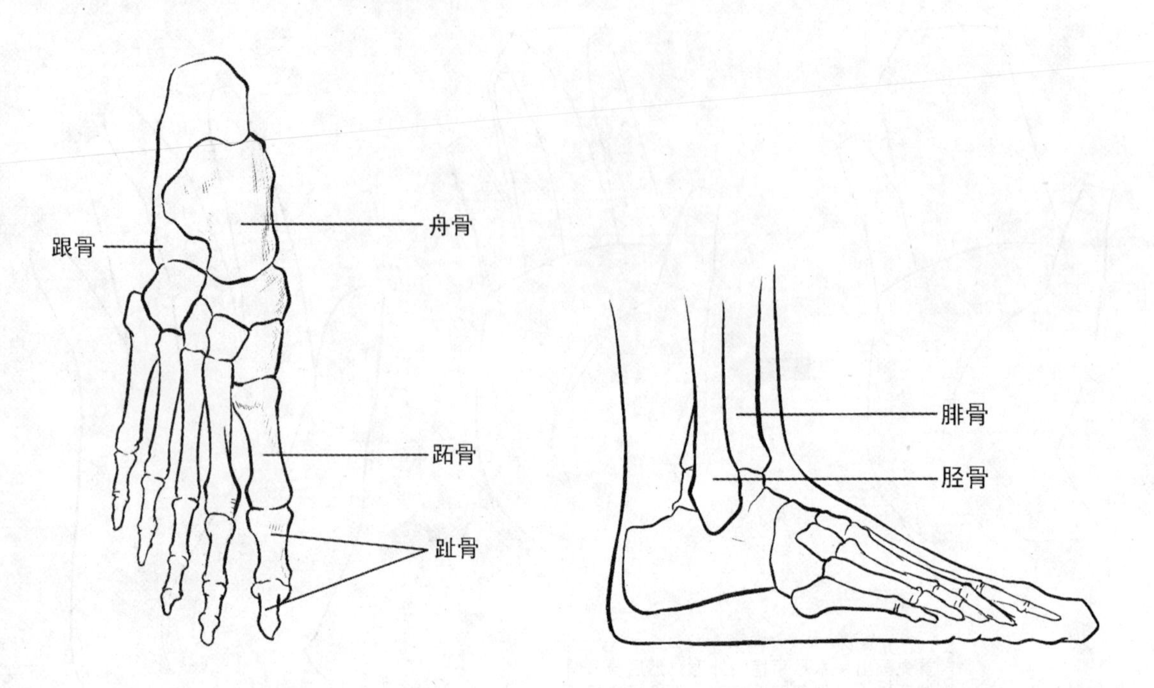

脚的骨骼结构演示图

脚的各个角度表现

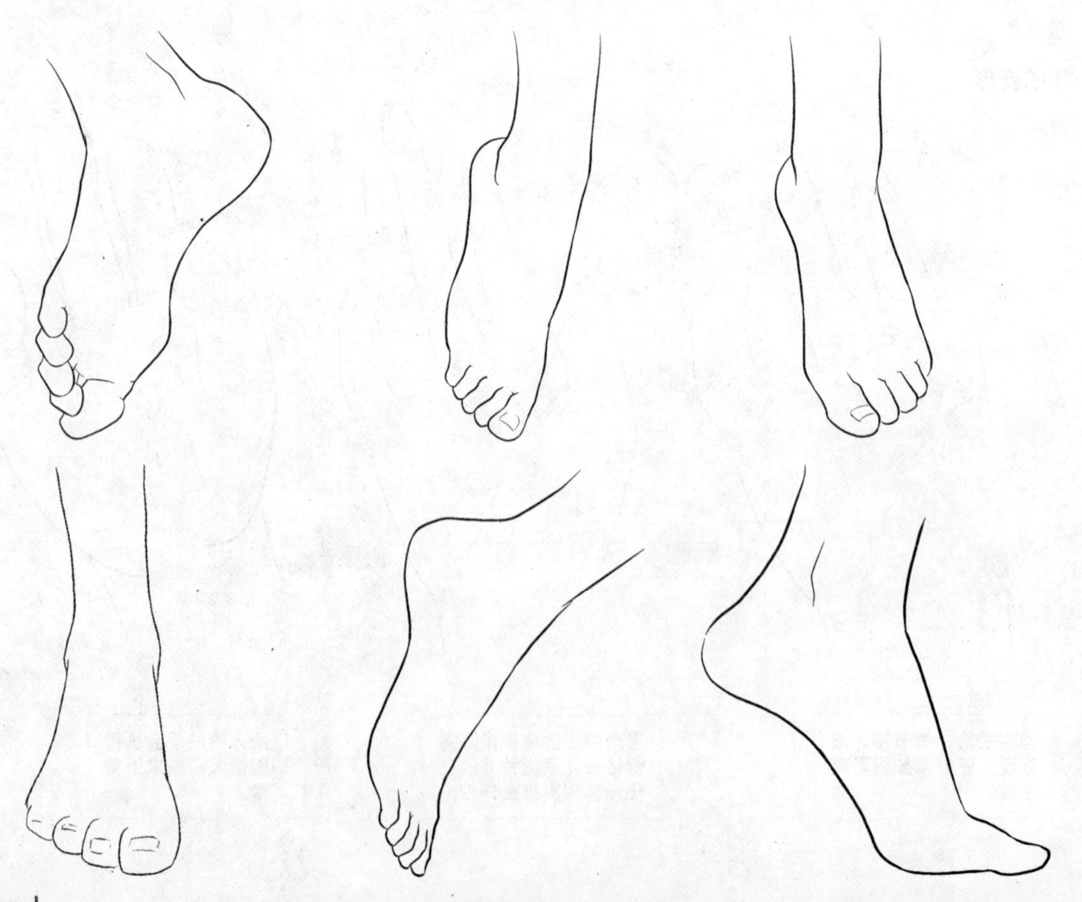

2.4.3 腿

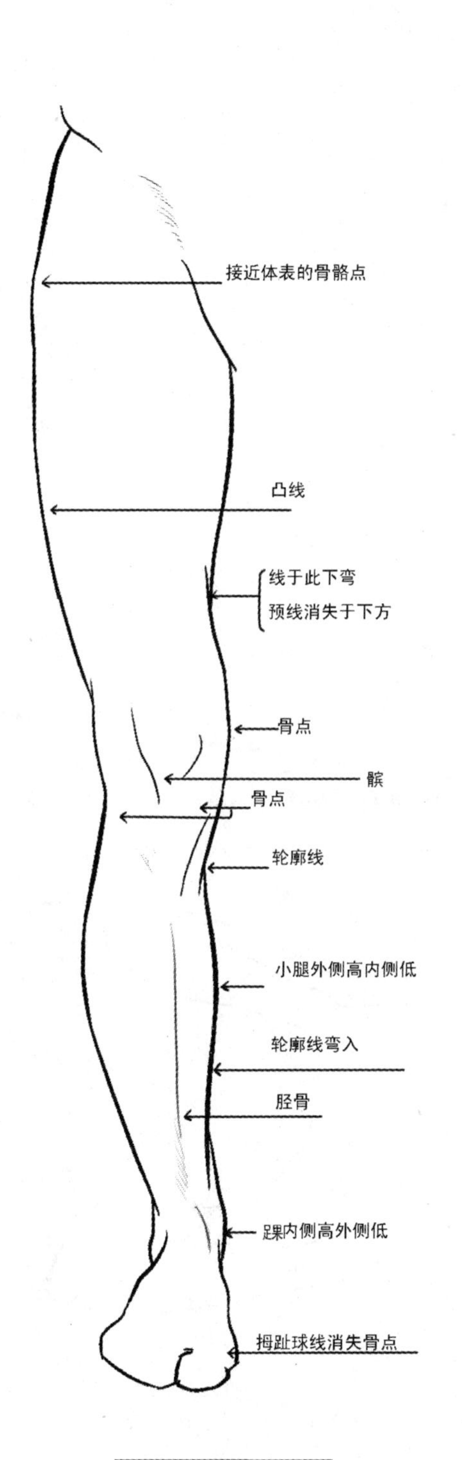

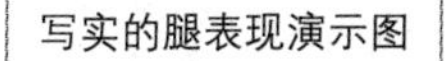
写实的腿表现演示图

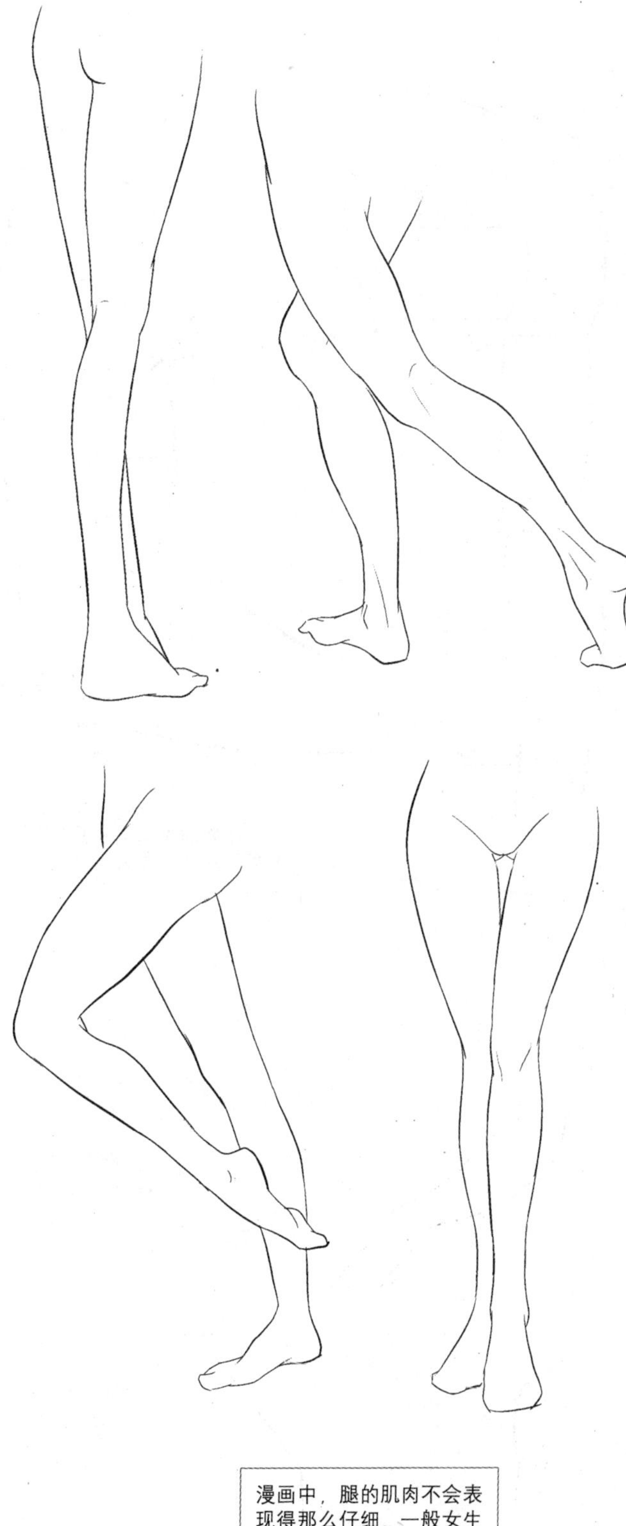

漫画中，腿的肌肉不会表现得那么仔细，一般女生的腿会画得较细，线条要圆滑。

2.4.4 手臂

四肢是肢体语言的重要因素。不同的四肢表现不同的情感：或喜悦，或愤怒，或痛苦等。所以画好四肢是很重要的哦。

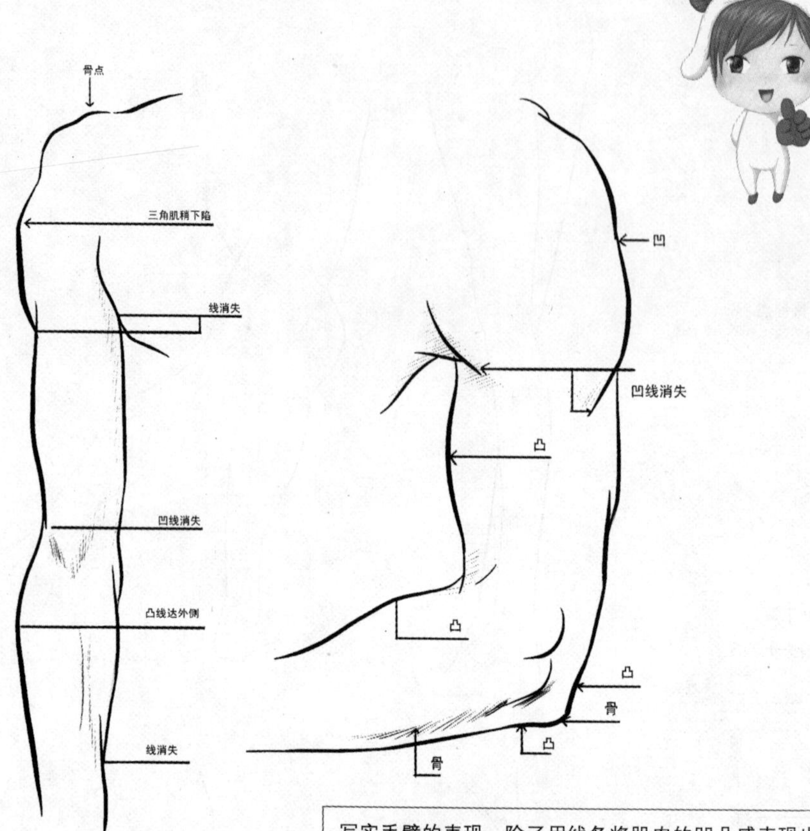

写实手臂的表现，除了用线条将肌肉的凹凸感表现出来，还要适当添加阴影。

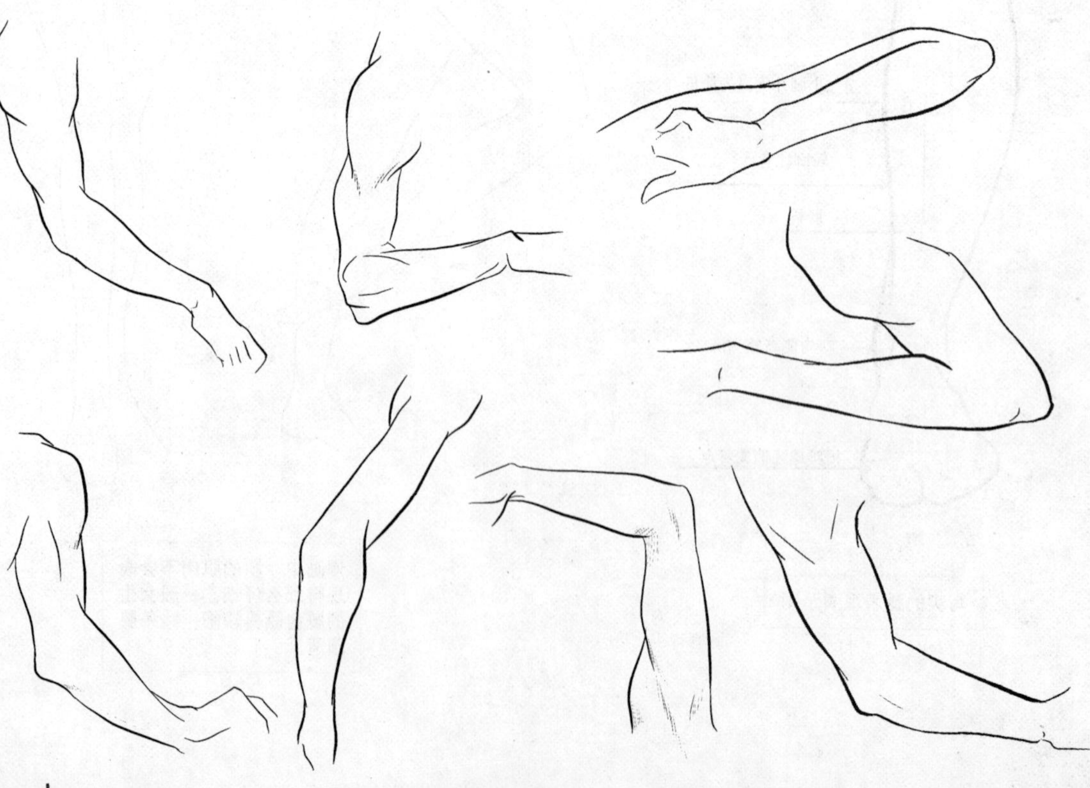

2.5 人体画法

人物是漫画故事的主要组成部分，所以必须把人物画得生动。想要将人物画得生动，除了要了解人体的结构，还要了解人体的透视、姿态和绘制人体的方法。

2.5.1 人体透视

在漫画创作中，会画到各种角度的人体，如正面、侧面、背面、俯视和仰视。特别是俯视图和仰视图，一定要注意身体透视的变化。所以，了解人体透视是很重要的。

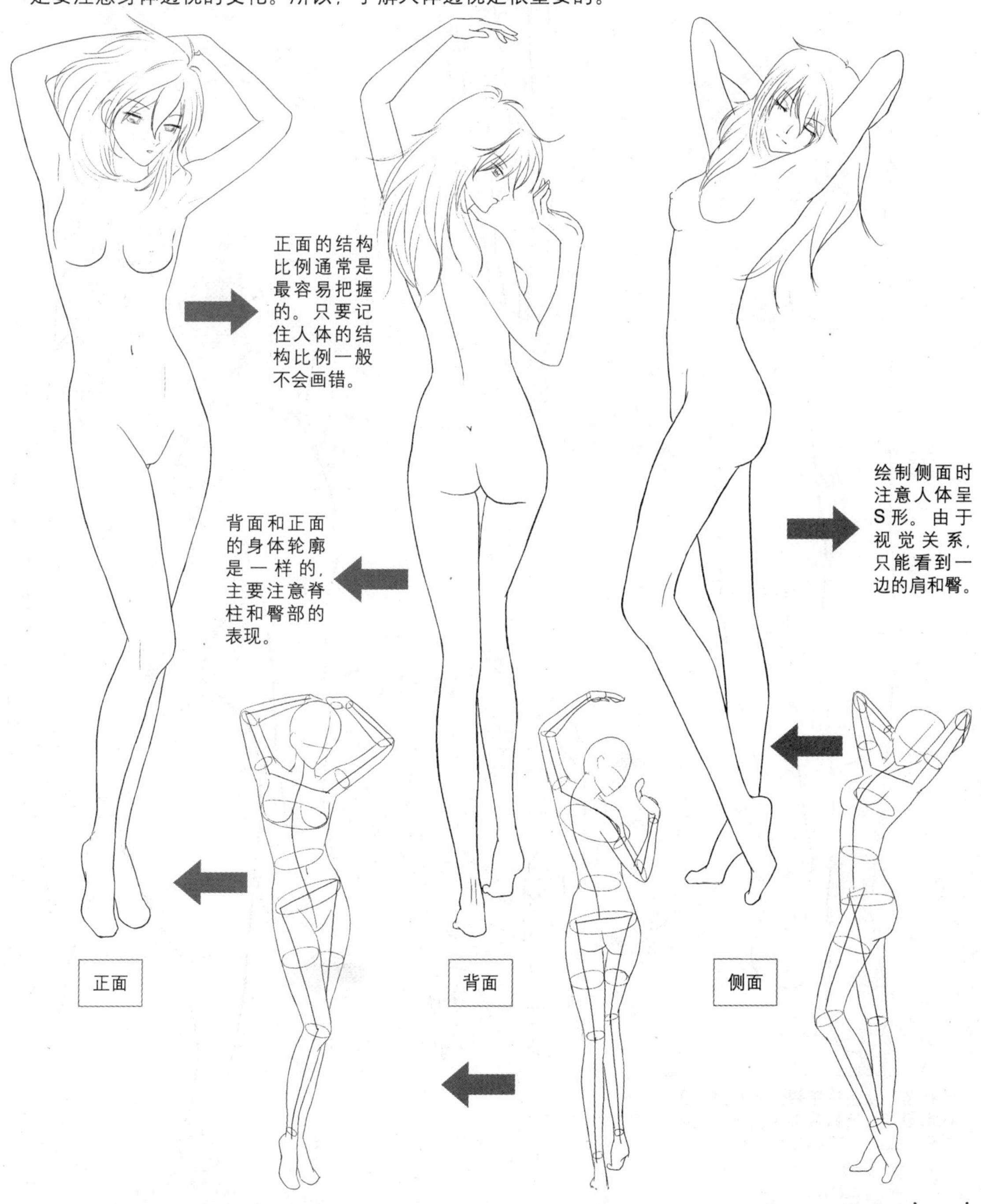

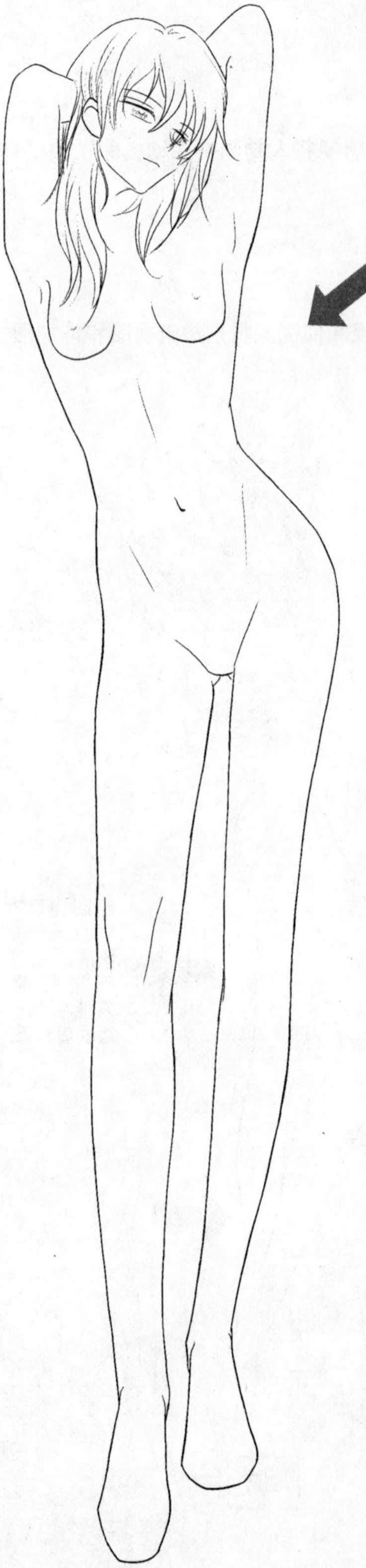

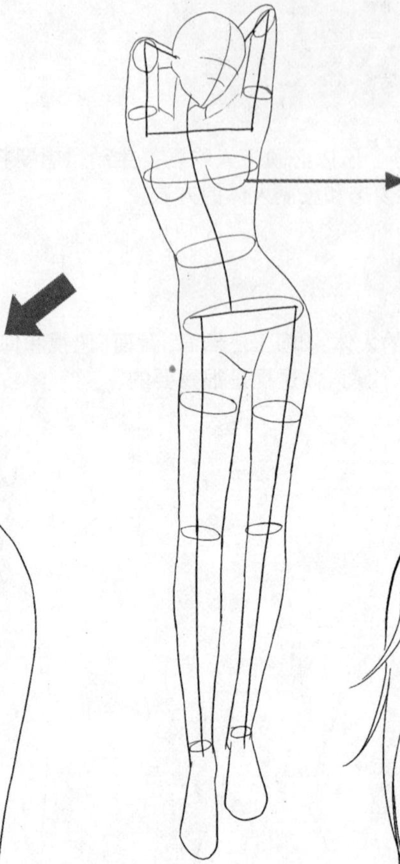

仰视图：从下往上看。因为视角原因，头部会变小，下巴看到较多，上半身会缩短，而腿会变大、变长。绘制的时候，俯视角度越大，面部就越看不清楚，腿就越大、越长。

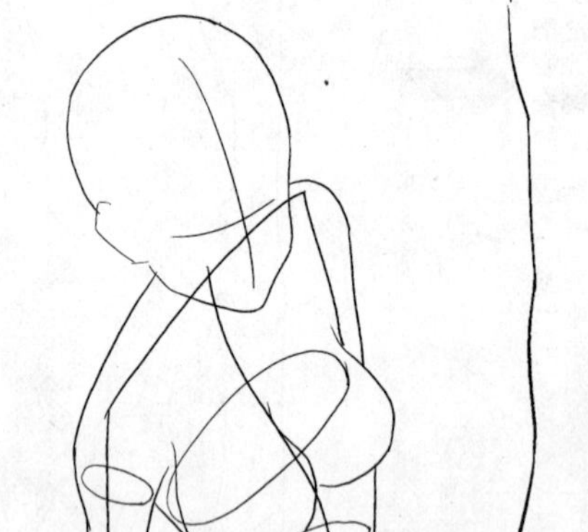

俯视图：从上往下看，头部因为离视点最近，所以头部会变化，且能看到头顶；上半身比下半身短。

2.5.2 姿态

跳跃：双手向上打开，头部向上抬并微微倾斜，给人很开心很喜悦的感觉。

坐姿：双腿合并，重心落在屁股上，所以双脚可以有很轻松的感觉。

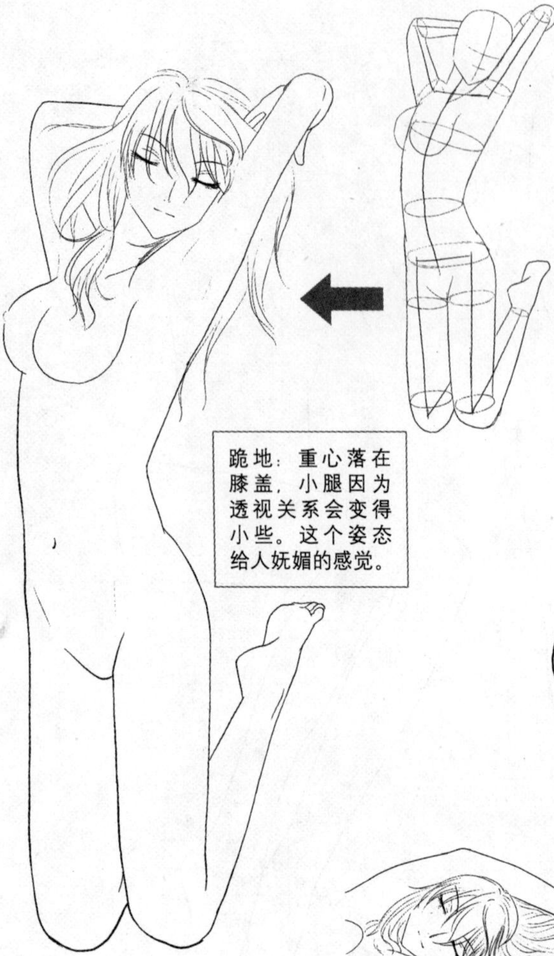

跪地：重心落在膝盖，小腿因为透视关系会变得小些。这个姿态给人妩媚的感觉。

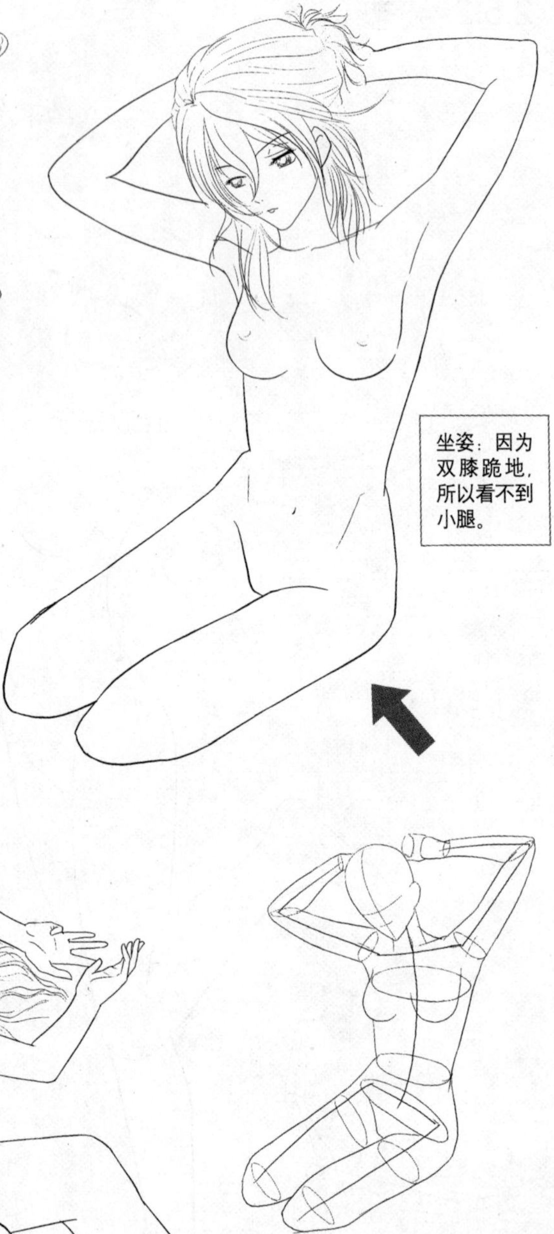

坐姿：因为双膝跪地，所以看不到小腿。

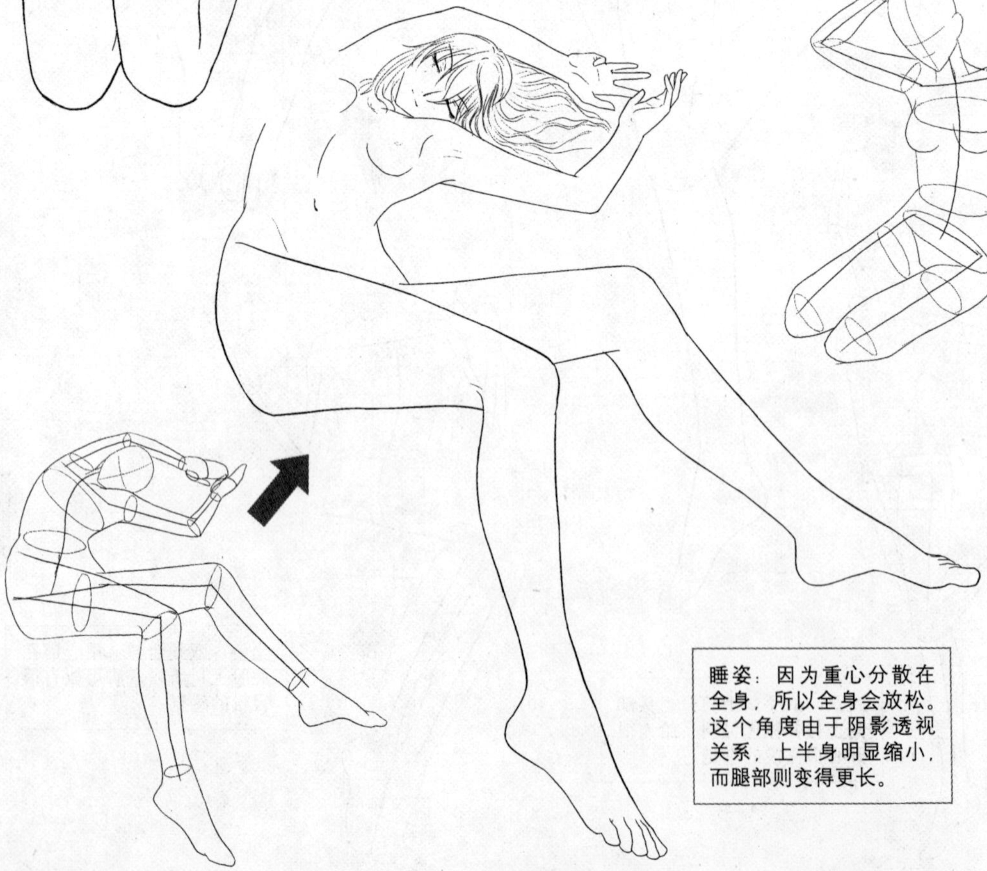

睡姿：因为重心分散在全身，所以全身会放松。这个角度由于阴影透视关系，上半身明显缩小，而腿部则变得更长。

2.5.3 人体绘制方法

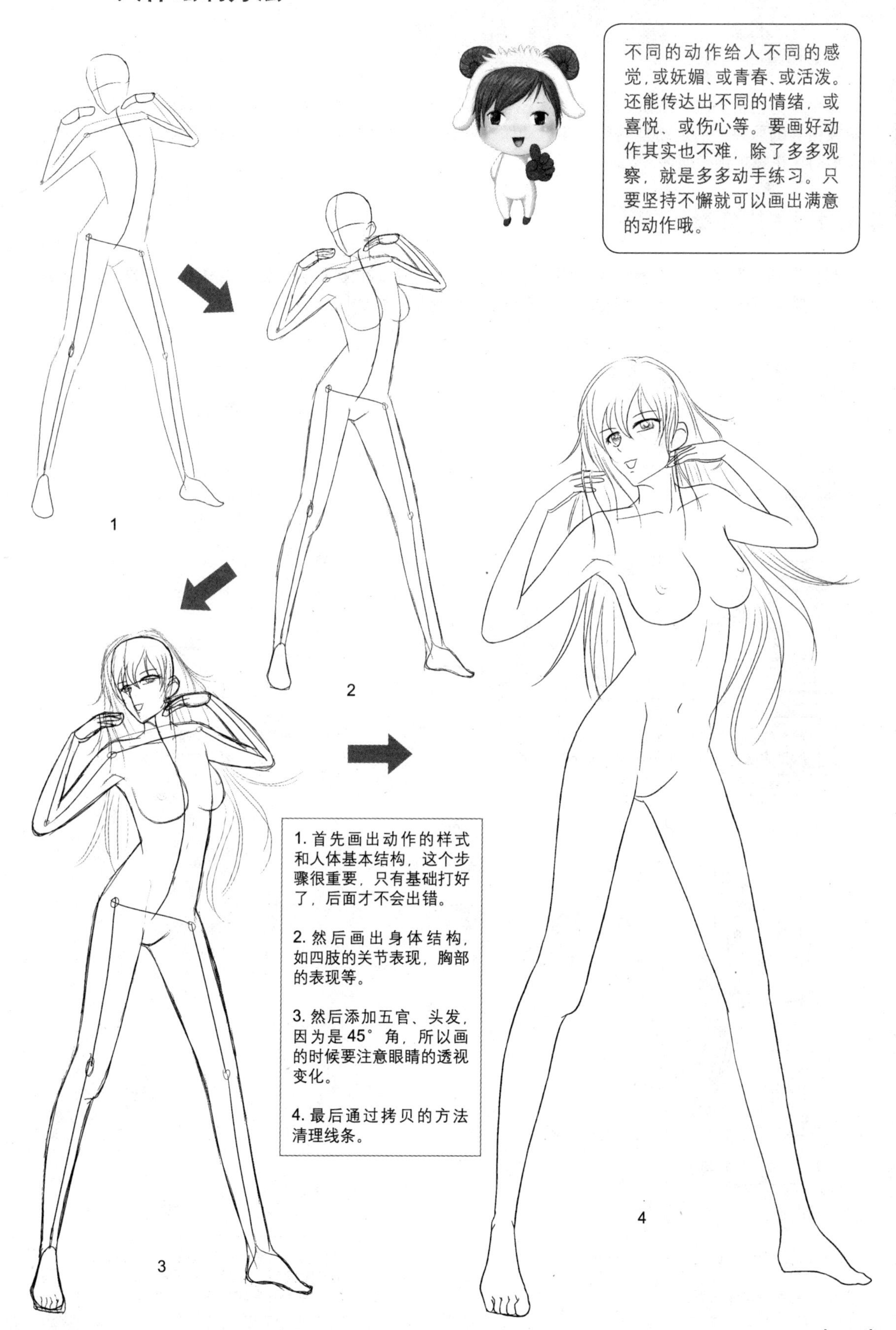
不同的动作给人不同的感觉，或妩媚、或青春、或活泼。还能传达出不同的情绪，或喜悦、或伤心等。要画好动作其实也不难，除了多多观察，就是多多动手练习。只要坚持不懈就可以画出满意的动作哦。
1
2
3
4
1. 首先画出动作的样式和人体基本结构，这个步骤很重要，只有基础打好了，后面才不会出错。
2. 然后画出身体结构，如四肢的关节表现，胸部的表现等。
3. 然后添加五官、头发，因为是45°角，所以画的时候要注意眼睛的透视变化。
4. 最后通过拷贝的方法清理线条。

2.6 服装设计

每个人的性格不同，所以人物造型也不同，如清纯的少女喜欢穿可爱的、带蕾丝的、带荷叶边的、带蝴蝶结等的服装，而运动型的喜欢穿运动服，阳光型的喜欢穿休闲服。所以在绘制漫画的时候要根据人物的性格特征选择服装。

2.6.1 服装分类

因为漫画的种类很多，有少女漫画、少年漫画等，所以在漫画中，服装的样式没有准确的规定，少女漫画常常用带有浪漫气息的服装，少年漫画则用造型奇特的服装。

宽大的裙摆加蕾丝边和荷叶边，营造浪漫风格的服装，这类服装在少女漫画中常常使用。一般是青春的、可爱的少女服装。

宽松的外套和连衣裙搭配，带有休闲的风格。这类服装能使用于很多风格的漫画中。

造型奇特，在现实生活中是很少看到的，一般为舞台服装，这类服装一般用在少年漫画等中。

女仆服：带有大荷叶边的围裙让服装带有浪漫气息，给人可爱的感觉，在很多种漫画中都会使用到。

休闲服装，在很多漫画中都会出现。给人清秀、可爱的少女感觉。

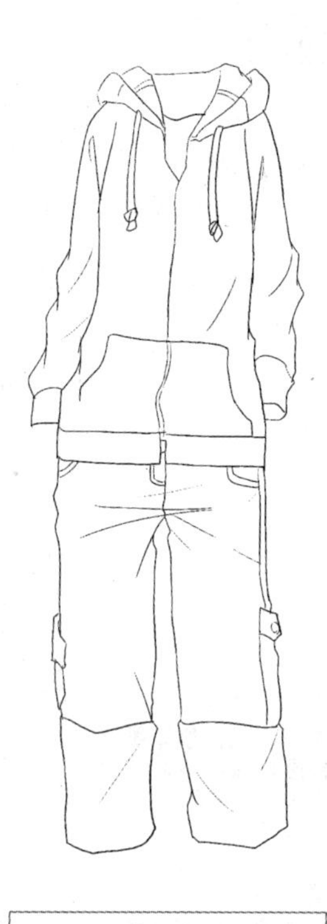

典型的休闲服装，少男少女都可以穿，也使用于各种风格的漫画中。

这类服装一般出现在少年漫画中。

带有民族风的服装，也常常被用于少年漫画中。给人妩媚的感觉。

荷叶边、蕾丝、蝴蝶结等是营造浪漫风格的服装中的重要因素。

2.6.2 服装画法

服装的面料多种多样，不同的面料有不同的质感，所以绘制的方法也不同，如用硬朗的线条表现质地硬朗的面料，用柔和流畅的线条表现丝绸，用短线表现皮革等。

画服装的时候，除了要画出漂亮的、或酷酷的服装，还要注意服装的透视变化和褶皱变化哦，只有准确的褶皱才能让服装看起来更加自然。在漫画中褶皱不要求画得很复杂，只要够用就可以。

休闲服装，可以给人青春、活力的感觉。

民族服装，给人古典的感觉。

2.7 造型设定

漫画中不同的故事需要不同的人物，不同性格的人物造型也不同，如性格开朗的人物常穿着休闲装、运动装等，而爱忧郁的人常常会将刘海把眼睛遮挡住。

不同的年龄层的人物的外貌特征是不同的，如小孩子的头部较大，一般比例为3到4个头高。成年人体立姿为7个头高，坐姿为5个头高，蹲姿为3个半头高，立姿手臂下垂时，指尖位置在大腿二分之一处。老人由于骨骼收缩比例较成年人略小一些。在画老年人时，应注意头部与双肩略靠近一些，腿部稍有弯曲。

2.7.1 婴儿

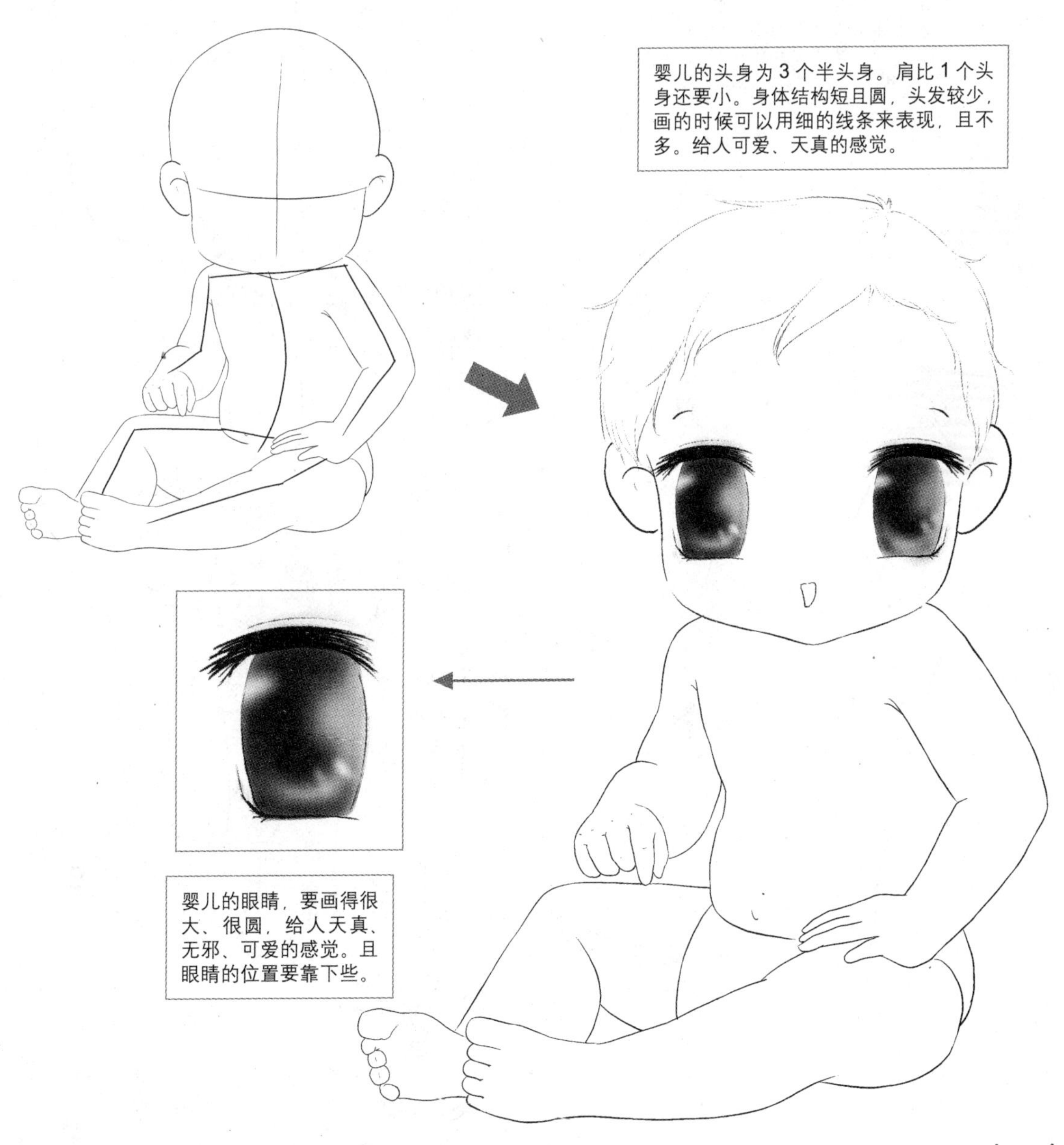

2.7.2 儿童

男

小男孩的眼睛也是较大的。但不同在于眼角的棱角较明显。

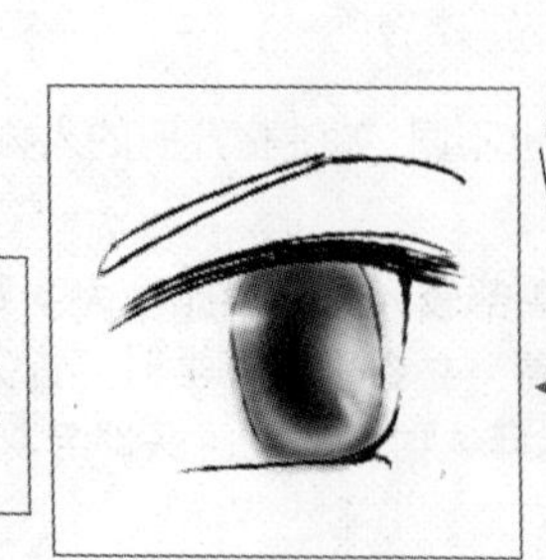

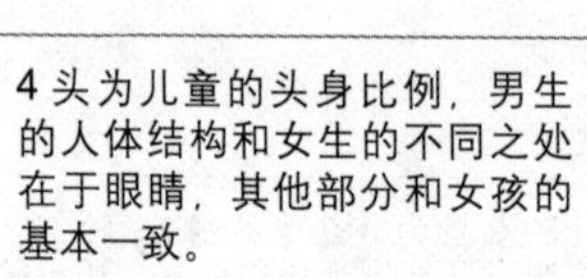

4头为儿童的头身比例，男生的人体结构和女生的不同之处在于眼睛，其他部分和女孩的基本一致。

4头身

女

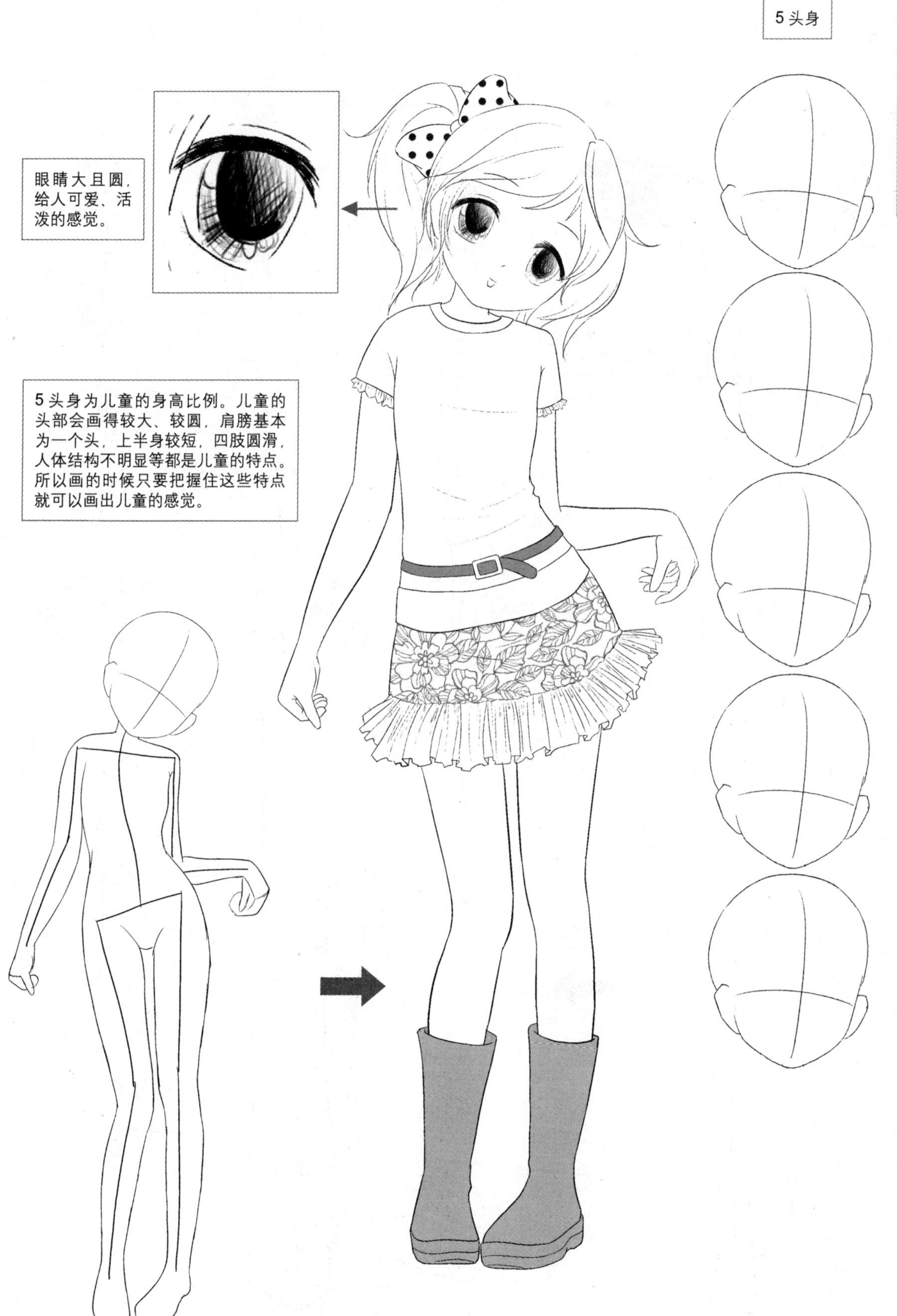

5头身

眼睛大且圆，给人可爱、活泼的感觉。

5头身为儿童的身高比例。儿童的头部会画得较大、较圆，肩膀基本为一个头，上半身较短，四肢圆滑，人体结构不明显等都是儿童的特点。所以画的时候只要把握住这些特点就可以画出儿童的感觉。

2.7.3 少年

男

少年是青春、阳光的，虽然身高会在7头身左右，但是脸上还是会保留些童稚。所以眼睛还是会画得大点。

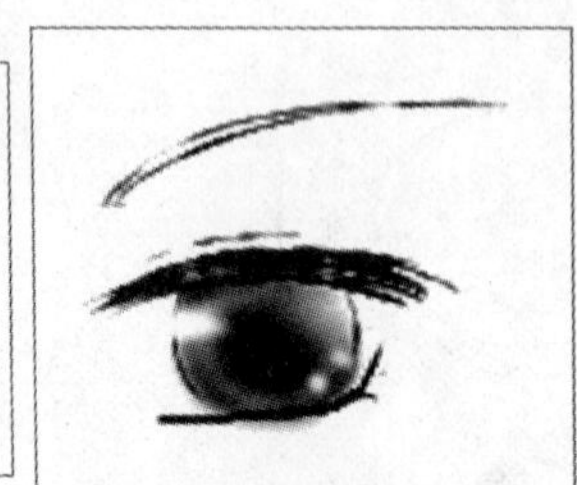

少年头身为7头身左右，肩为3个头身，身材已经和女生有明显的区别。但还是有点童稚，所以会给人青春、阳光的感觉，和成熟男性的稳重有明显的区别。

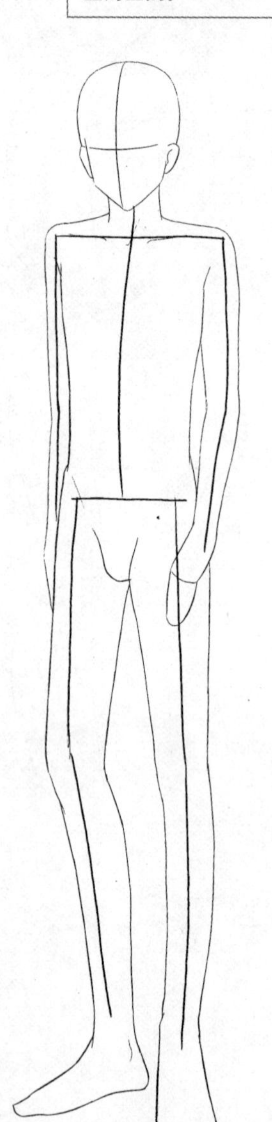

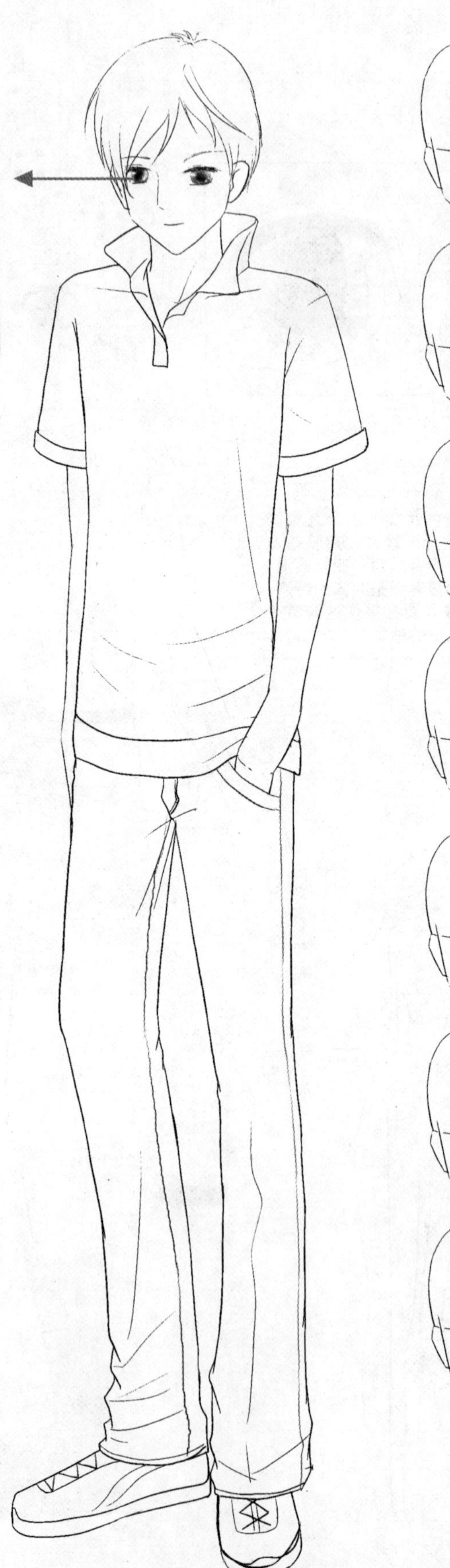

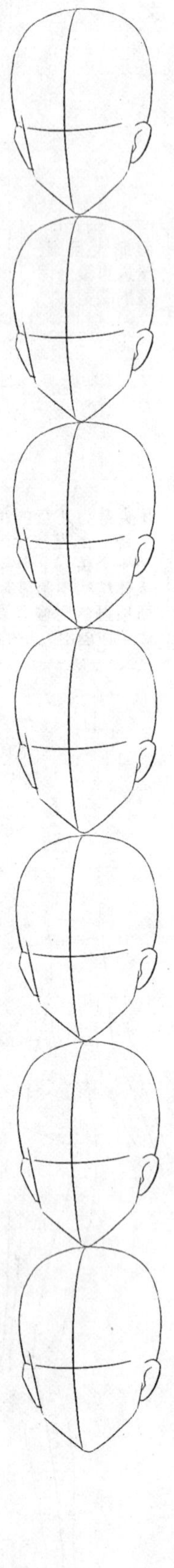

女

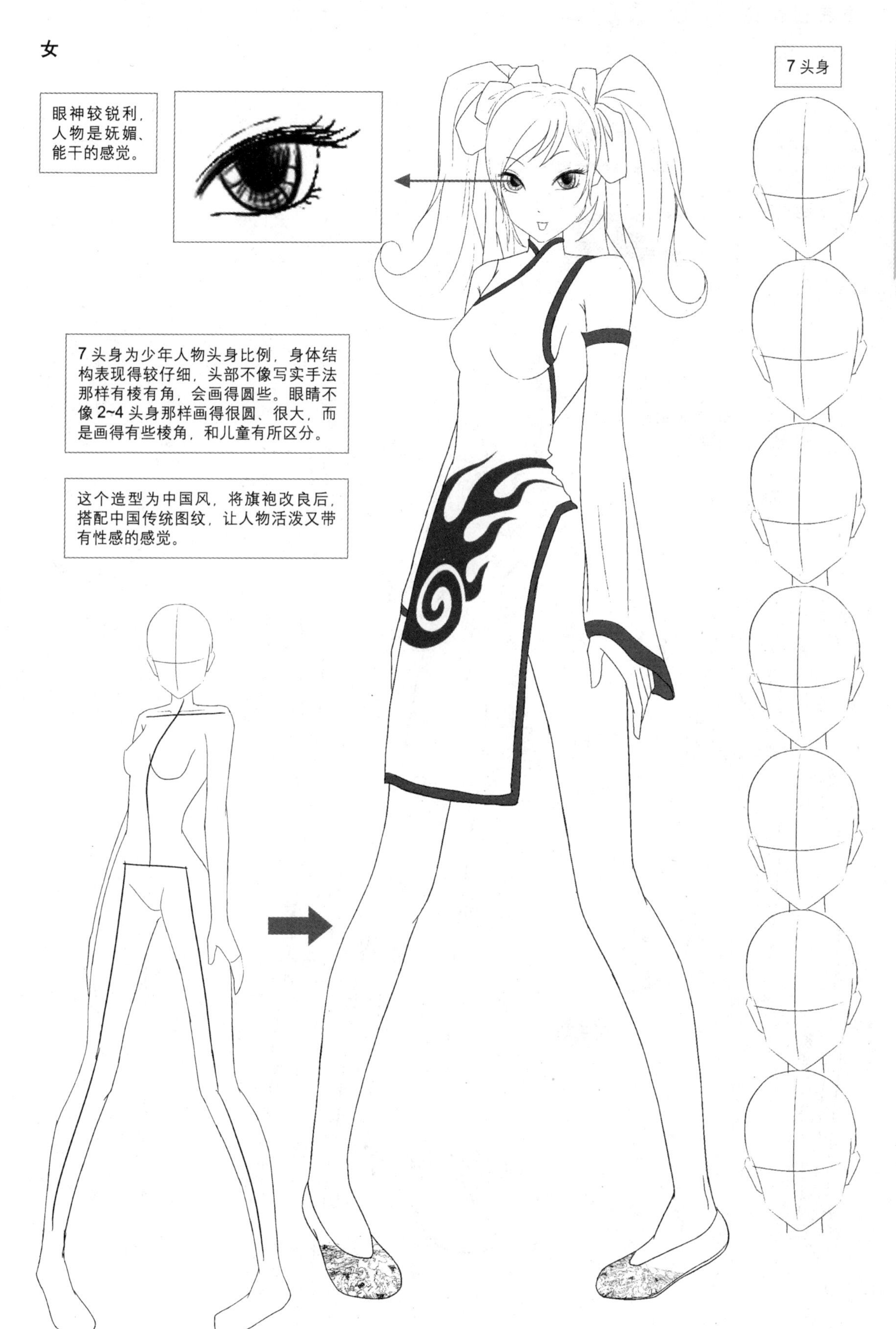

眼神较锐利，人物是妩媚、能干的感觉。

7头身为少年人物头身比例，身体结构表现得较仔细，头部不像写实手法那样有棱有角，会画得圆些。眼睛不像2~4头身那样画得很圆、很大，而是画得有些棱角，和儿童有所区分。

这个造型为中国风，将旗袍改良后，搭配中国传统图纹，让人物活泼又带有性感的感觉。

2.7.4 成年

男

成熟男性的眼睛要细长，这种深邃的感觉能表现出男性的成熟、魅力。

接近8头身的成熟男性，头会画得较小，身材修长、眼睛细长，给人成熟、帅气的感觉，魅力十足。

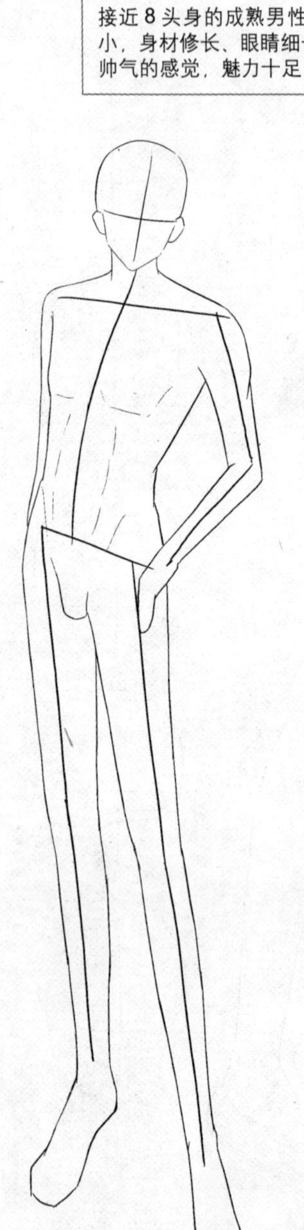

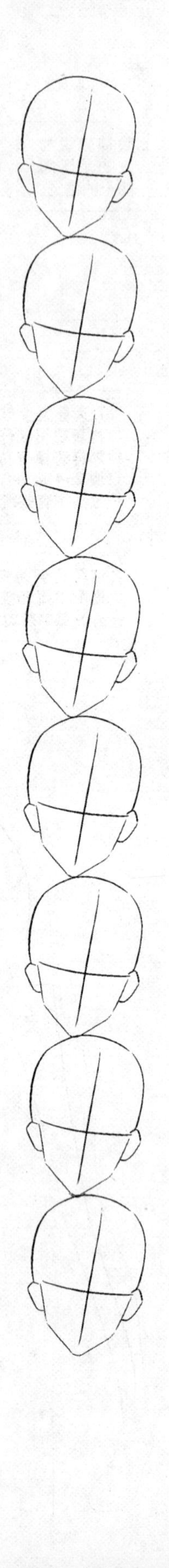

女

成熟女性的眼睛不能画得太大，有些棱角才能给人一种成熟、稳重、干练的感觉。

7个半头以上都为成熟人物的头身比例，一般人体结构要求仔细刻画，头比较小且没有那么圆。

成熟女性的服装一般较为简单，和少女服装的区别在于：荷叶边、蕾丝等这些浪漫风格的元素比较少。

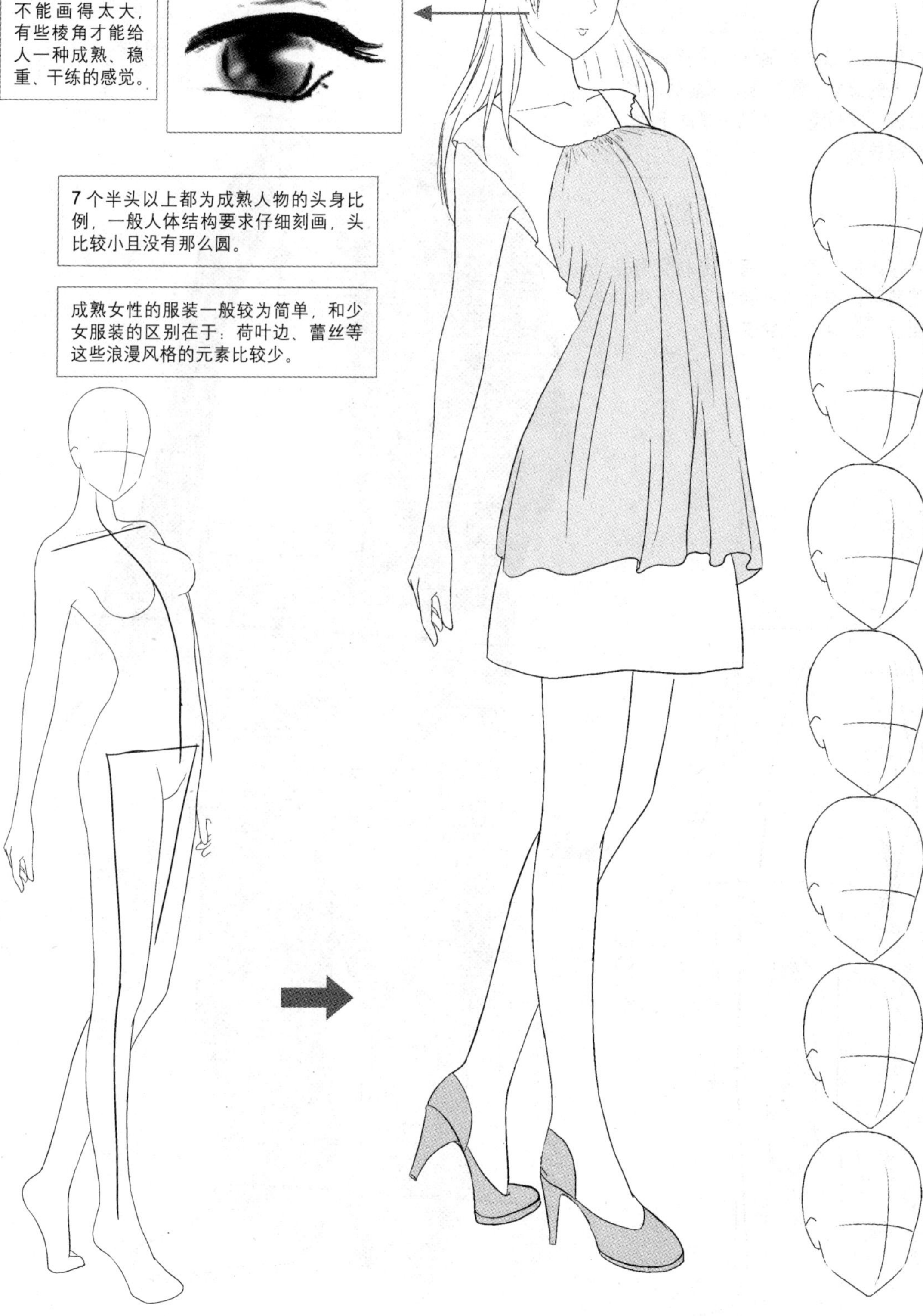

2.7.5 老年

男

老年人脸部会有很皱纹，要表现老年人的感觉，需要画出明显的眼纹、眼袋、笑纹等，嘴巴也是向下垂且有皱纹等。

老年人的肌肉会松垮，身材会有些驼背等。整个人不会像年轻人那样挺拔，头身比也会变小。

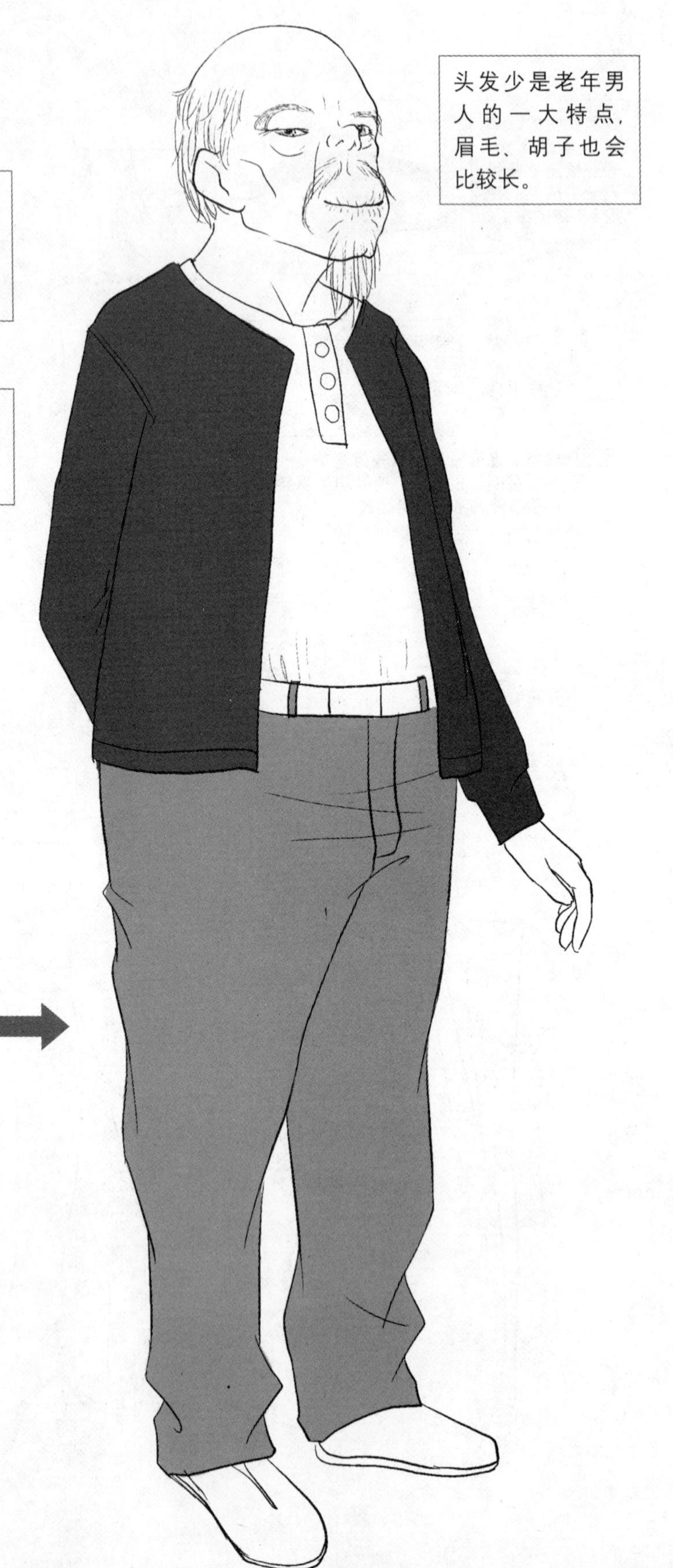

头发少是老年男人的一大特点，眉毛、胡子也会比较长。

女

因为年老，笑纹会很明显。眼袋会很大，胸部也会下垂。这些都是和年轻人不一样的。

老年女强人，眼神比较锐利，面部较消瘦（消瘦才能给人能干的感觉），背部不会像一般老人那样驼背。

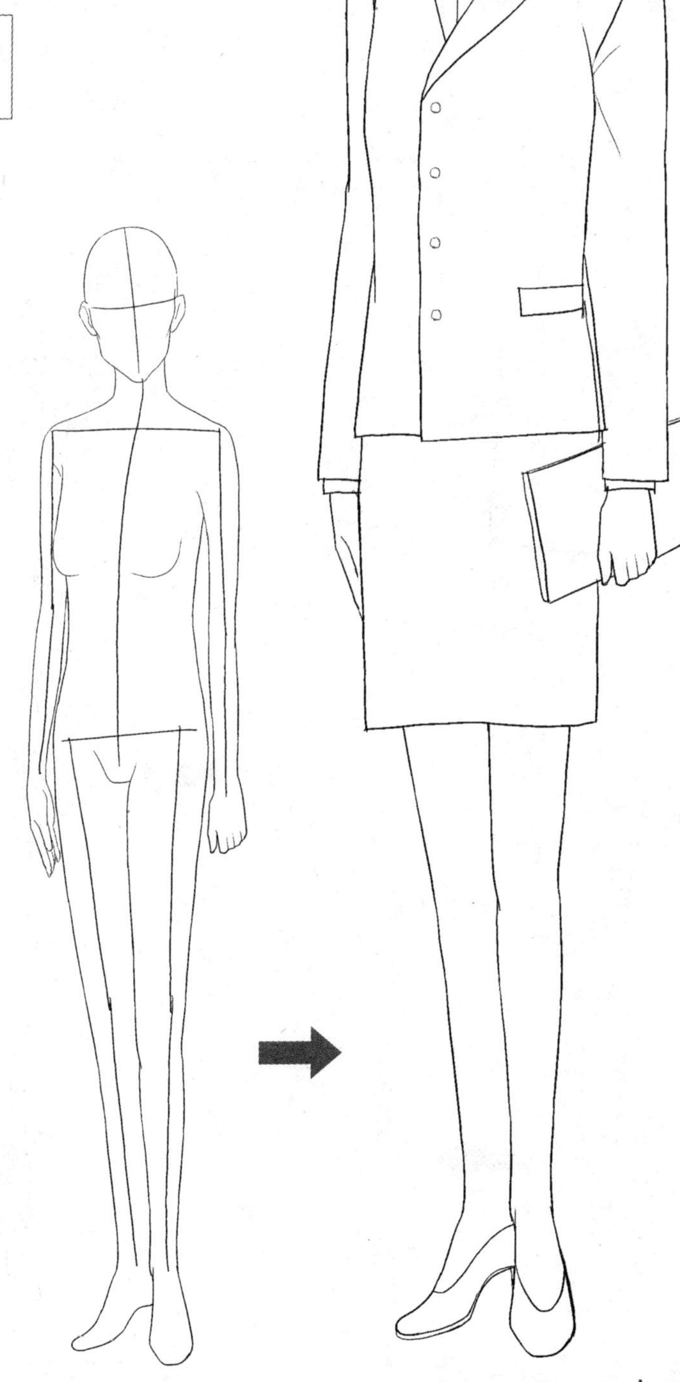

不同年龄层的人物画出来人物样子会改变，如婴儿是天生可爱的感觉，而老人是饱含沧桑的感觉。还有就是体型的变化，如年轻人是昂首挺胸的，给人青春活力的感觉，而老人会变得驼背，给人衰老的感觉。只要把握住每个年龄层人物的特点，就可以很容易地绘制出需要的人物。

2.7.6 写实

写实表现手法，除了通过线条来表现人物的结构，还可以通过阴影来表现肌肉结构等。

写实手法表现要求人物人体比例合理，人体结构要仔细刻画。

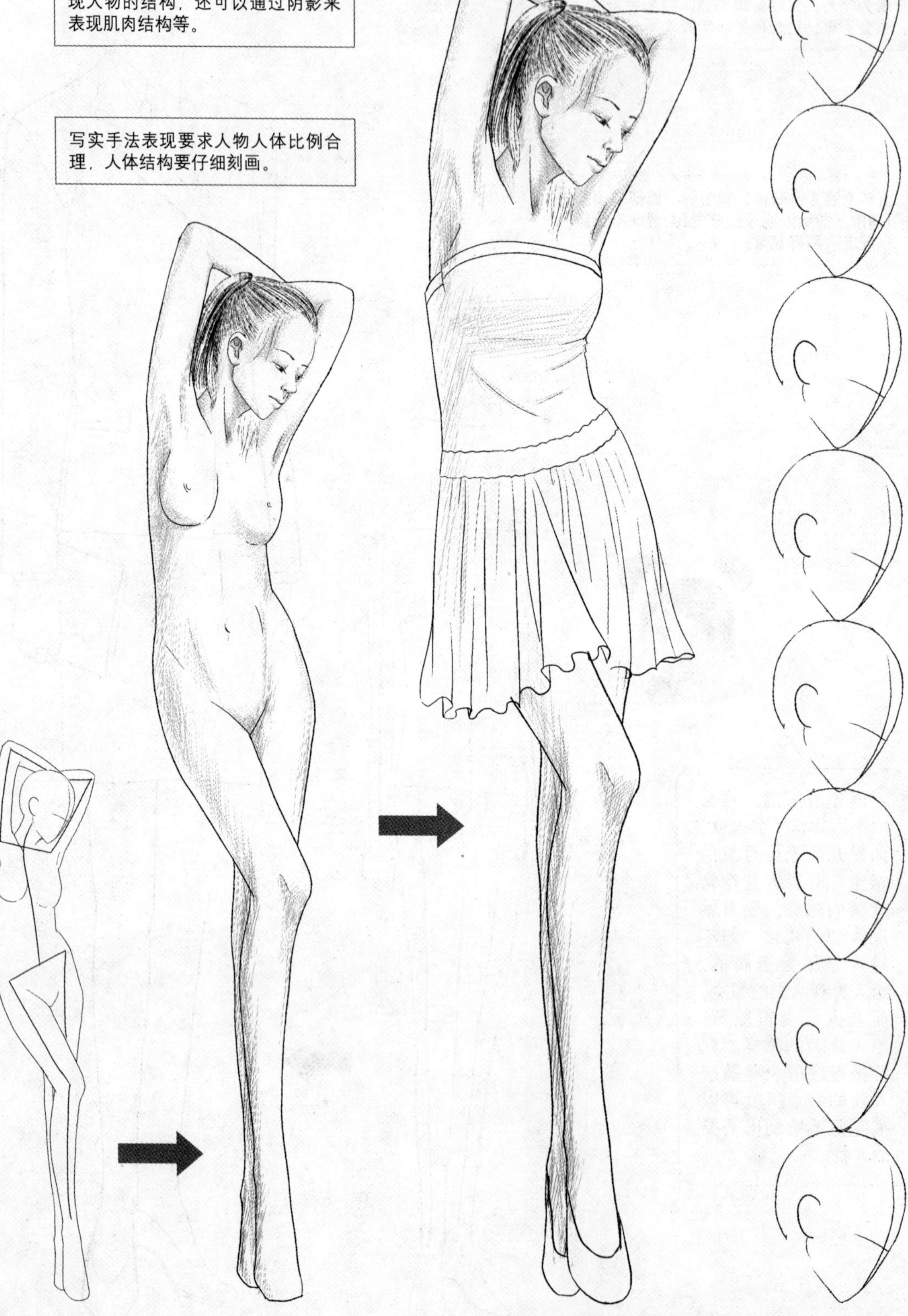

2.7.7 少女风格

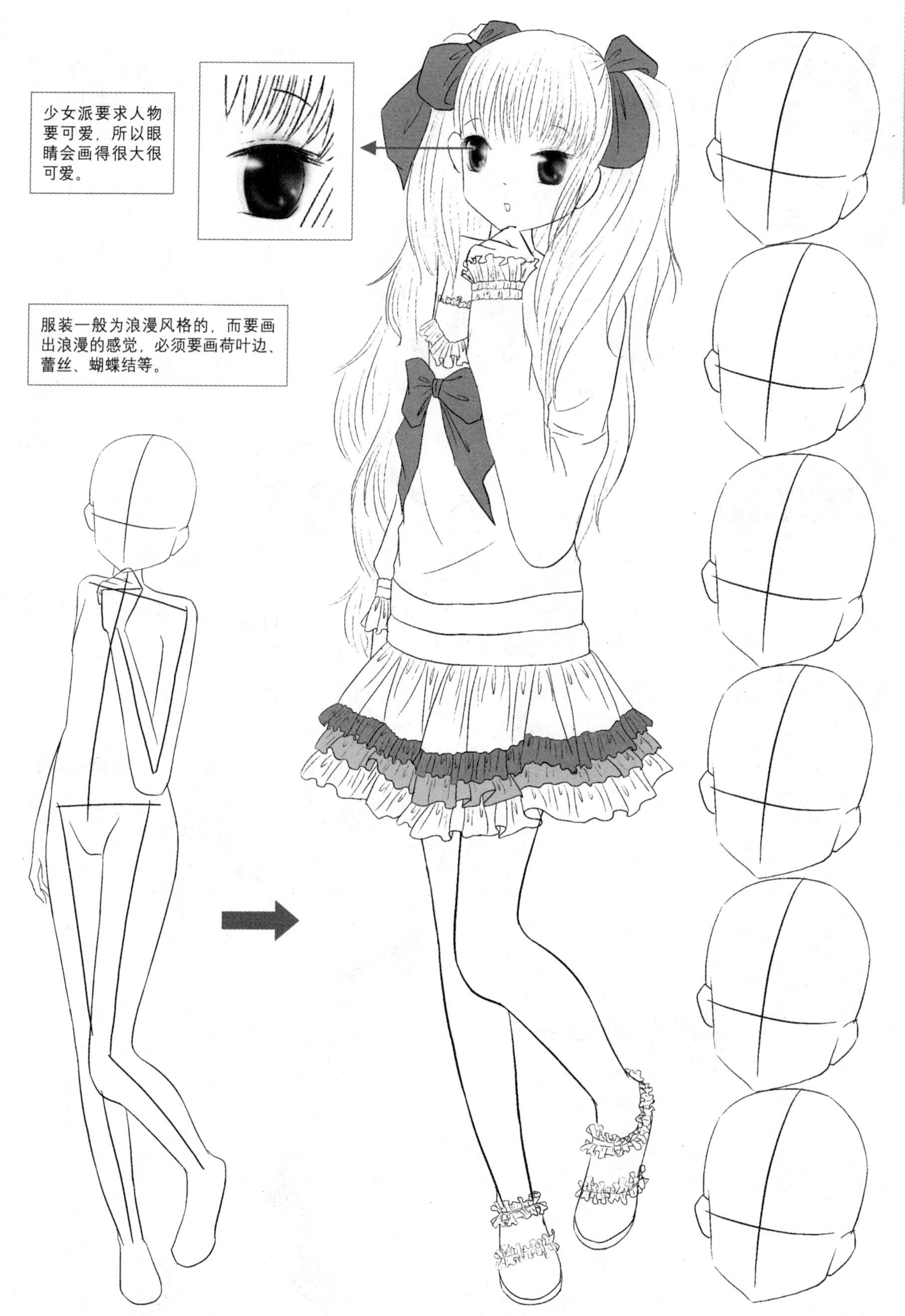
少女派要求人物要可爱，所以眼睛会画得很大很可爱。
服装一般为浪漫风格的，而要画出浪漫的感觉，必须要画荷叶边、蕾丝、蝴蝶结等。

2.7.8 少年风格

少年风格的人物造型比较妩媚或比较帅气，所以头身会比较高，如7、8头身。人物结构刻画较详细。

少年风格的人物，眼睛不会像少女漫画中画得很大，而是较小，甚至可以画得细而长，是锐利的眼神表现手法。

这套服装为战士服，漫画中会把女性的战士服装画得很性感。

2.7.9 兽人

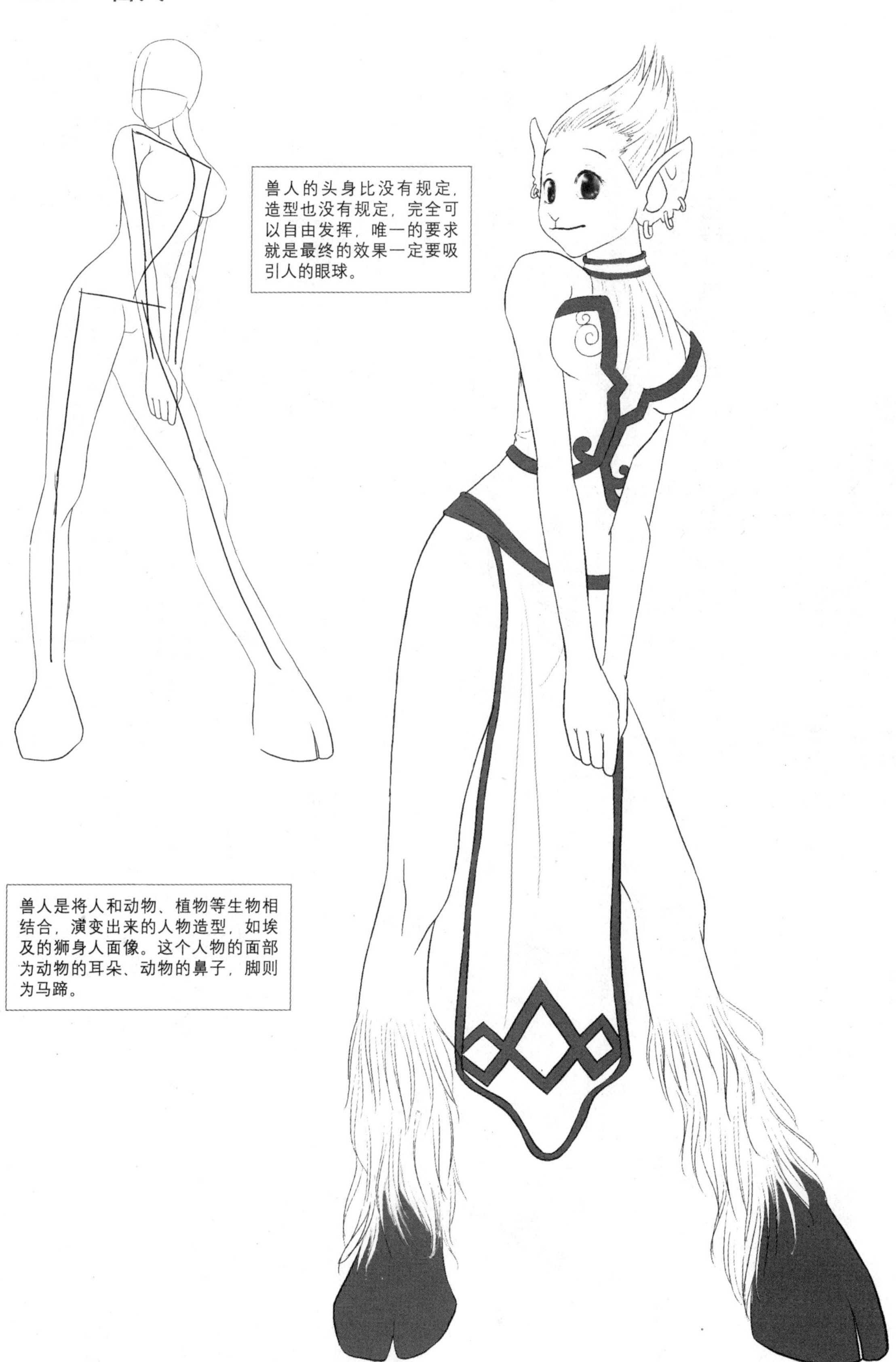

兽人的头身比没有规定，造型也没有规定，完全可以自由发挥，唯一的要求就是最终的效果一定要吸引人的眼球。

兽人是将人和动物、植物等生物相结合，演变出来的人物造型，如埃及的狮身人面像。这个人物的面部为动物的耳朵、动物的鼻子，脚则为马蹄。

2.7.10 Q版

2~4 头身为 Q 版人物。Q 版人物头很大、很圆，眼睛也会画得很大，这样看起来才够可爱。Q 版人物的四肢不会仔细刻画，要求圆润，只要最终效果是可爱的就可以。

Q 版人物的服装，也采用省略手法，只要求服装款式表现清楚，褶皱则用几条线简单地表现就可以。

要绘制不同头身比的人物，只要记住 6~8 头身的人物形象要成熟，结构要细画。5 头身则是形象比较可爱。而 2~4 头身的人物头部会大而圆，眼睛也会画得很大，身体只用简单的线条表现就可以了，整体会给人可爱的感觉。

2.8 道具设计

漫画中道具的作用是衬托，如手拿兵器就表明人物是战士、警察等，手拿画笔则表明人物是画家等。

2.8.1 道具分类

道具的种类很多，我们可以把它分为食物、饰品、武器等。

2.8.1.1 食物

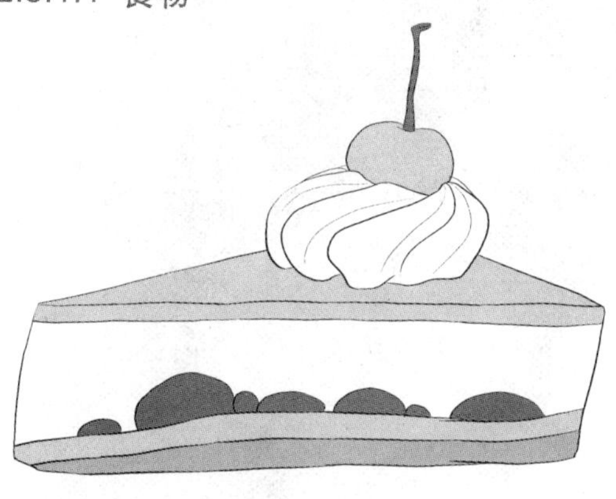

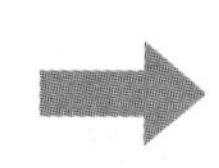

蛋糕1：蛋糕里夹巧克力，上面加上奶油和樱桃，不仅让蛋糕看起来很漂亮，还能让口感更好。

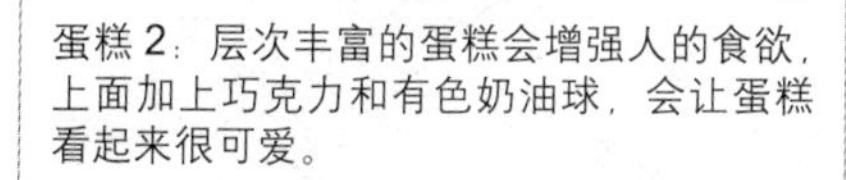

蛋糕2：层次丰富的蛋糕会增强人的食欲，上面加上巧克力和有色奶油球，会让蛋糕看起来很可爱。

蛋糕3：两色的蛋糕卷，上面的白色奶油和条纹巧克力卷绘制的时候要注意线条的柔和。

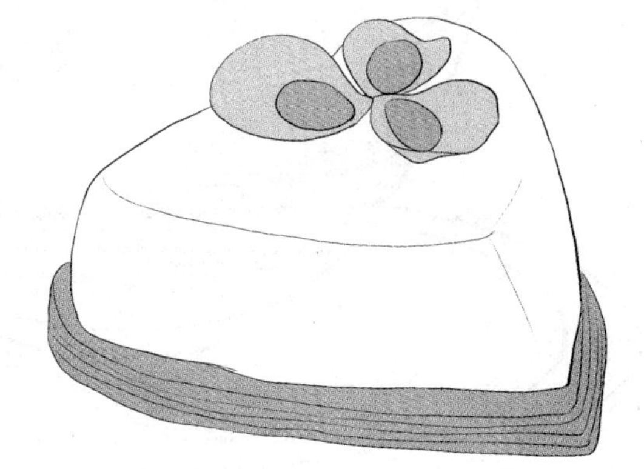

蛋糕4：果冻蛋糕，底层咖啡色的蛋糕，会让果冻色彩看起来更加可爱，上面的花瓣起到点缀的作用，让蛋糕看起来没那么单调。

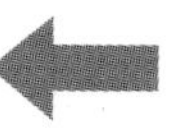

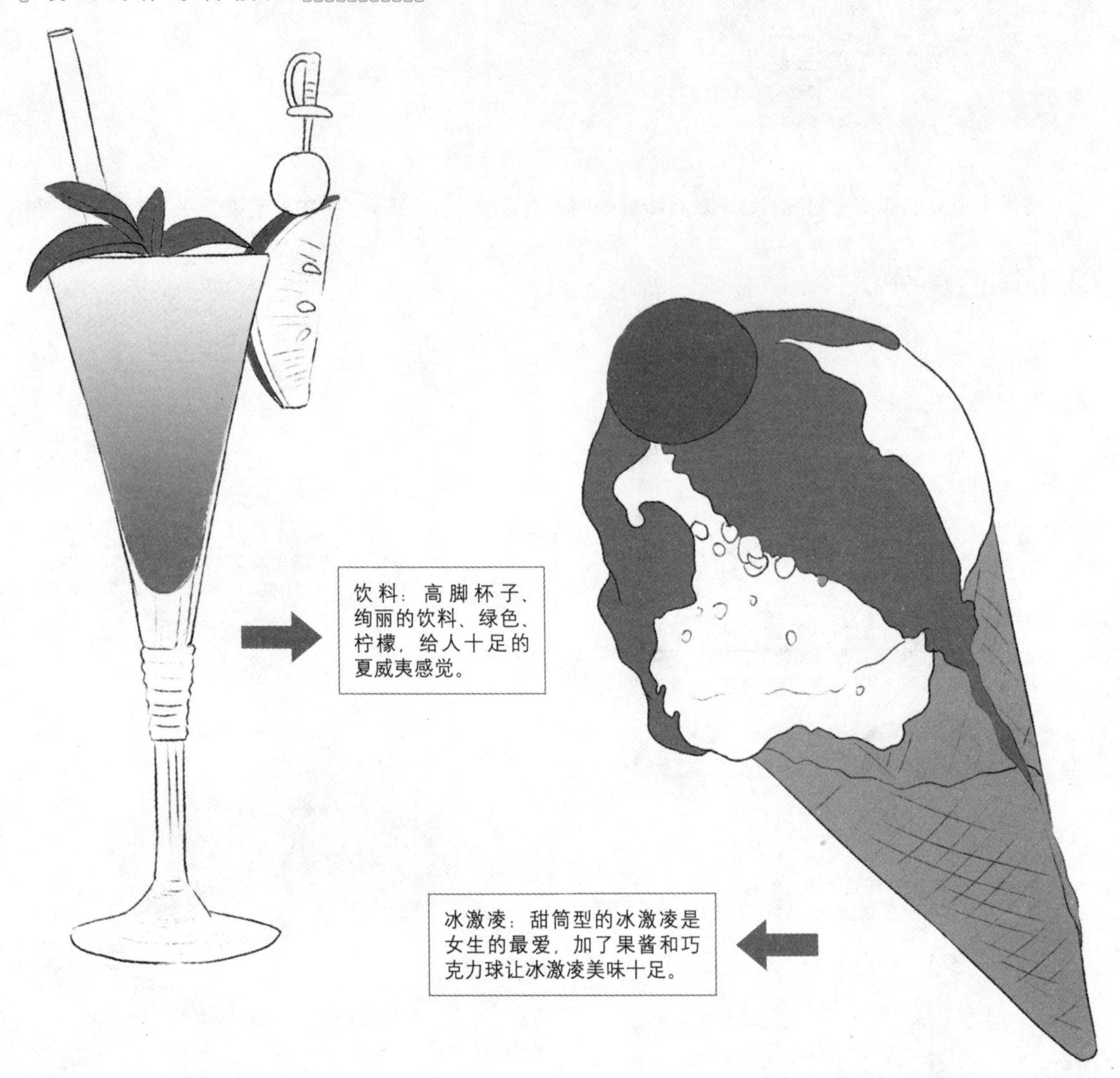

饮料：高脚杯子、绚丽的饮料、绿色、柠檬，给人十足的夏威夷感觉。

冰激凌：甜筒型的冰激凌是女生的最爱，加了果酱和巧克力球让冰激凌美味十足。

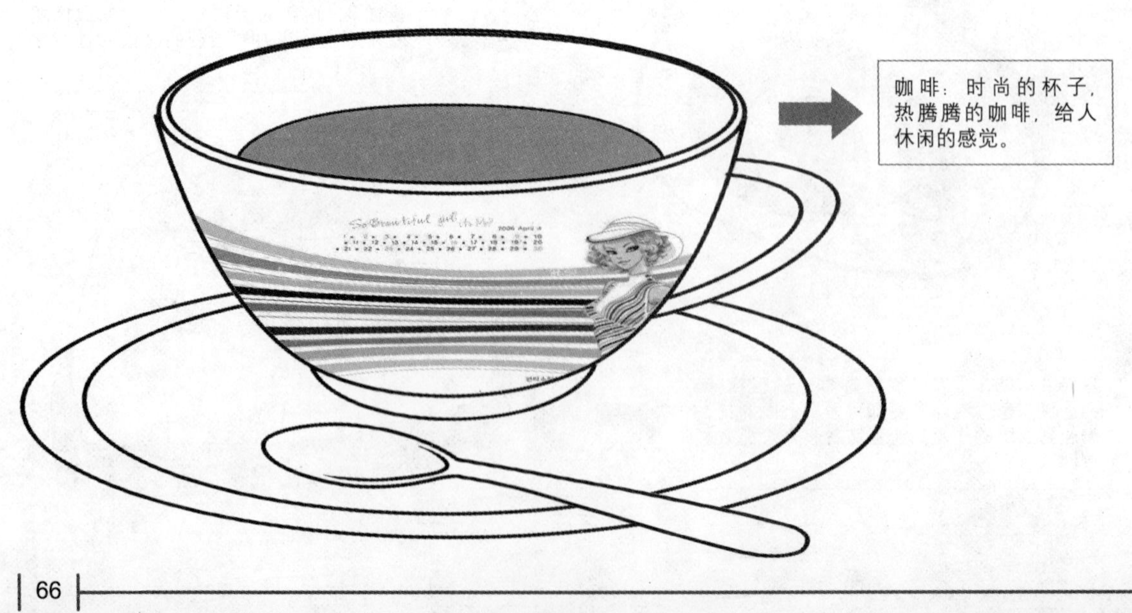

咖啡：时尚的杯子，热腾腾的咖啡，给人休闲的感觉。

棒棒糖：漂亮的颜色，可爱的造型，是小朋友的最爱。

棒棒糖：可爱的花朵造型，漂亮的蝴蝶结，这样的棒棒糖真不舍得吃掉。

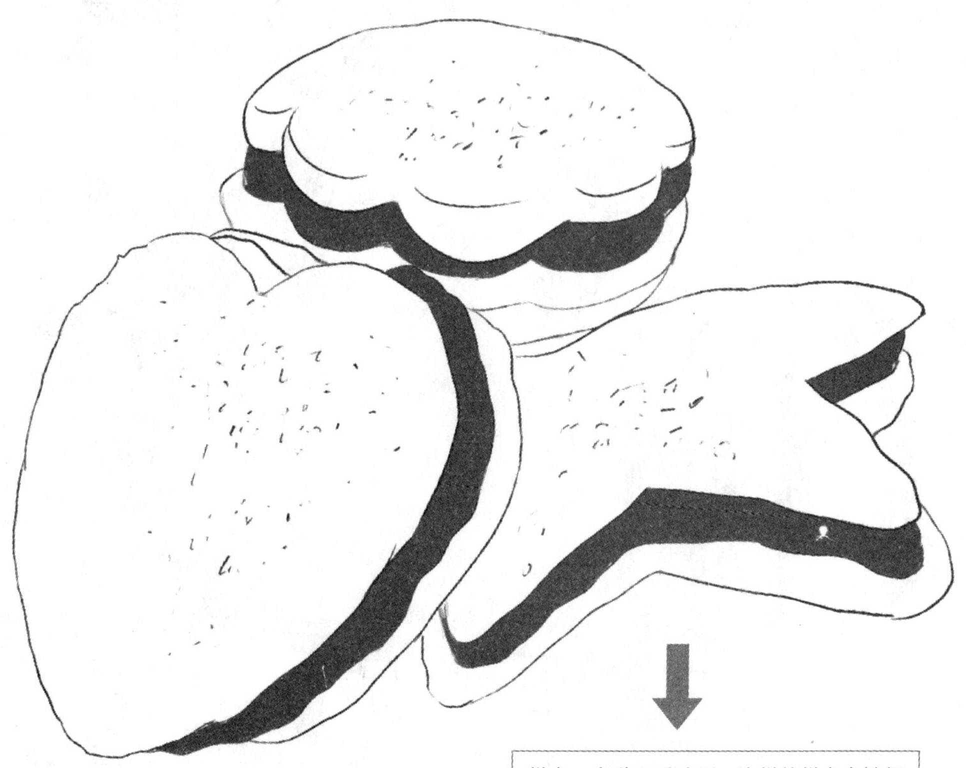

糕点：多种可爱造型，这样的糕点会被很多人喜欢，夹心让人吃后心情愉悦。

菠萝：菠萝造型特别，味道香甜可口，还能给人热带风情的感觉。

葡萄：葡萄种类很多，从大颗到小颗，从粉绿色到深紫色，每种都让人垂涎。

西瓜：圆形、绿色条纹是它的最大特点。西瓜是夏天解渴的最佳水果之一。

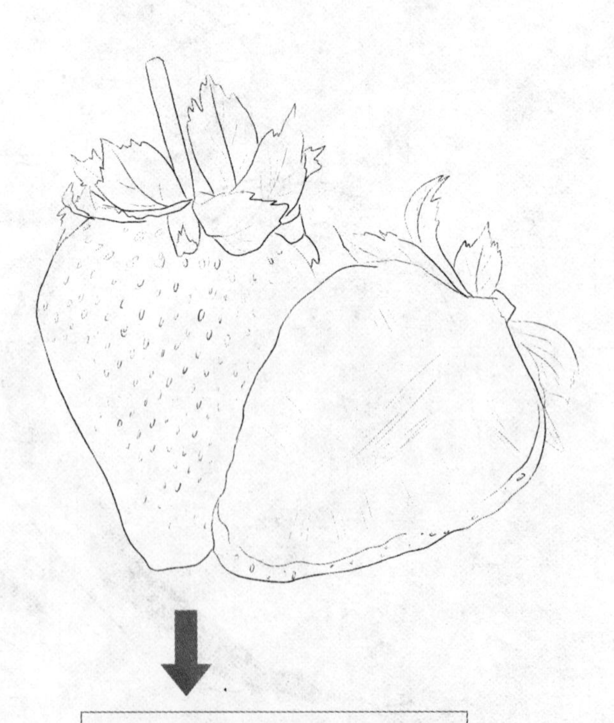

草莓：水灵灵的红色草莓，不仅漂亮的颜色让人喜欢，味道也是十分令人喜欢。

2.8.1.2 饰品

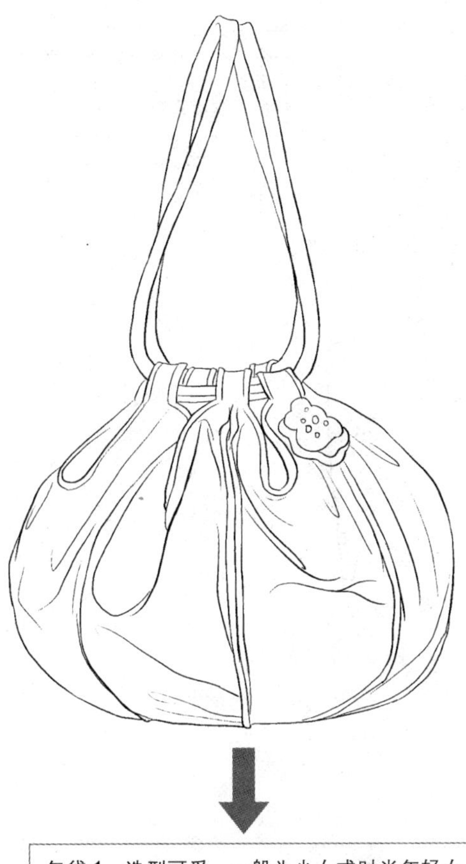

包袋1：造型可爱，一般为少女或时尚年轻女士的最爱，这类包袋适合休闲风格的服装搭配。

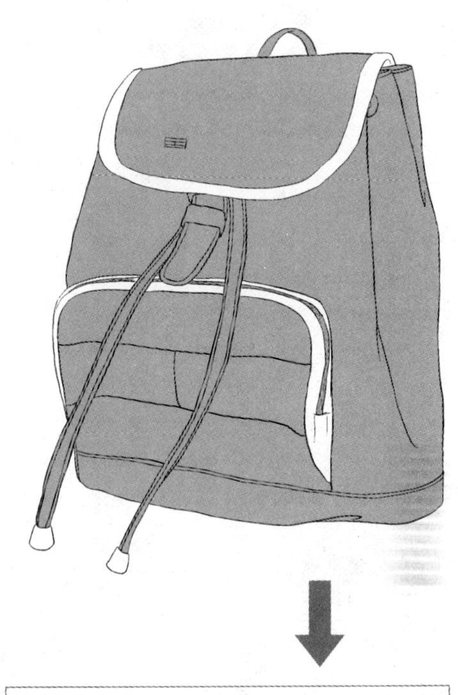

包袋2：背包一般是少女常配饰品之一。这类包袋既可以用于休闲服装的搭配，还可以用于运动服装的搭配。

包袋3：简单造型的、时尚的、手提式的包袋，是休闲服装必配的饰品之一。

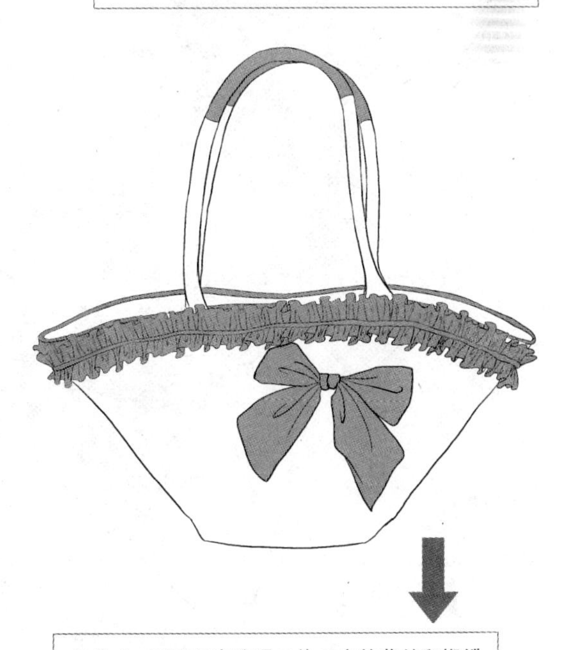

包袋4：采用具有浪漫风格元素的蕾丝和蝴蝶结，让包袋也具有浪漫主义风格。可以和浪漫风格的服装搭配。

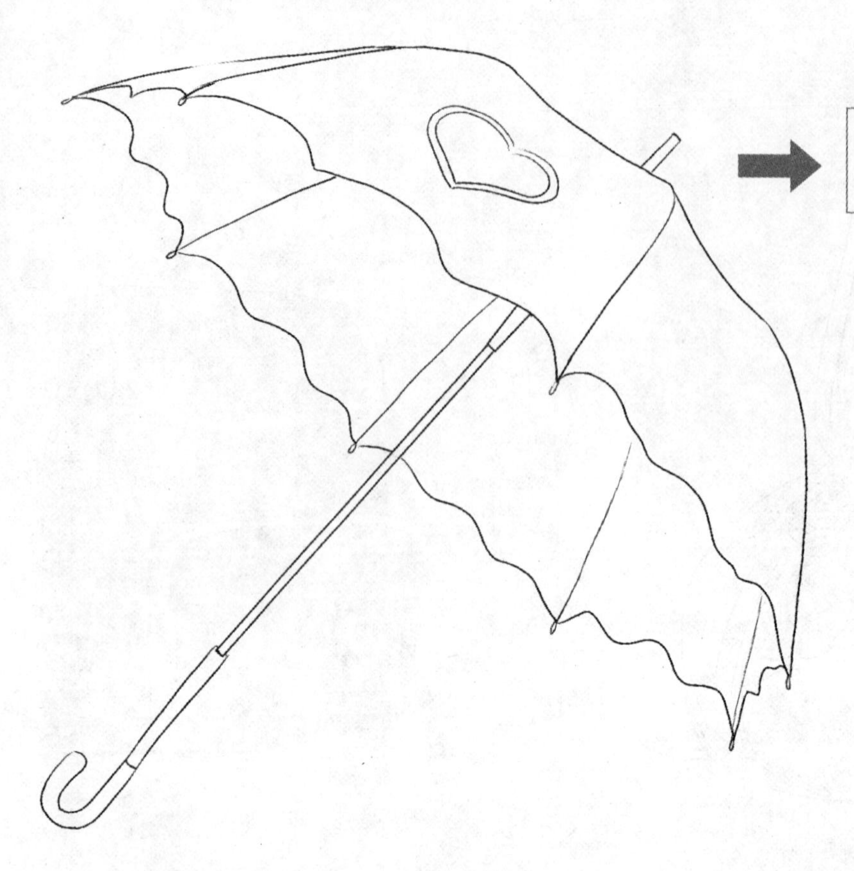

伞 1：造型简单带有可爱的元素，适用于休闲服装的搭配，这类伞适合年轻人用。

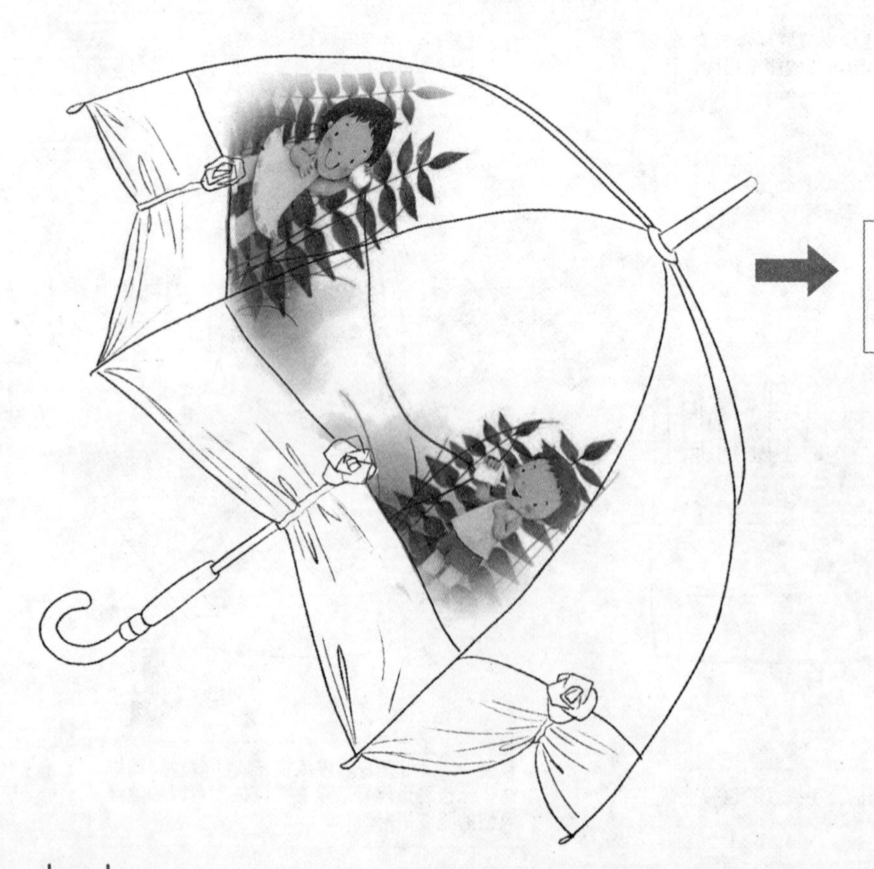

伞 2：玫瑰花点缀，大褶皱造型，时尚图案，让伞浪漫气息十足，可以和浪漫风格服装搭配。

帆布鞋：帆布鞋适用的范围很大，既可以和休闲服装搭配，还可以和运动服装搭配，甚至还可以和浪漫风格服装搭配。

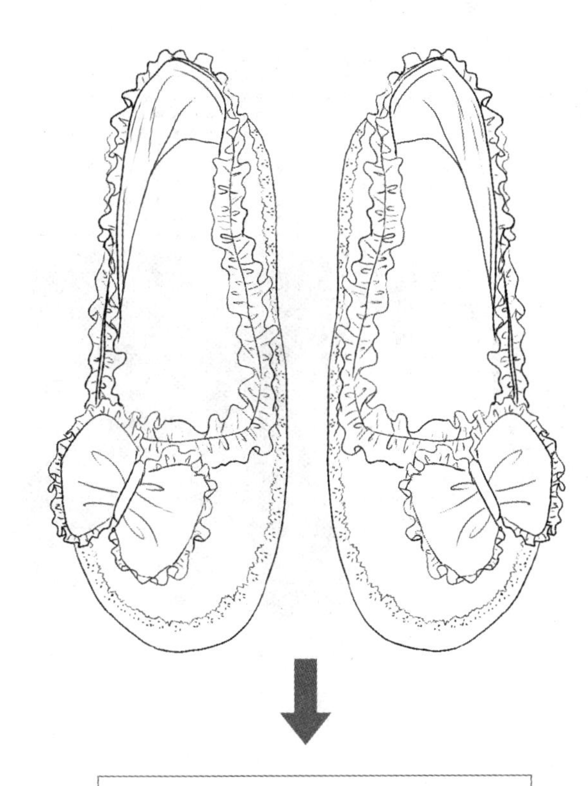

皮鞋 1：鞋型简单，但在具有浪漫风格元素的蕾丝和蝴蝶结的点缀下，让鞋子也充满了浪漫风格，这类鞋只能和浪漫风格服装搭配。一般用在少女漫画中。

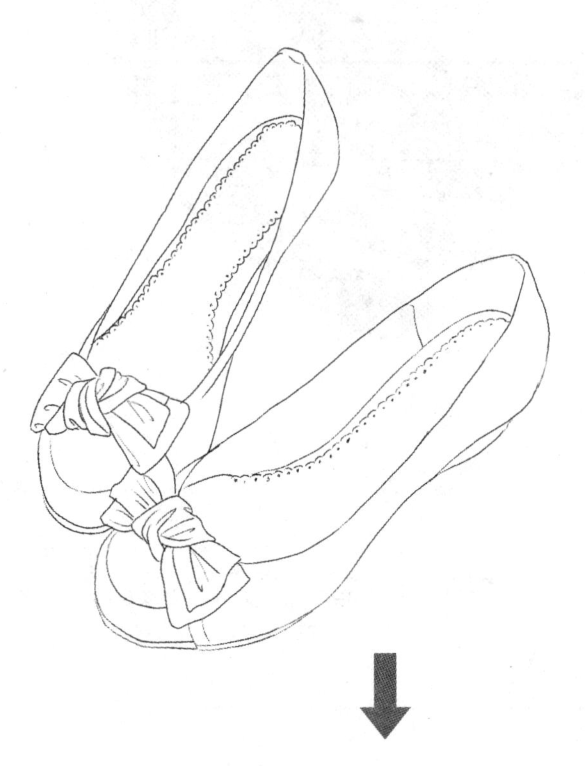

皮鞋 2：造型简单，在蝴蝶结的点缀下增添了可爱的感觉，这类鞋子可以和休闲服装搭配。还可以和浪漫风格服装搭配。

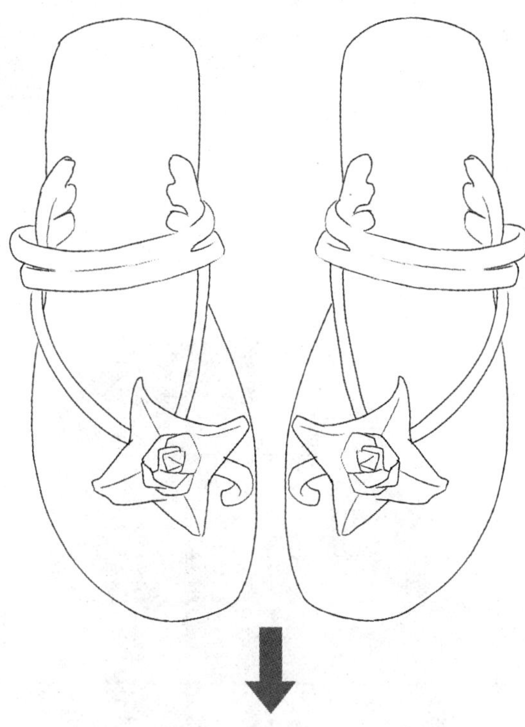

拖鞋：这类鞋子，是少女夏天必配的饰品之一，既凉爽又可爱。

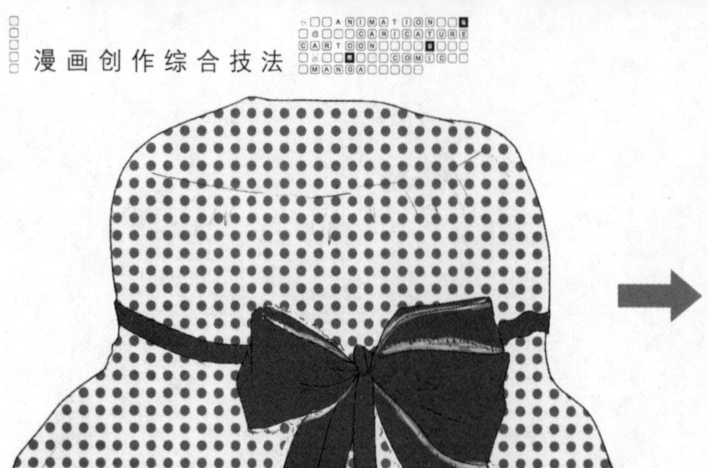

帽子 1：圆点图案让造型简单的帽子看起来可爱又时尚，在蕾丝边蝴蝶结的点缀下，更加可爱。是女士必配的饰品之一，可以和休闲服装搭配。

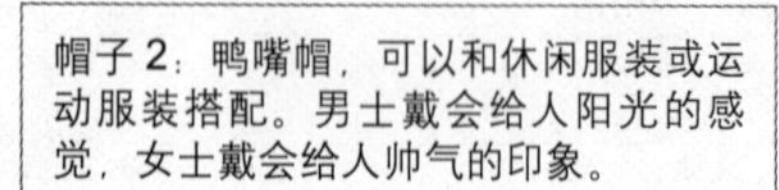

帽子 2：鸭嘴帽，可以和休闲服装或运动服装搭配。男士戴会给人阳光的感觉，女士戴会给人帅气的印象。

帽子 3：这类帽子适合小脸型，会让人看起来更加妩媚，适合年轻女士佩戴。

2.8.1.3 武器

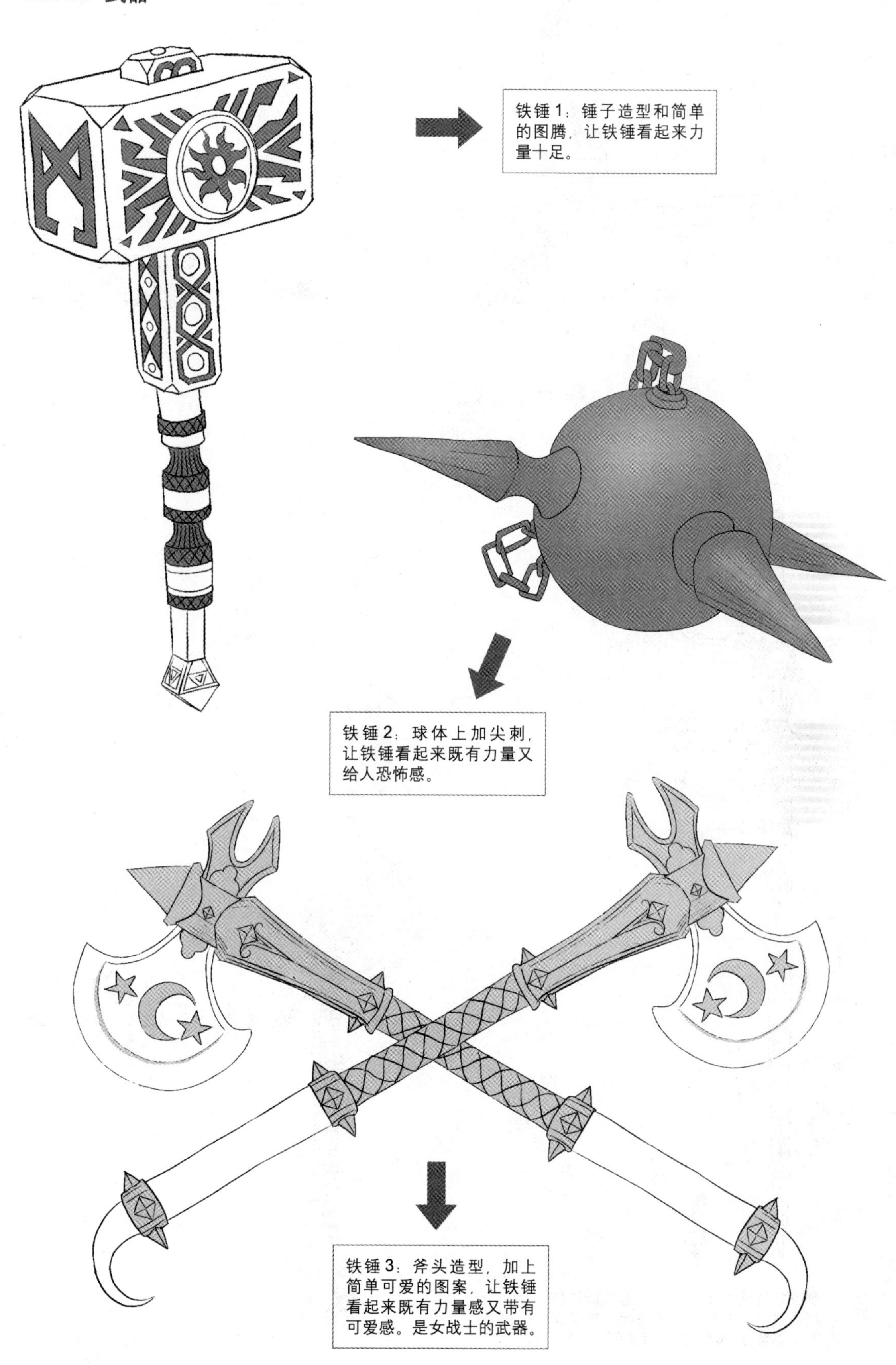
铁锤1：锤子造型和简单的图腾，让铁锤看起来力量十足。
铁锤2：球体上加尖刺，让铁锤看起来既有力量又给人恐怖感。
铁锤3：斧头造型，加上简单可爱的图案，让铁锤看起来既有力量感又带有可爱感。是女战士的武器。

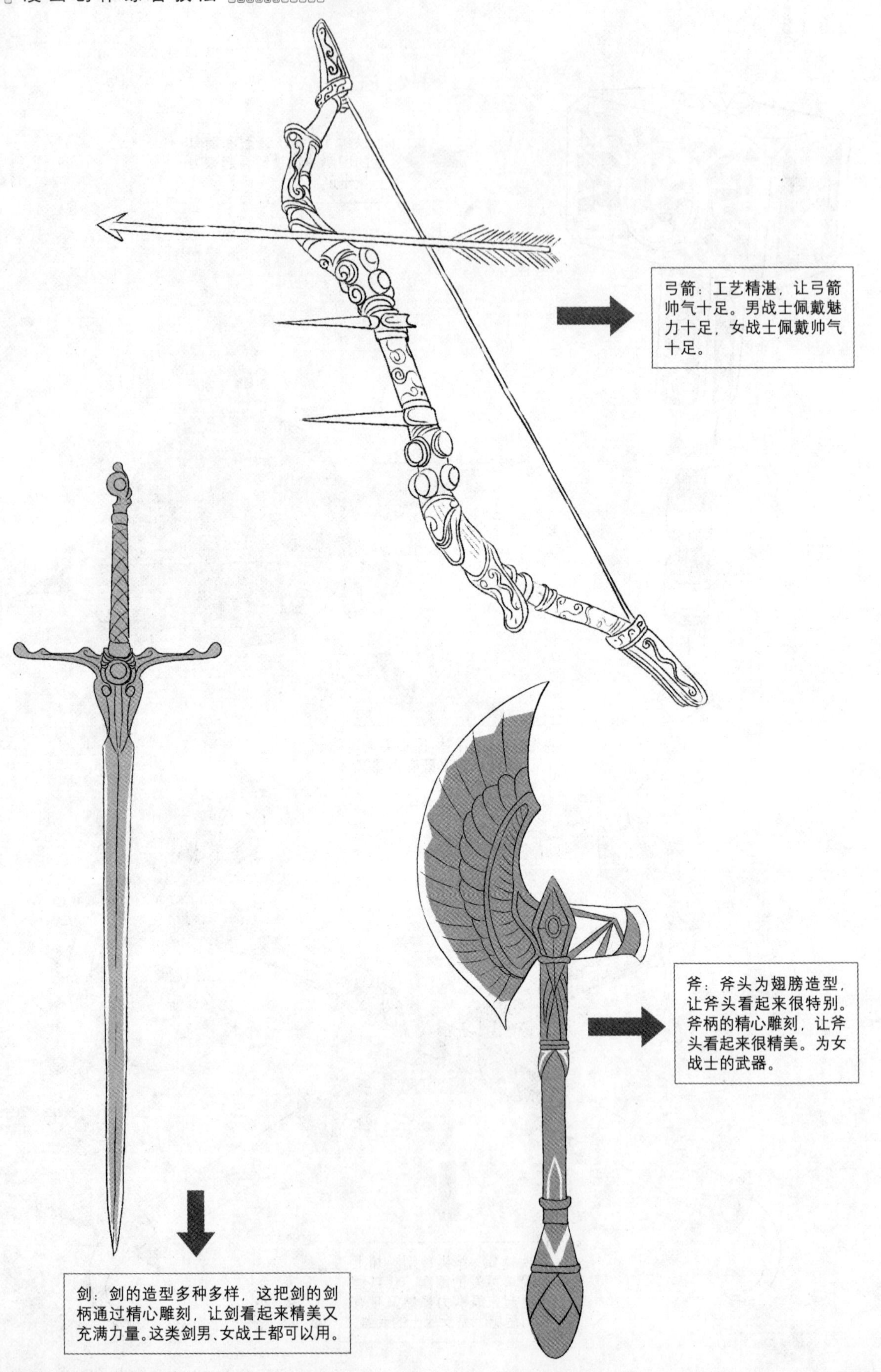
弓箭：工艺精湛，让弓箭帅气十足。男战士佩戴魅力十足，女战士佩戴帅气十足。
剑：剑的造型多种多样，这把剑的剑柄通过精心雕刻，让剑看起来精美又充满力量。这类剑男、女战士都可以用。
斧：斧头为翅膀造型，让斧头看起来很特别。斧柄的精心雕刻，让斧头看起来很精美。为女战士的武器。

盾1：盾牌是战士必备装配，虽然只是保护品，但一般都会设计得很帅气，造型也会多种多样，结合鹰形图案，让盾牌有了标志性。

盾2：精湛的雕刻，让造型简单的盾牌看起来精美无比。

盾3：造型奇特，结合火焰式雕刻，让盾牌看起来轻巧又魅力十足。适合做女战士的防护品。

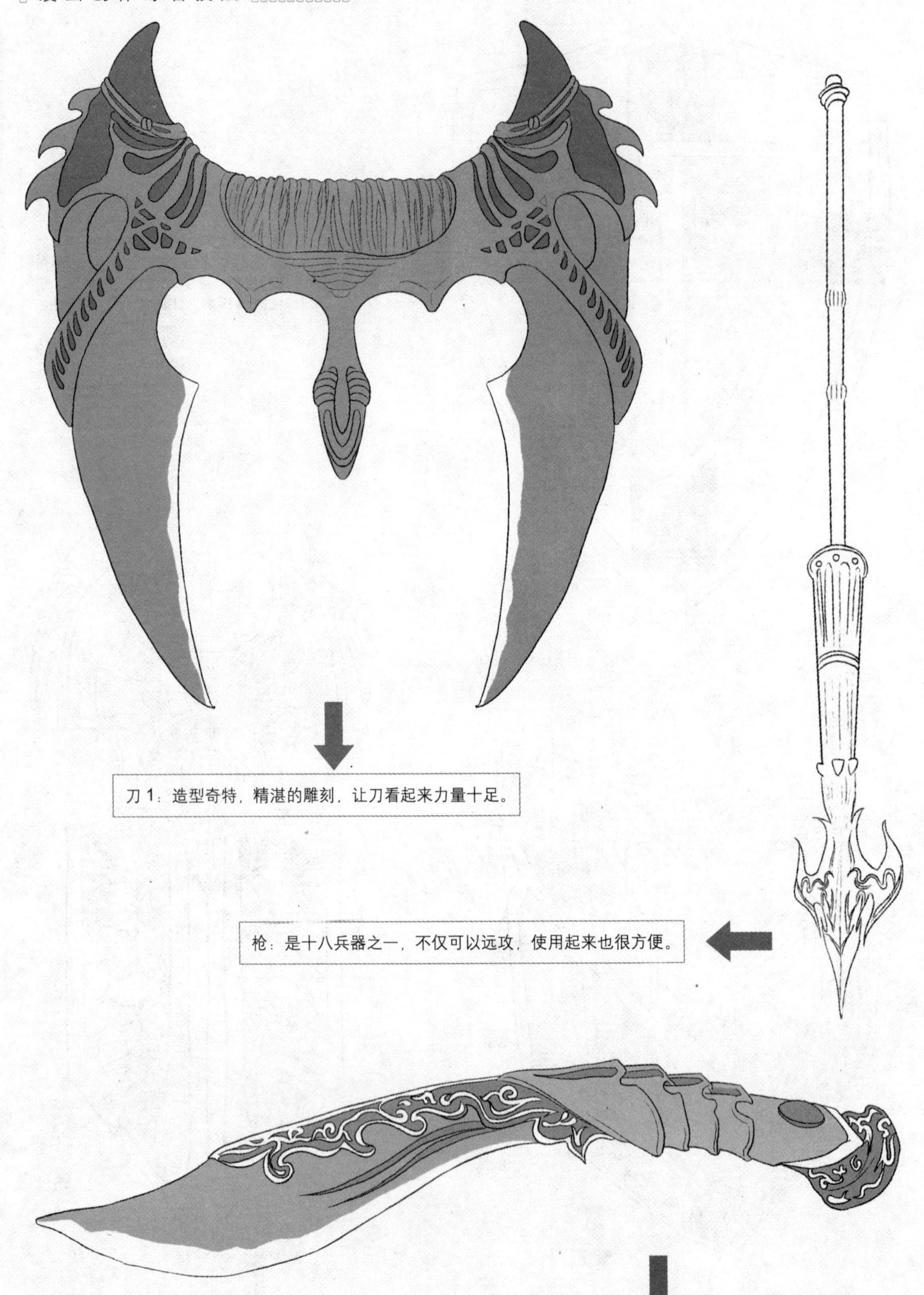

刀 1：造型奇特，精湛的雕刻，让刀看起来力量十足。

枪：是十八兵器之一，不仅可以远攻，使用起来也很方便。

刀 2：刀为暗杀不可缺少的物品之一，精湛的雕刻，精美的造型。让小刀看起来魅力十足。

2.8.2 道具应用

加道具前造型
少女漫画中的人物一般为5~6头身，头较圆较大，形象要可爱，服装一般为浪漫风格的服装，如泡泡袖、裙摆褶皱较多，有荷叶边、蝴蝶结等浪漫元素。

加道具后造型
少女的服装为浪漫风格的服装，所以道具就不能选择刀、剑、斧头等武器，可以选择较为可爱的饰品，如玩偶、水果、花等可爱、漂亮的物品。这里就选择了花篮。添加花篮后的画面更加生动，故事剧情更加明了。

加道具前造型

7~8 头身的女性人物造型或妩媚或帅气，常常会出现在少年漫画中。这个人物的形象不仅性感，还带些帅气的感觉。人物的服装很明显就是战士服装。

加道具后造型
人物的服装很明显是战士服装，所以如果选择道具，自然是选择武器类。添加武器后的人物，看起来更加帅气、更加有力量。也让画面更加丰富，故事内容更加明了。
道具不仅能让画面丰富，也能让读者更容易明白故事内容，有一举两得的作用。而道具也是很容易绘制的哦，如食物类可以找真实图片来临摹，而武器类的兵器也可以找真实的图片，然后，"添油加醋"让兵器更加帅气。

第3章
漫画场景绘制

漫画中人物能向读者传达故事情节，场景也能烘托气氛。所以绘制好背景是漫画家必备的技能。要绘制好背景，必须掌握好透视，还有各种事物的绘制方法。

3.1 透视基础

想要绘制吸引读者的漫画，每一张画面都要能打动读者。想要绘制能打动读者的画面，除了人物形象要设计好，画面的透视也很重要，如俯视图给人一览无遗的感觉，而仰视的则会给人威武、高大的感觉，所以掌握好透视的原理是很重要的。

3.1.1 什么叫透视

通过透明的平面观察所看到的物体形态，称为透视。

透视的形成：由于我们站立的高低，注视的方向，距离的远近等因素，景物形象常常与原来的实际状态有了不同的变化，如同样的房屋变得愈远愈低，同样宽的道路变得愈远愈窄，正方形变成了梯形或菱形，这种现象称为透视现象。

透视的基本特征有：近大远小、不平行于画面而相互平行的直线的透视愈远愈相互靠拢，到无穷远时消失于一点。

3.1.2 透视的分类

3.1.2.1 平行透视

平行透视又称一点透视，就是说立方体放在一个水平面上，前方的面（正面）的四边形分别与画纸四边平行时，上部朝纵深的平行直线与眼睛的高度一致，消失成为一点。而正面则为正方形。

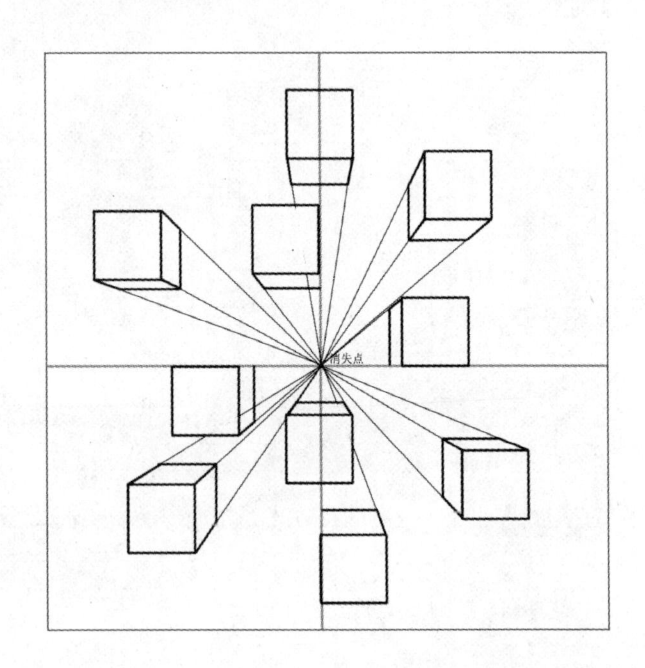

3.1.2.2 成角透视（二点透视）

成角透视就是把立方体画在画面上，立方体的四个面相对于画面倾斜成一定角度时，往纵深平行的直线产生了两个消失点。在这种平行情况下，与上下两个水平面相垂直的平行线也产生了长度的缩小，但是不带有消失点。由于视向的不同，两点透视的两个消失点也不同。

a 视向：平行

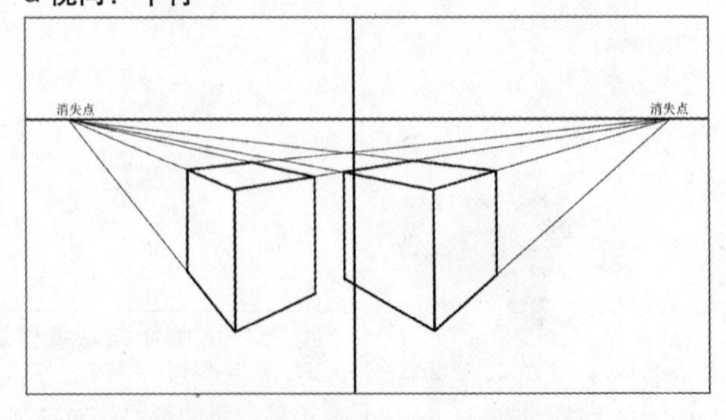

平行两点透视常常应用与居家、教室、餐厅等室内。

b 视向：仰视

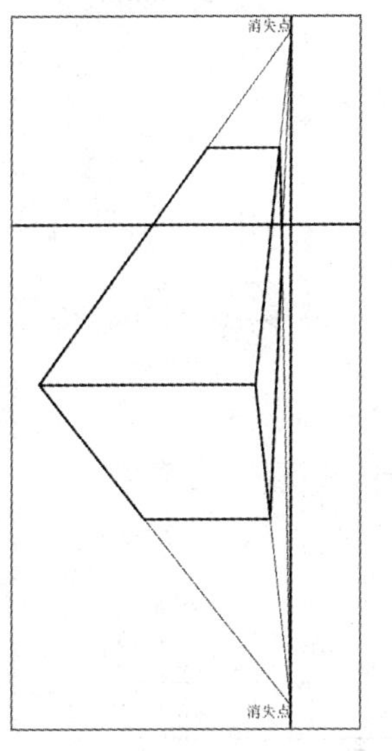

仰视两点透视常应用于绘制大楼等。

c 视向：俯视

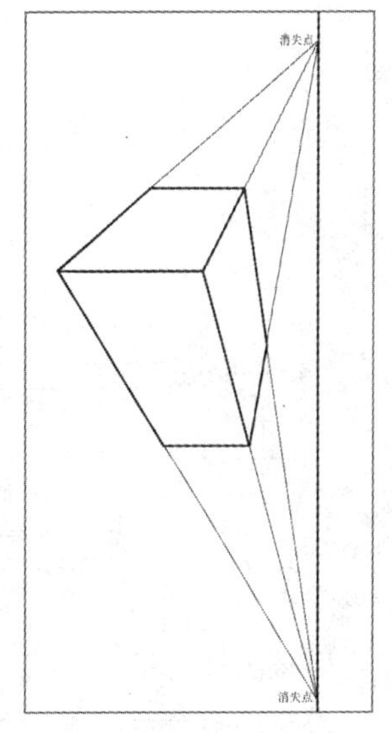

俯视两点透视常应用于绘制大场景。

3.1.2.3 倾斜透视（三点透视）

当视点通过画面观察物体远近成倾斜角度的边线，就是要产生倾斜透视变化。由于视向的不同，消失点也不同。

a 视向：俯视

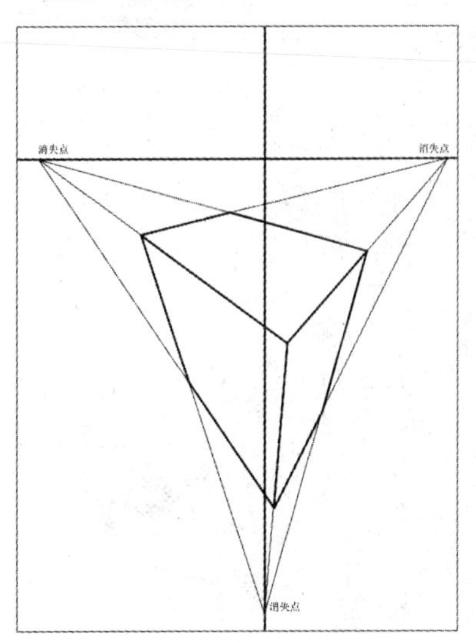

常用于绘制大场景

b 视向：仰视

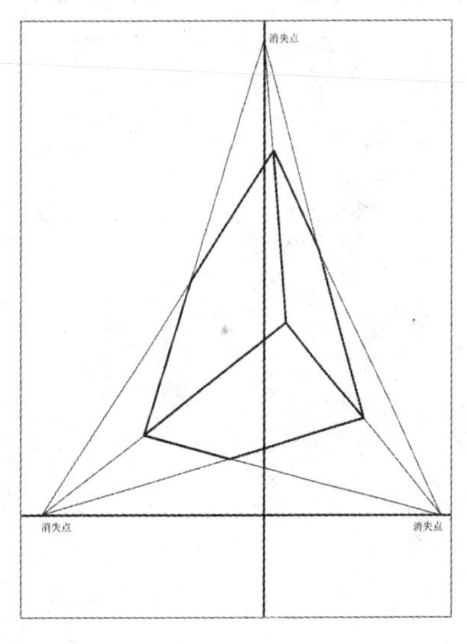

常用于绘制大楼。

3.1.3 透视的应用

3.1.3.1 平视透视

平视比较好画，如下图所示的建筑物，只要把握好近大远小的原理，画出来的图片看起来就比较自然。

3.1.3.2 俯视透视

俯视图的所有物体前后的大小变化不大，但是上下的大小变化为上大远小。如果是正俯视的话，看到的就是大家知道的平面图的图样。

3.1.3.3 仰视透视

仰视图是从下往上看，所以有下大远小的透视变化，仰视图给人高大魁梧的感觉，画面很有冲击力。

要将背景画好，特别是建筑的背景。因为建筑物是规则的物体，如果画歪了，画面看起来会很不舒服，所以透视的准确是很重要的。

很多人都觉得透视很难把握，其实只要掌握了透视的基本原理，画起来就容易了。

3.2 背景的画法

背景是漫画中不可少的，如冬季场景让读者一看就知道是冬天，或者街景会让读者一看就知道是在逛街等，所以绘制好背景是必须的。

3.2.1 单体画法

我们都知道，一幅画是通过不同的元素来组成的，只有将单个的元素绘制好，才能将一幅画绘制好。那么首先我们就来学习树、石头、建筑物等单个物体的绘制方法。

3.2.1.1 树

Step01 首先画树干，由于有树叶的遮挡，所以会有部分树干是看不到的。

Step02 添加树叶，我们不可能将每片叶子画出来，所以只要把每个树枝上整体的叶子样式画出来就可以了。

Step03 因为地球上所有的东西都会有阴影，这样才能有立体的感觉，所以最后添加阴影，可以贴网点，也可以用排线的方法绘制阴影。

3.2.1.2 灌木

Step01 因为灌木或矮或高，紧密挨着，而且枝干比较小，所以首先将灌木丛的外形画出来。这样比较容易把握整体造型。

Step02 然后添加阴影。添加阴影的时候要注意光源，从图中可以看出添加阴影后，灌木丛的立体感明显增强。

Step03 就算是灌木，还是能看到枝干，所以最后添加枝干就可以了。

3.2.1.3 石头

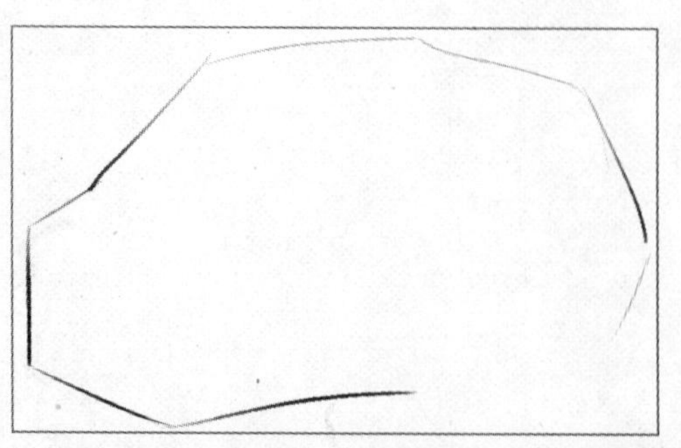

Step01 绘制出石头的外形，或圆石头，或有棱角的石头。注意画石头的线条要硬朗些，才能表现出石头的坚硬。且要有虚实变化，才能让石头看起来没有那么单调。

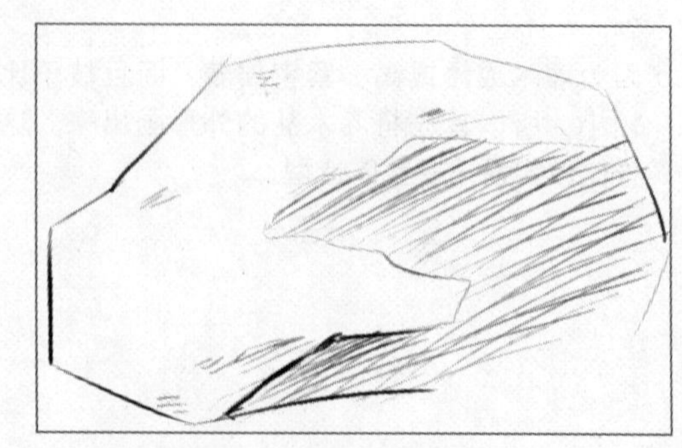

Step02 然后添加阴影，让石头有体积感。

Step03 因为石头边上会有草或更小的石头，所以可以在边上添加少许的草和小石头。是不是很容易呢？

3.2.1.4 溪水

Step01 首先将溪水边的石头绘制出来，注意要将有水的地方留出来。

Step02 添加水，注意表现水的线条要柔和，要有虚实变化。

Step03 最后添加阴影，石头的阴影要硬朗些，且有变化，这样才能让石头的体积感更强。而水的阴影要柔和，线条可以细些。最后添加少许的草，让画面看起来更加丰富。

3.2.2 参照法

我们都知道，学画画都是从临摹开始，那么画背景也一样如此。通过临摹，可以感受建筑物、植物等的透视关系、绘制方法等。下面就来讲讲如何通过临摹真实图片绘制背景。

3.2.2.1 分析

原图

最终效果

3.2.2.2 绘制步骤

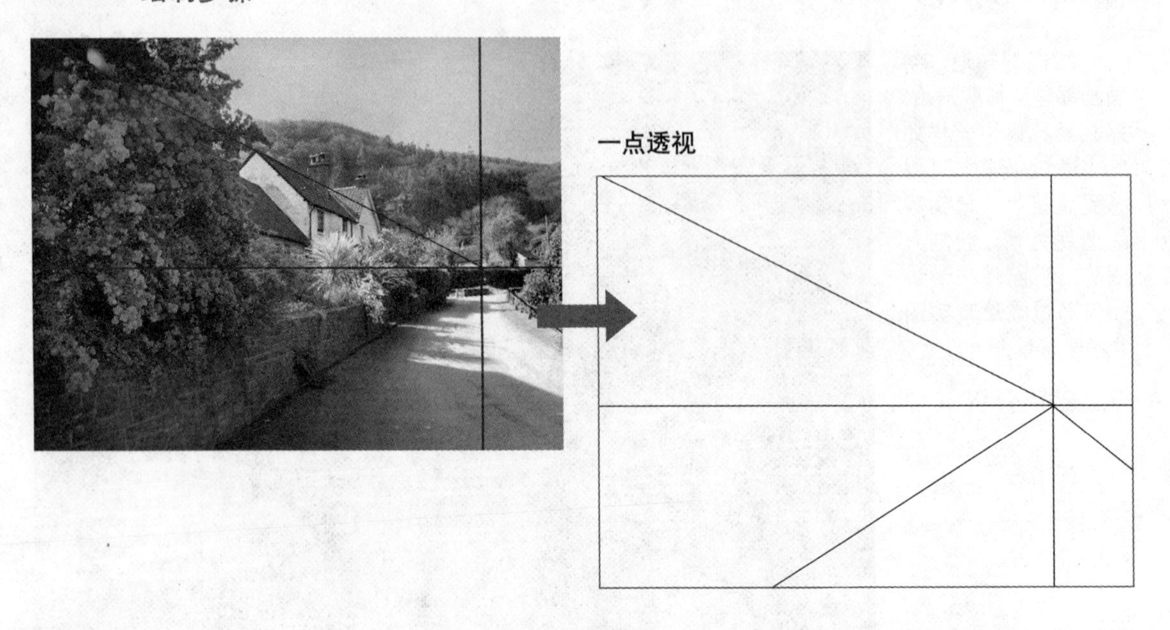

首先我们来研究一下这幅图的透视，很明显可以看出这是一点透视。而且这幅画的房子很少，树很多。因为房子为规则物，画起来很麻烦，而树是不规则的，比较容易画。所以这幅图画起来其实是很简单的。

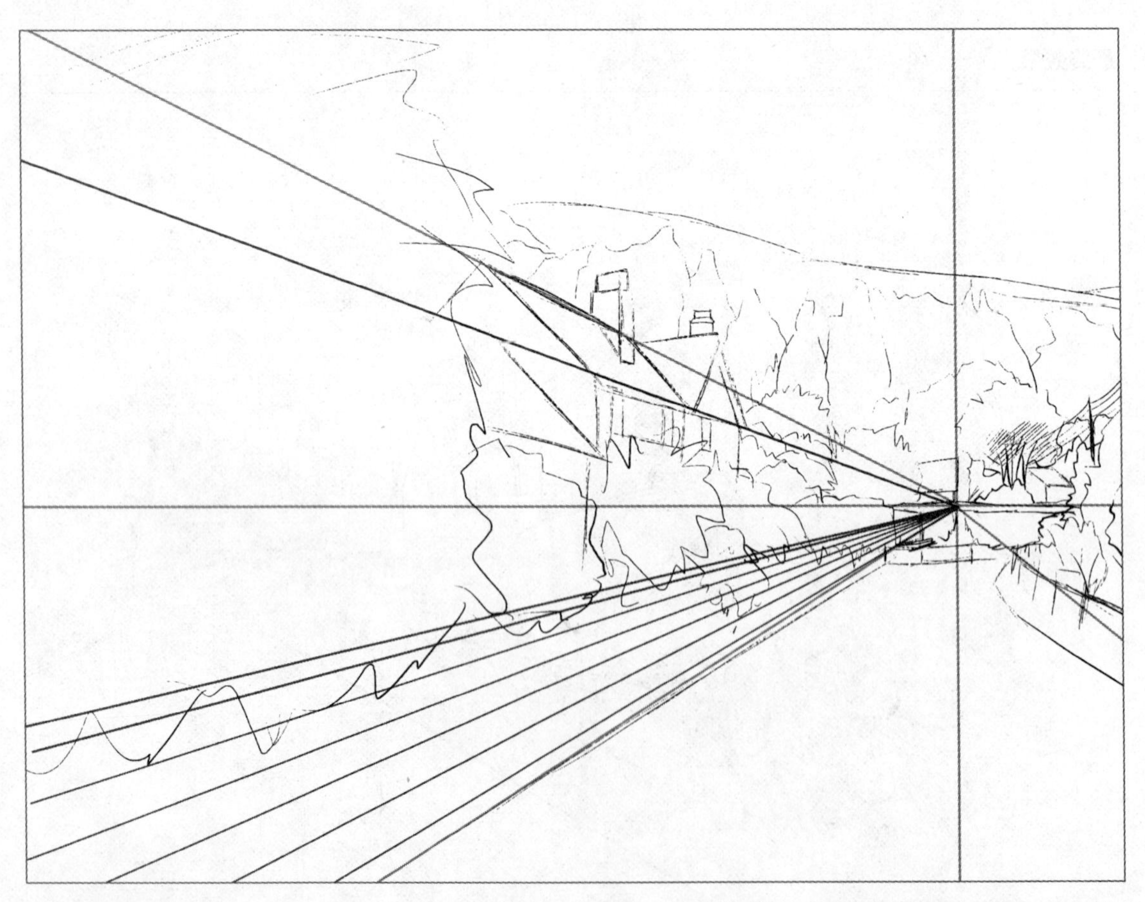

Step01 将原图研究好后，开始作画。首先从消失点画延伸线，确定房顶、屋檐、围墙等的位置。然后将房子的大小、形状绘制出来，并将植物的样式画出来。

CG Step02 添加细节。将房子屋顶的样式、窗户绘制好，然后再画植物，注意树的种类很多，所以形状要有变化，还要注意近大远小的透视关系。

CG Step03 将草图绘制好后，可以通过拷贝法清理图片（手绘是通过拷贝台拷贝描绘新图，如果是在软件里画，可以将草图图层的透明度调小，然后在新的图层描绘。

Step04 描绘植物。因为树的种类很多，所以样子很多，表现方法自然不同。如棕树的叶子为长条形，所以可以用硬朗的、有棱角的线条表现。而软叶的树可以用较柔和的线条搭配阴影来表现。注意近处的树可以画得明显且详细，远处的只要画出大概样子就可以了，这样不仅方便，也能让画面的空间效果更好。

Step05 添加细节和阴影。如近处的树可以将叶子画出，注意不能画太多，只要在阴影边画少许就可以。同时再添加围墙和地面的阴影，让画面更加有层次感。画阴影的时候要注意光源的统一，这样才能让画面看起来自然。

3.2.2.3 最终效果

Step06 将草图去掉，得到最终的效果。从上面可以看出通过临摹真实图片，可以很容易地把握住透视关系和物体的样式。

很多初学者都会觉得透视很难把握，有很多摄影图片的透视都很好看，可以通过临摹图片感受透视关系和物体的样式。

3.2.3 创作

前面讲过如何绘制树、石头、灌木等，那么接下来就讲讲如何绘制背景。

3.2.3.1 分析

分析：该图看着很复杂，但是只有一个消失点，所以画起来很简单。下面就来讲解如何绘制这个背景。

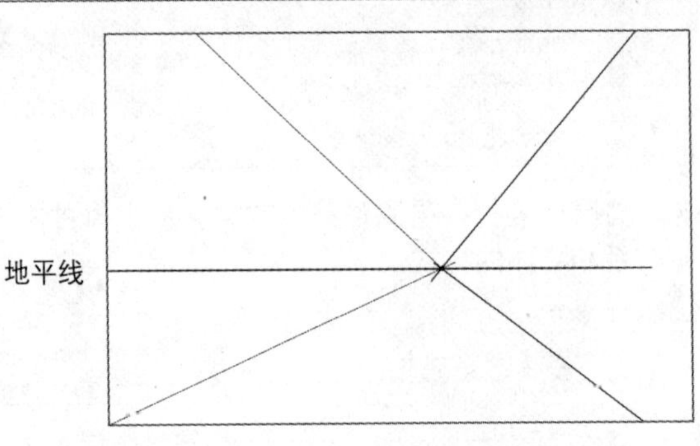

3.2.3.2 绘制步骤

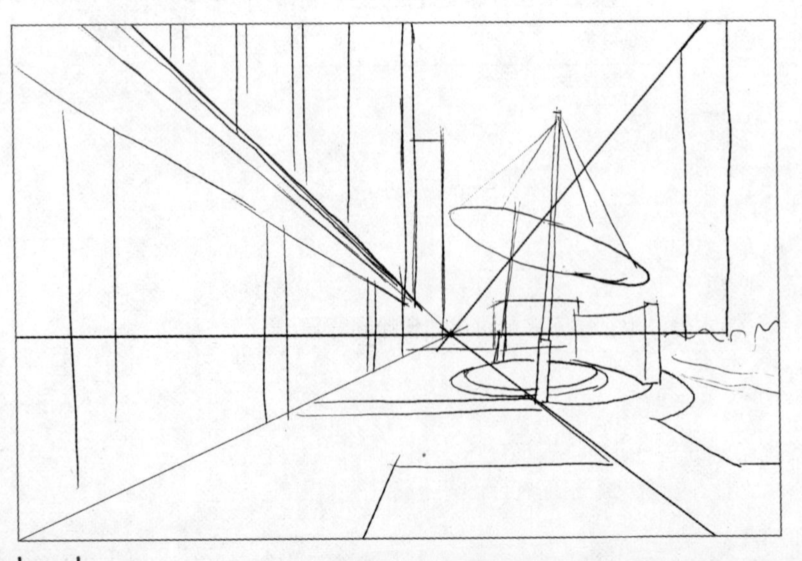

Step01 该图的街景是平行透视（一点透视）。前面我们已经讲过平行透视只有一个消失点，所以在绘制街景的时候可以先将地平线和消失点确定好，然后开始绘制草图。首先绘制出建筑物的大体样式。绘制的时候注意画面构图要能打动人。

Step02 将建筑的大体位置和样式确定好以后，开始添加细节。绘制细节的时候不仅要注意让建筑显得时尚，还要注意建筑结构要合理、透视要准确，否则画面看起来会不自然。如上图所示，虽然为草图，线条可以不用笔直，但大体的透视要准确，这样能给后面清理线条的时候带来方便。

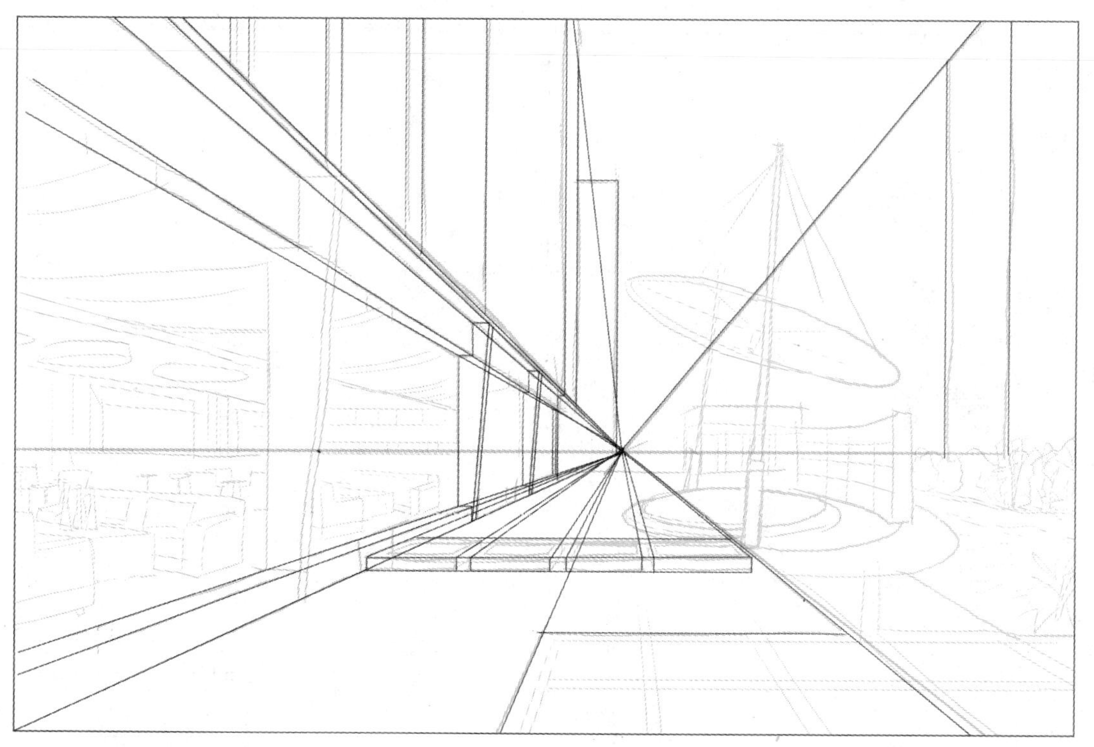

Step03 确认草图绘制好以后，用拷贝的方法清理线稿。将消失点确定好，首先根据消失点描绘主体物，在绘制草图的时候只需要绘制大体的样式，但描绘最终线稿的时候要注意建筑的结构和透视要精准。

Step04 按照前面的方法，依次将建筑物描绘出来。如上图所示，近物的结构要尽可能地细画，远处的物体可以绘制出大概，如远处的房屋只需要绘制出大体的轮廓，结构可以省略不画。

Step05 将主体物描绘好以后，需要再给画面添加细节，如室内的形象墙、吧台、沙发、椅子，远处的太阳伞、休闲桌椅、植物、大楼的窗户等。这些细节的样式要绘制准确，但不用细细刻画。

3.3 上色

前面已经学习了如何绘制背景线稿，但是漫画中不止是画黑白稿，也需要绘制彩色的，因为彩色的画面更能容易感动读者。下面就来讲讲如何绘制彩色背景稿。

3.3.1 中景

中景是主体大部分出现的画面，能使读者看清物体大体的样式。中景需要把握住物体内部最富表现力的结构线，用画面表现出一个最能反映物体总体特征的局部。

软件：Painter IX Photoshop

绘制重点：色调和谐、色彩丰富、形要准确、画面要有层次感。茅草屋的绘制方法。不同植物的绘制方法。

绘制步骤

CG Step01 首先绘制草图，草图可以参照图片，也可以发挥自己的想象力来绘制。这幅画为乡村田野风景，所以少不了茅草屋和各种树。绘制草图要尽可能详细些，虽然上色的时候可能有改动，但是准确的草图能方便后面的上色。

CG Step02 首先绘制天空。在绘图软件里可以通过渐变色绘制出天空色。这里选择紫蓝色和灰蓝色作为天空色，因为下面的天是最远的，所以颜色要比上面的天深，这样天空才能有深邃的感觉。但每个人的审美观不同，有的人可能会喜欢一个颜色的天空。依个人习惯和喜好来绘制。

CG Step03 绘制白云。白云是气态的，边缘能大概看到天空色，所以边缘的颜色比云朵中间部分要深。在绘图软件中可以将画笔工具的不透明度和流量调小，或者选择边缘为柔边的画笔，就可以简单地绘制出云朵，先选择深些的颜色绘制，然后再添加白色就可以了。

Step04 继续绘制其它的云朵，越往下面的天离我们越远，所以云朵也是从上往下、由大到小变化。绘制的时候云朵的形状要有变化，或成团，或像烟雾一样，这样才能让天空看起来不那么空。除非是绘制万里无云的天空。

Step05 绘制近处的地面。因为觉得草图的近景太复杂，所以做了修改。虽然地是土黄色，但是为了让画面看起来更加清爽，也是为了表现出晴朗的天气，所以选择较浅的土色就可以了。然后再依次选择由浅到深的颜色，绘制出地面。因为土地会有坑坑洼洼的感觉，所以绘制的时候可以随意些，只要有土地的感觉就可以了。地面上有草，所以还要添加草色。

CG Step06 进一步刻画草地。其实草地的颜色是很丰富的，以绿色为主，还可以添加黄色、红色、褐色等颜色，这样才能让草地看起来更加自然逼真。近处的草地颜色深些，且刻画要仔细，远处的草地就可以用浅些的颜色来表现。

CG Step07 大自然是少不了水的，所以添加了水池，水选择了浅青蓝色。画水的边缘时可以将画笔的不透明度和流量调小，绘制出的颜色是半透明的，这样可以看到地面的颜色，给人水浅的感觉。且水池边缘不规则，能让地面有坑坑洼洼的感觉。

CG Step08 要绘制水的感觉，就必须画岸边物体的倒影，所以根据草图，可以添加不规则的绿色，让水的效果更加明显。因为石头围墙可以通过调小图层不透明度来制作，所以将留到最后。水不仅能映照物体，还能反光。因为是晴朗的天，所以水面会有白色波纹。波纹也是不规则的，如果是流动的水面，波纹要按照水流的方向走。

CG Step09 选择浅土青色，绘制围墙。再选择深些的颜色将石头画出来。围墙上的石头是这么画，一般的石头也是先画出固体色，然后添加其他颜色，如草色，表示为苔藓等，再添加阴影，并通过深色线条表现石头上的棱棱角角，如果是阳光明媚的天气，还可以添加高光。

Step10 选择中间色绘制围墙上的阴影，让石头的效果更加明显，还可以添加高光，让围墙上石头的不规则效果更加明显。注意石头大小是不一样的，排列也是不规则的。最后还可以添加草色来表现苔藓，让围墙更加自然、更加生动。

Step11 田园少不了花花草草和树木，所以在房屋前面绘制了色彩丰富的灌木。注意每种植物的形状、大小都不一样，这样才能让画面的空间看起来变化丰富，也符合人自然的要求。再在围墙上种植较小的树和草，注意光源。

CG Step 12 仔细刻画植物。也许很多人都会觉得植物很难画，但是只要掌握方法就可以很简单地绘制出来。将植物的固体色画好后，再慢慢添加阴影或两部，注意光源。当觉得植物的光影绘制好后，选择深些的颜色，用小的画笔绘制出枝干就可以了。绘制枝干的时候不要将所有的枝干都连接起来，而是有选择性地断掉。

CG Step 13 为了不让画面的色调看起来那么冷，所以要添加一株暖色的植物，选择橙红色和暗红色依次绘制出树的形。为了让画面空间感更强，这棵植物的形要和旁边的树有所区别，为展开式。

CG Step14 添加黄绿色，让树看起来色彩丰富。最后选择深褐色，绘制枝干。添加有虚实变化的枝干，才能表现出藏在树叶里若隐若现的枝干。然后再绘制房屋的颜色，因为四周都是或冷或暖色调，所以选择较浅的颜色，起到中和的作用。绘制要注意房屋的透视和光影变化。

CG Step15 因为是茅草屋，所以屋顶不仅要画出茅草的感觉，还要画茅草屋的构造。因为年久还会生长苔藓，所以选择黄绿色，适当添加绿色就可以了。还要注意墙的构造，因为距离较远，所以只要画出大概的样子就可以。然后在房屋后面再添加浅橙色、粉红色、紫色和绿色大小不一的树。色彩丰富会让画面看起来很漂亮哦。

CG Step 16 因为之前绘制的树都是较矮的，所以接下来要绘制较高大的树。从图中可以看出，虽然两棵大树的色调基本一样，但是通过亮部颜色的冷暖有所区别，所以两棵树的整体色调还是有些区别的。

CG Step 17 因为上一步添加的两棵大树的中间太空，所以再添加一棵树。如果选择的颜色明度较高，且偏蓝紫色，整体是模糊的，给人的感觉是距离较远的树；如果明度较低，且刻画较仔细，给人的感觉是近距离的树。

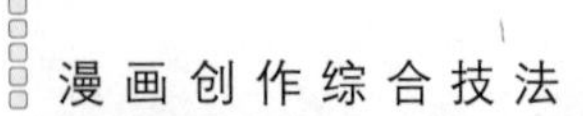

Step18 为了方便地制作围墙在水中的投影，可以复制围墙，然后将复制图层垂直变形，并将图层的不透明度降低，就可以制作出如上图所示的围墙投影。

Step19 将草图图层隐藏后，得到最后的效果，丰富色彩让画面看起来很绚丽。如果想调整画面的色调或者明度，可以将所有图层合并，然后在Photoshop里进行调整，还可以添加镜头光晕等效果，让阳光明媚的效果更加强烈。

很多人会觉得背景是很复杂的，要绘制好一定很难，但是在绘图软件里，这个问题可以说是不存在了。因为可以在一个图层绘制单个物体，既可以调整大小，还可以调整色相、明度等。就像上面的背景看起来很复杂，但分开画其实很简单的。

3.3.2 远景

远景视野深远、宽阔，主要表现地理环境、自然风貌、开阔的场景和场面。远景画面还可分为大远景和远景两类。大远景主要用来表现辽阔、深远的背景和渺茫宏大的自然景观，这样能给人一望无际的感觉。

最终效果

软件：Painter IX Photoshop
绘制重点：通过不同的明度表现空间的层次感。城堡的绘制方法、远山的绘制方法，遥远天空的绘制方法。

绘制步骤

Step01 首先绘制草图，草图是确定画面构图、确定物体位置，且在上色的时候可能会有所改动，所以草图可以不用画得很详细，只要画出大概的样式就可以了。

CG Step02 首先绘制水。选择青色，绘制水的面积，边缘要画得有模糊变化，才能区分出深水区和浅水区。

CG Step03 接着绘制天空。因为是远处的天空，要表现出遥远的感觉，可以选择明度很高的紫色和青色相间的天空，然后添加小小的云朵就可以了。很多人会觉得天是蓝的，水也是蓝的，所以很难将两者区分开，而将天绘制成明度很高的蓝紫色，就可以将天和水区分开。

CG Step04 绘制远山。因为远，所以明度要高，又因为山的色彩一定是丰富多彩的，所以可以选择绿色、黄绿色等绘制主体，用浅紫色、浅灰蓝色等绘制边缘。还要注意画出有棱有角的感觉。

CG Step05 刻画山脚下的风景。绘制有些平行的地面，可以用不同颜色纵向绘制。不仅要绘制出草地的感觉、灌木丛的感觉，还可以画出地面，让色彩更加丰富，也能增强画面的层次感。

Step06 然后绘制近景的地面。因为这里植物最少，所以先选择浅土黄色绘制地面，然后再依次选择土色、绿色、粉绿色等绘制地面的阴影和草地颜色。注意草地要纵向绘制，这样能让画面有近大远小的感觉。

Step07 将地面绘制好后，开始添加植物。首先添加岸边的纵向灌木丛。灌木不高，画的时候先选择深些的颜色绘制灌木带，然后再选择浅些的颜色绘制灌木丛的上面。如上图所示，画的时候可以根据自己的喜欢绘制不同颜色的灌木丛。

Step08 将灌木绘制好后，接着添加灌木边高低不同的树，左边的树是最近的树，所以绘制的时候要仔细些。要简单地绘制出树叶样式，可以在 Painter 里选择粉笔（宽粉笔）来绘制出点状的叶子。绘制的时候要画出树的阴影关系和若隐若现的枝干。

Step09 接着在左边继续绘制树，要简单绘制出后面的树。可以在绘制第一棵树的图层下绘制了。如果想让树和树有所区分，除了用阴影来表现，还可以通过色相来表现，这里就将后面一棵树的色相画得稍微冷些。

Step 10 为了让画面整体颜色不那么冷，可以绘制一棵暖色调的树。这里就绘制了一棵橘红色的树，因为橘红色太刺眼，所以这棵树可以画得小些。这样既能中和画面色相的冷暖，也能让画面看起来更加有趣。

Step 11 接着继续在左边添加树木，越往里离我们就越远。要表现出远距离的树，可以让树的叶子、枝干等画得不那么仔细，还可以让颜色稍偏蓝色，且明度要高些。从上面的图中可以看出，不同色相、不同明度的树让树林的层次感分明。

Step12 继续在右边添加树。这里树的颜色选择了偏暖的绿色，且让树的高度较低，让左边的树丛有节奏感。还可以继续添加灌木丛，这样地面就不会那么空了。

Step13 左边再添加一棵较矮的树木，这样左边已经非常丰富了，而右边却很空，所以要给右边添加植物。为了让画面看起来更加有趣，右边的植物要和左边的不一样。这里添加了些灌木带和较矮的树。这样不仅能让右边不那么空旷，也能让画面更加有节奏感。

Step 14 接着绘制矮树林。如果是手绘的话，要画这样的树林可能要花较多的时间。但是在软件里就可以先画一两棵树，然后在 Photoshop 里通过复制，再通过【色相 / 饱和度】命令调整树的色相或明度，这样复制的树林也不会那么呆板。最后再添加树荫就可以了。

Step 15 为了让树林不单调，还可以添加不同形状的树，这里就添加了松树。也是先绘制一棵松树，然后在 Photoshop 里复制，再通过【色相 / 饱和度】命令调整树的色相或明度制作松树林。

CG Step16 植物画好了，开始绘制城堡，虽然城堡很复杂，但因为远，所以只要绘制好线稿，然后在新的图层绘制颜色。从上图所示，虽然色彩很简单，但是已经能看出城堡的样子了。

CG Step17 接着选择浅褐色，将画笔的不透明度和流量调小，然后再绘制城堡的阴影，注意光源。添加阴影后的城堡有了体积感，对于远景来说，这个程度的阴影就差不多了。如果个人喜欢还可以继续添加细节，如细部的阴影，或者在城堡上添加树木或者花草之类，能让城堡更加丰富。

Step 18 将所有植物、建筑等都绘制好后，根据岸边的实物来画水中的投影。画投影的时候只要选择岸边实物一样的颜色，然后绘制有虚实变化的投影就可以了，如上图所示。然后再选择白色，绘制出水波的高光。

Step 19 最后将草图图层隐藏就可以了，如上图所示。

其实绘制大场景，只要把握住近景和远景的绘制方法就可以了。如与图所示远处的天空呈浅紫色，而远山也是呈紫蓝色，近景则需要仔细刻画，这样就能清楚地区分近景和远景了。

3.3.3 Q版

Q版背景需要把所有的物体造型都绘制得很可爱，线条都要圆滑，如屋顶的转角是有弧度的，厚度也比正常的要厚等。

最终效果

软件：Painter IX Photoshop
绘制重点：Q版的背景和Q版人物一样，造型要可爱些，色彩要明朗些。其实Q版背景的画法很多，如树叶可以用运动形状表现，也可以用花的形状表现。当然，还可以将所有的事物变形，只要是可爱的就行。

绘制步骤

Step01 首先绘制草图，Q版背景的事物要画得可爱些。如房屋的屋顶可以画得圆厚些，能让房屋显得更加可爱。而树也要画得可爱些，如左边那棵树的叶子用运动状表现，也能让树显得很可爱。

Step02 选择浅蓝色绘制天空，然后再选择白色绘制云朵，云朵也要画得圆圆的，这样会更加可爱。注意变化的颜色深些，就能让云朵的体积感更强。

Step03 选择米色和红色分别绘制墙体和屋顶。因为这幅画主要表现房屋，所以将屋顶涂成红色，能起到醒目的效果。

CG Step04 添加阴影。Q版的背景色彩要明亮些，才能给人可爱的感觉，能愉悦读者的心情。所以添加的阴影不必太多，反而可以添加些高光，让画面更加明朗。

CG Step05 绘制地面。首先可以选择浅土色绘制地面，注意地平线处的地面可以选择偏紫色，这样能让地面和天空相融合，使画面更加和谐。然后依次选择青蓝色、绿色、黄绿色、粉绿色绘制出草地的效果就可以了。

CG Step06 添加草和树。草可以画得简单些，松树为边缘圆滑的塔形，阴影要画得柔和些，才能让松树显得可爱。左边的树，叶子为云朵状，让树也显得很可爱。

CG Step07 最后将草图图层隐藏，得到如上图所示的效果。

要画好Q版背景，只要记住造型要可爱，结构要简单，线条要圆滑柔和，色彩要明朗，也就是纯度要高，明度要高。这样才能让画面看起来清晰明朗，才能传达快乐给读者。

第4章 漫画创作实例

要创作漫画，除了要了解人物的绘制方法、背景的绘制方法，还要了解构图，因为好的构图能让画面更加完整，更具震撼力。如S字型的构图，能使读者自然地被诱导进画面中，对比法构图能让主角和配角的个性对比较明显。

4.1 构图及分类

一幅画要吸引人的眼球，除了透视的准确，构图也很重要。如平衡式构图：给人满足的感觉，画面结构完美无缺、安排巧妙、对应平衡。漫画可以学习绘画的构图法，让漫画作品能更加完美，更加有震撼力。

4.1.1 九宫格构图

九宫格构图也称井字构图，实际上属于黄金分割式的一种形式。就是把画面平均分成九块，在中心块上 4 个角的点，用任意一点的位置来安排主体位置。实际上这几个点都符合“黄金分割定律”，是最佳的位置，当然还应考虑平衡、对比等因素。这种构图能呈现变化与动感，画面富有活力。这 4 个点也有不同的视觉感应，上方两点动感就比下方的强，左面比右强。要注意的是视觉平衡问题。

《拾穗者》米勒

九宫格构图漫画创作

构图为九宫格构图，将主角安排在右上角的点上，配角野兽位于左下角处。让主角和配角自然地映入眼帘。

Step01 将构图安排好后，开始绘制草图。人物为美少女战士打扮，虽然身穿战士服装，但是人物头身比大约为 6.5，给人的感觉还是可爱的。注意头发和衣服随风飘动的方向要一致。而野兽造型要凶猛霸气。

CG Step02 进一步刻画草图，将人物形象、服装、配饰都尽可能地刻画清楚。野兽的结构也要绘制清楚。背景有弧度，能让画面的空间感更强。

CG Step03 通过拷贝法清理线稿。传统绘制时通过拷贝台清理线稿，如果是在绘图软件里绘制，只需要将草图图层的不透明度调低，然后在新的图层绘制新的线稿就可以了。

CG Step04 选择深灰色将人物服装部分的颜色填满。让主角和配角有所区分，也能自然引导读者的目光。

CG Step05 最后添加光影效果，虽然是黑白，但通过不同明度，不仅让人物有了体积感，还让画面层次感增强。

4.1.2 隧道型构图

这是通过类似隧道或窗户窥视的感觉，将视线引导到画面深处的构图。在隧道最深处安置主角，将我们的视线引导到主角的身上；或者将主角安置在最前面，深处是舞台背景的"逆隧道型"构图法也属于这一类型。在创作漫画的时候将构图绘制成类似隧道型构图，虽然主角在画面中占的比例很小，但是一样能将读者的视线引导到主角身上。

《雅典学派》拉斐尔

隧道型构图漫画创作

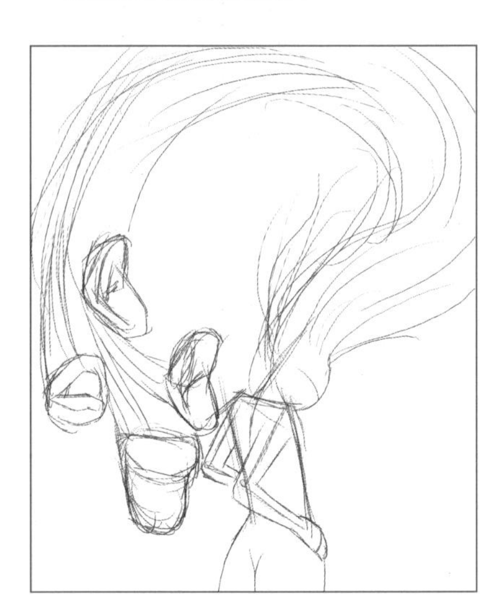

CG Step01 首先绘制圆形构图。主角在画面中的比例较小，通过头发的变形，让画面形成隧道构图，如左图所示。草图要尽量准确，这样在后面的绘制中就少了反复修改的麻烦。

CG Step02 绘制草图。人物为奇幻造型，如耳朵为精灵耳朵，眼睛添加类似小丑特有的图案。头发末尾变成蛇头，注意蛇头的样式要不一样，这样才不会有单一的感觉。

CG Step03 进一步整理草图。如果草图太乱，在清理线稿的时候会影响视觉效果，所以需要进一步清理草图。将多余的线条尽量清理掉，特别是主要部分，如人物、蛇头要清理好，头发这些部位画出大概即可，直到觉得满意为止。

CG Step04 清理线稿。在绘图软件中可以将草图图层的不透明度调小，然后在新的图层绘制线稿。如果是手绘，可以用拷贝台来清理线稿。清理线稿的时候注意线条要有虚实变化。

Step 05 最后添加光影效果，如人物衣服通过不同明度来区分服装面料的颜色。添加光影的时候要注意光源，还要注意不同部位添加的光影样式要不一样，如服装的光影可以硬朗些，头发、皮肤的阴影要柔和些。最后添加喷溅样式的背景，让空白的地方不那么空即可。

很多人都会觉得很难把握构图，其实多看大师的绘画作品，就会发现大师的作品构图是很优秀的，通过借鉴大师的作品来绘制自己的作品，相信通过长期的练习，就能很好地把握好构图了。所以赶紧去找大师的绘画作品来观摩吧。

4.1.3 三角形构图

这是最简单的构图法，是高低与纵深的表现。通过将主角或配角安置在等腰三角形的各顶点，就能表现出高低和纵深感。但等腰三角形会给人较呆板的感觉，缺少趣味性，所以可以将三边转换成不等的三角形。

《圣母前的迈尔像》 荷尔拜因

三角形构图漫画创作：

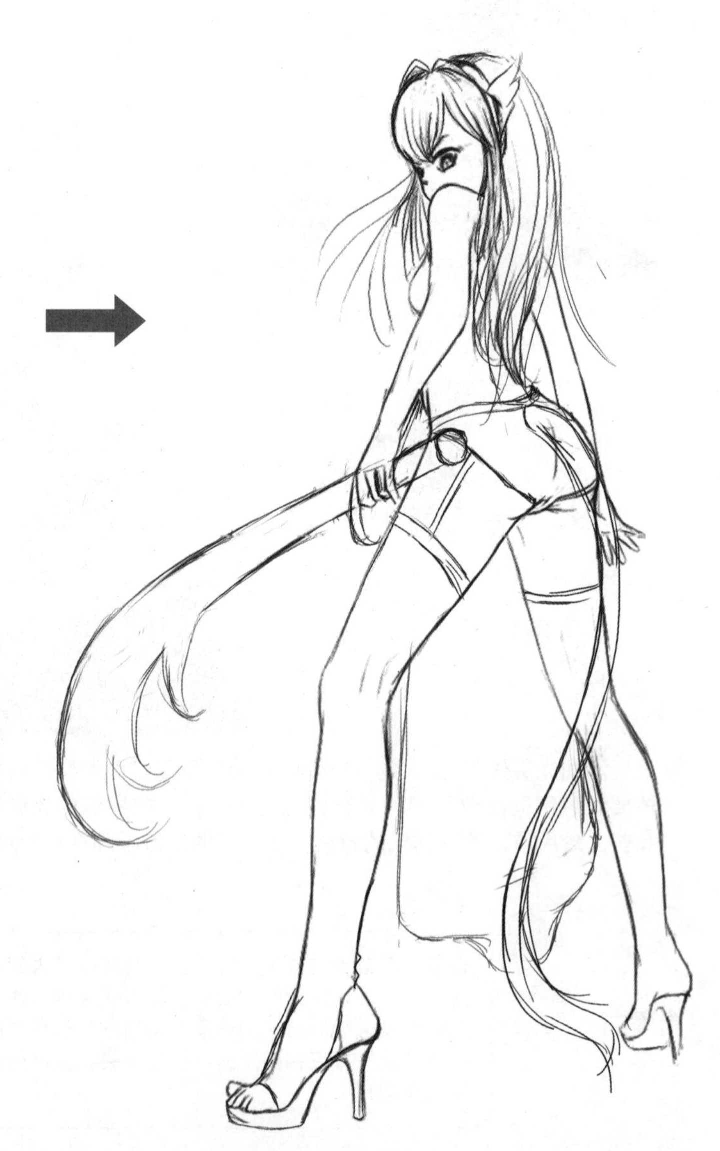

Step01 首先绘制出三角形的构图，然后绘制人物外轮廓，注意仰视时人物的透视关系（近大远小的透视关系）。将轮廓确定好后，开始绘制草图，将身体机构、人物形象、服装样式一一确定好。注意服装样式要和形象相符合。

Step02 通过拷贝法清理线稿，在描绘线稿的时候要注意线条的应用，如绘制头发的线条要细且流畅，这样才能让头发看起来有飘逸的感觉。绘制身体的线条要将人体结构交代清楚。

Step03 通过不同明度的网点绘制出服装不同的面料颜色。添加光影的时候，可以将不同明度的网点相叠加制作出边缘较柔和的光影效果。要注意光源。

CG Step 04 添加地面和天空的背景。注意地平线的位置，如果太高会给人不真实的感觉，太低就和人物仰视的透视相反。最后添加放射线，让画面有冲击感。可以看出，添加了光影效果、背景和放射线后，不仅画面丰富，也让画面的故事情节更加明了。

4.1.4 倒三角型构图

这种构图给人不稳定感及动感，与三角形的稳定感相反，是表现不稳定动态的代表性构图。和三角形构图一样，如果是等边三角形则会给人呆板的感觉，缺少动感，所以可以绘制成不等边三角形，让画面更加有活力，更加有动感。

《维纳斯的诞生》 波提切利

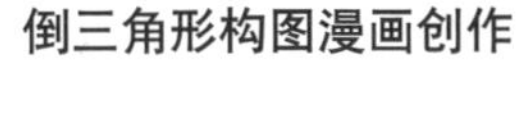

倒三角形构图漫画创作

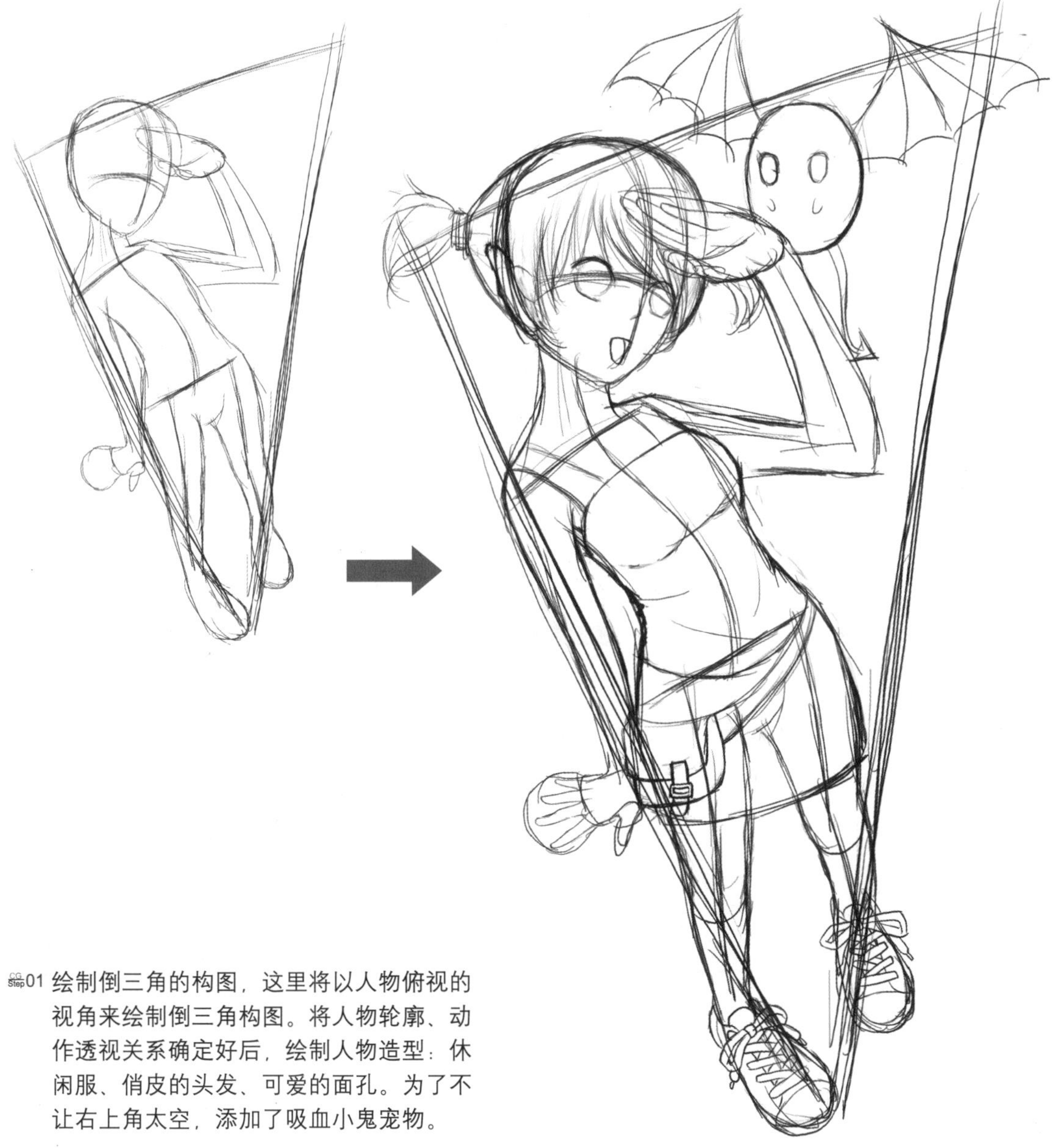

Step 01 绘制倒三角的构图，这里将以人物俯视的视角来绘制倒三角构图。将人物轮廓、动作透视关系确定好后，绘制人物造型：休闲服、俏皮的头发、可爱的面孔。为了不让右上角太空，添加了吸血小鬼宠物。

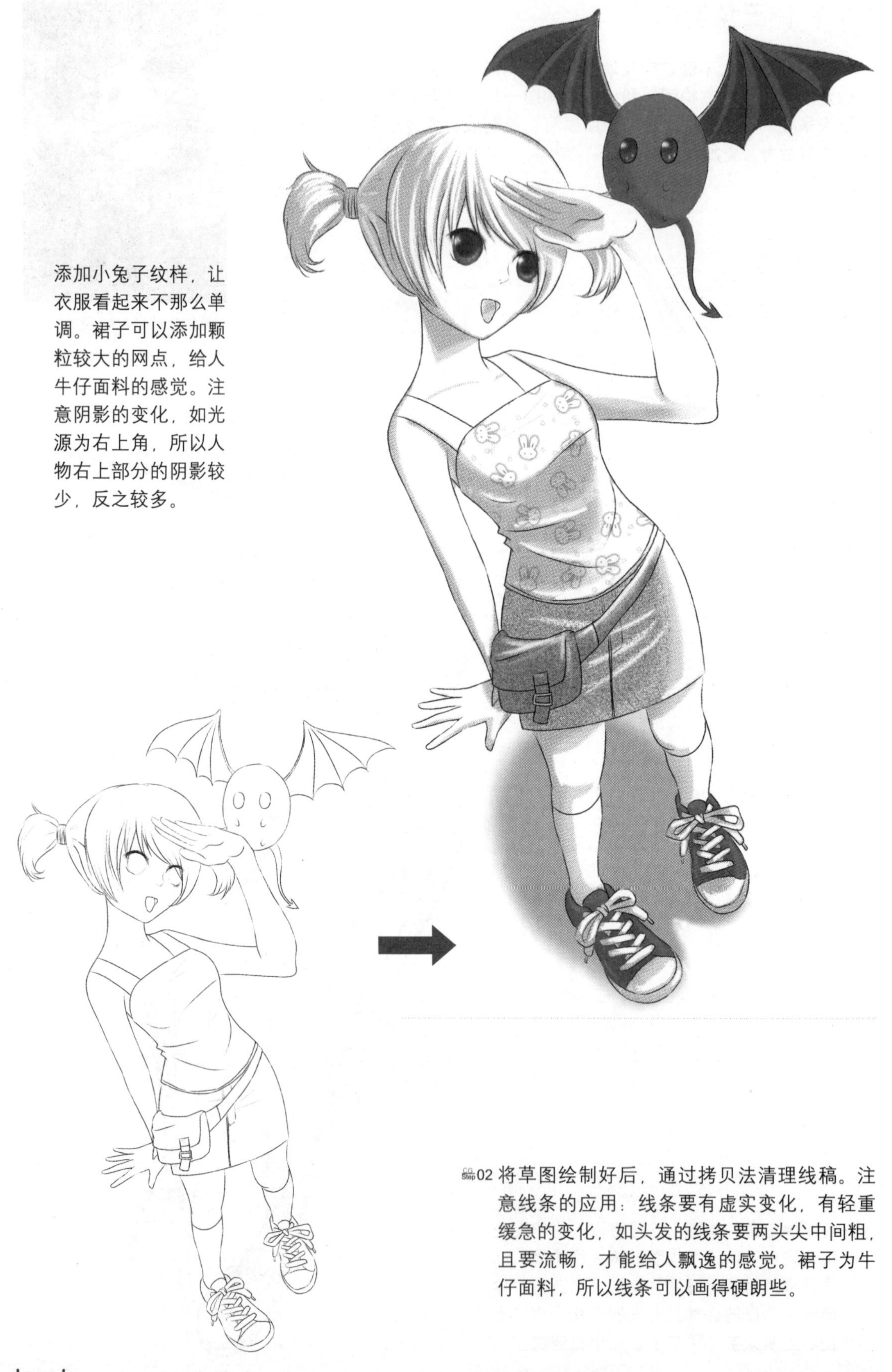

添加小兔子纹样，让衣服看起来不那么单调。裙子可以添加颗粒较大的网点，给人牛仔面料的感觉。注意阴影的变化，如光源为右上角，所以人物右上部分的阴影较少，反之较多。

CG Step 02 将草图绘制好后，通过拷贝法清理线稿。注意线条的应用：线条要有虚实变化，有轻重缓急的变化，如头发的线条要两头尖中间粗，且要流畅，才能给人飘逸的感觉。裙子为牛仔面料，所以线条可以画得硬朗些。

Step03 添加好人物的光影效果后，添加排线式的、圆形的、梦幻的背景，再添加人物在地面的阴影可以看出添加阴影后，不仅人物的立体感增强了，画面也丰富了很多。整个画面给人有活力、梦幻般的感觉。

4.1.5 S形构图

这是表现美丽与柔韧的画法，是将主角或配角沿着S字来配置，这样能让画面产生滑动流线型的动感，给人美丽的柔软的感觉。通常用于表现女性身体线条等使用。

《伊赛克的祭献》提香

S形构图漫画创作

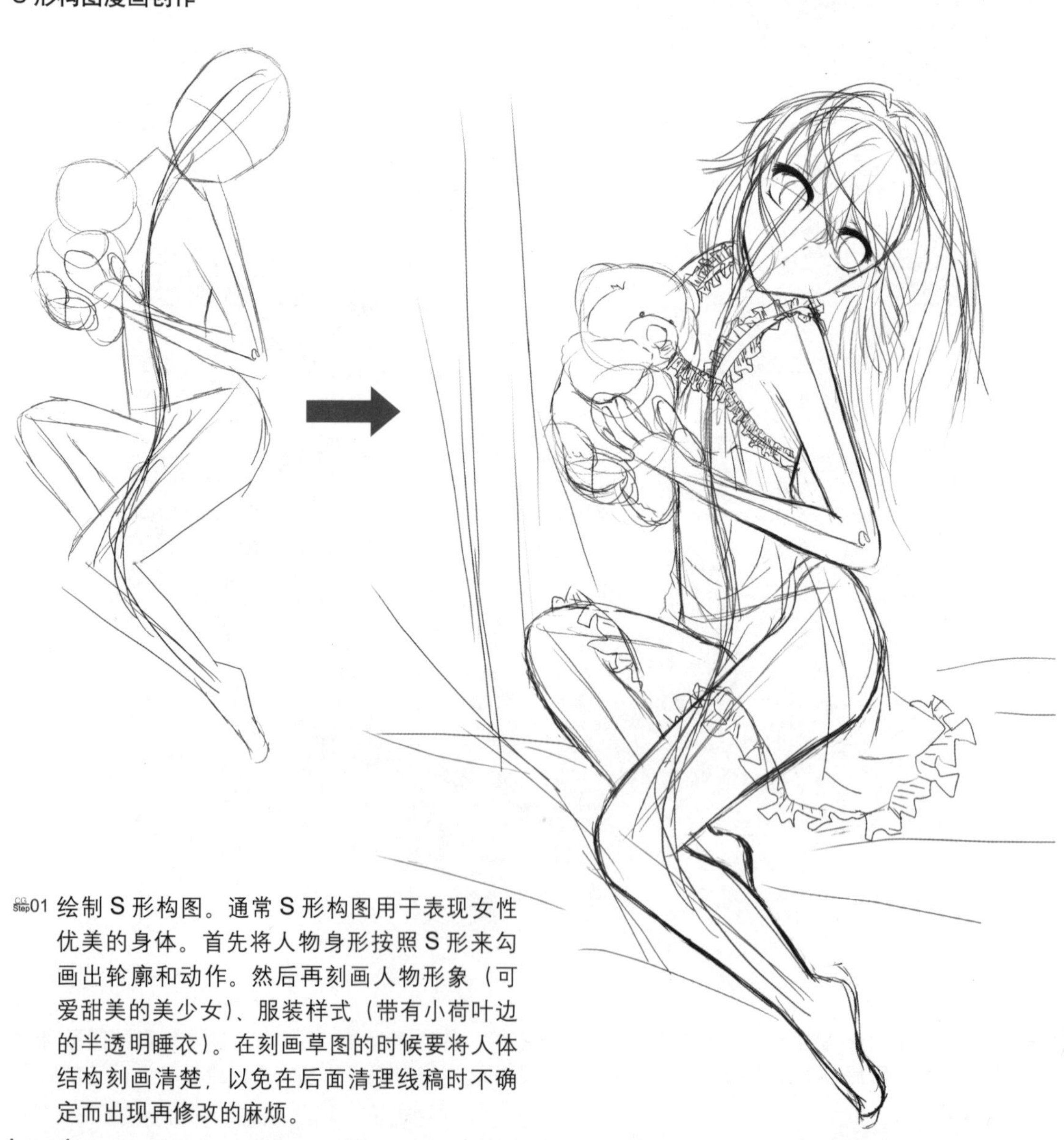

Step01 绘制S形构图。通常S形构图用于表现女性优美的身体。首先将人物身形按照S形来勾画出轮廓和动作。然后再刻画人物形象（可爱甜美的美少女）、服装样式（带有小荷叶边的半透明睡衣）。在刻画草图的时候要将人体结构刻画清楚，以免在后面清理线稿时不确定而出现再修改的麻烦。

绘制头发的时候要注意：想要绘制出乌黑飘逸的头发，高光一定要明显，且要柔顺。制作半透明睡衣的纹样，可以将纹样图层的不透明度调小。

Step02 草图绘制好后，在新的图层，通过拷贝法描绘出最终线稿。然后依次添加服装纹样、乌黑的头发、熊玩偶的颜色。最后添加光影效果，将不同明度的两层网点制作出柔和的阴影。注意光源。

CG Step03 添加背景。上面为带花朵的背景，让背景和人物的整体相符合，下面为渐变色的背景，注意上下背景之间的衔接要自然。添加背景后，画面丰富了，也有了空间感。

4.1.6 圆形构图

这种构图通过圆形将读者的视线引导到圆形的中心，不仅让画面看起来很饱满，还能起到引导的作用。

《椅上圣母子》 拉斐尔

圆形构图漫画创作

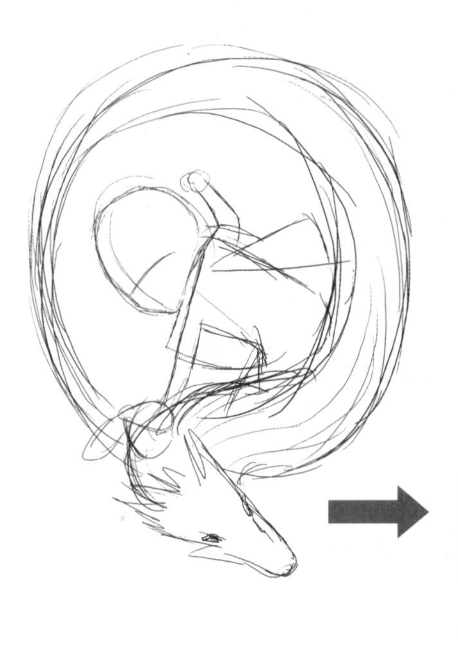

Step01 绘制圆形的构图。将人物放在圆形的中间，将手中的剑绘制成圆形，并将箭头绘制成龙头，让画面看起来不那么单调，也能增添趣味性。轮廓绘制好后，开始刻画草图：人物为阳光少年，所以头发可以绘制得有活力些，龙头要绘制得帅气些。

CG Step02 在新的图层描绘出最终线稿，注意线条的变化：要有虚实变化，有轻重缓急的变化。线稿描绘好后，将斗篷和龙头部分的毛绘制成黑色。添加光影要注意光源，还有光影的变化。不同部分光影的变化是不同的，如面部的光影变化较硬朗，给人一种光很强的感觉，而剑和龙相连接的部分可以绘制得模糊些，给人梦幻、迷离的感觉。

Step03 添加明暗对比较强的背景，这种背景给人奇幻、诡异的感觉，适合搭配奇幻内容的漫画。为了让剑看起来更加奇幻，可以在剑和龙的周围添加模糊的白色背景。从上图可以看出，明暗强烈对比的背景不仅让画面增添了许多奇幻和诡异的感觉，也让画面的空间感增强了。

4.1.7 对比

对比是强调个性的构图方法，一般在左右（上下）安置两个个性化事物的对比构图，是强调两个事物的不同。让主角和配角的个性有对比的效果。

《阿尔诺芬尼夫妇像》凡•埃克

对比构图漫画创作

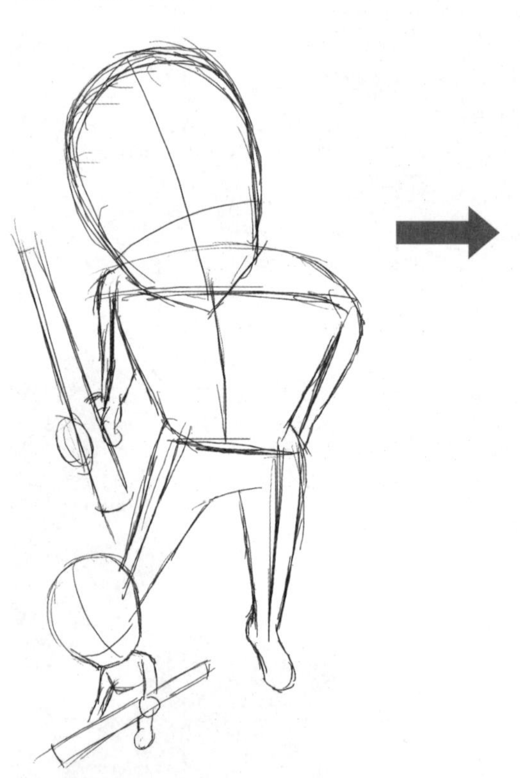

Step01 对比构图，自然是绘制两个不同个性化的物体。这里绘制两个不同大小的人物作为对比，人物采用的是俯视视角。所以除了要绘制出两个物体的对比效果，还要注意人物的透视关系。将人物的轮廓确定后，刻画人物形象：大的为阳光少年形象，小的为可爱Q版美少女。每个人物手拿蘸水笔，让画面要表达的意思一目了然。这样的构图很有趣味性。

CG Step02 将草图图层的不透明度调小，在新的图层通过拷贝法描绘出线稿。注意线条的变化。

CG Step03 线稿绘制好后，给少年的上衣、鞋子和Q版人物的裙子绘制深灰色。然后添加阴影，网点的边缘不同给人的感觉不同。硬朗些的给人光线强或事物硬的感觉，柔和的给人柔和的感觉。还要注意光源。

CG Step 04 添加背景。因为是俯视图，只能看到地面，所以选择地砖式的背景就可以了。注意背景的颜色不能太深（太深的地砖会太生硬），也不能太浅（太浅就看不出来了）。同时渐变的背景让画面的空间感更强。

4.2 彩稿绘制：甜蜜美少女

绘制彩稿能让读者更容易感受到画面的意境，如画面的色相给人或喜或悲的感觉，画面明暗对比的强度给人的视觉冲击也是不一样的。所以绘制好彩稿是漫画家必备的才能哦。

4.2.1 草图、固体色的绘制

CG Step 01 绘制色稿可以先将线稿画好再上色，也可以将草图绘制得精细些就直接上色，然后在上色的过程中完善线条。这个案例中采用了第二种方法。为了方便完善线条，可以将草图图层的不透明度调低。然后依次选择肉色、浅橘色、紫色来绘制皮肤、头发和衣服的固体色。

如果是先绘制线稿，那么注意线条一定要细哦，这样能让画面更加细腻。还可以选择有色的线条，这样能让色块边缘不那么生硬哦。

4.2.2 皮肤的绘制

Step02 绘制皮肤的阴影，通常可以先选择和固体色明度相似的颜色，绘制出皮肤的中间色。

Step03 绘制好中间色后，选择明度比固体色低且相似的颜色绘制暗部，让人物的结构更加明显。

Step04 然后选择深褐色来描绘皮肤的边缘，让人物的结构更加明确。从上图可以看出，完善线条后，人物的结构和五官都明确了，人物看起来也更加真实。

4.2.3 头发的绘制

Step05 绘制头发。头发是由很多发丝组成的，所以绘制的时候注意除了要绘制出头发的整体感，还要绘制出发丝的感觉。先依次选择明度由浅到深的颜色绘制出头发的中间色，让头发的层次感更加明显。

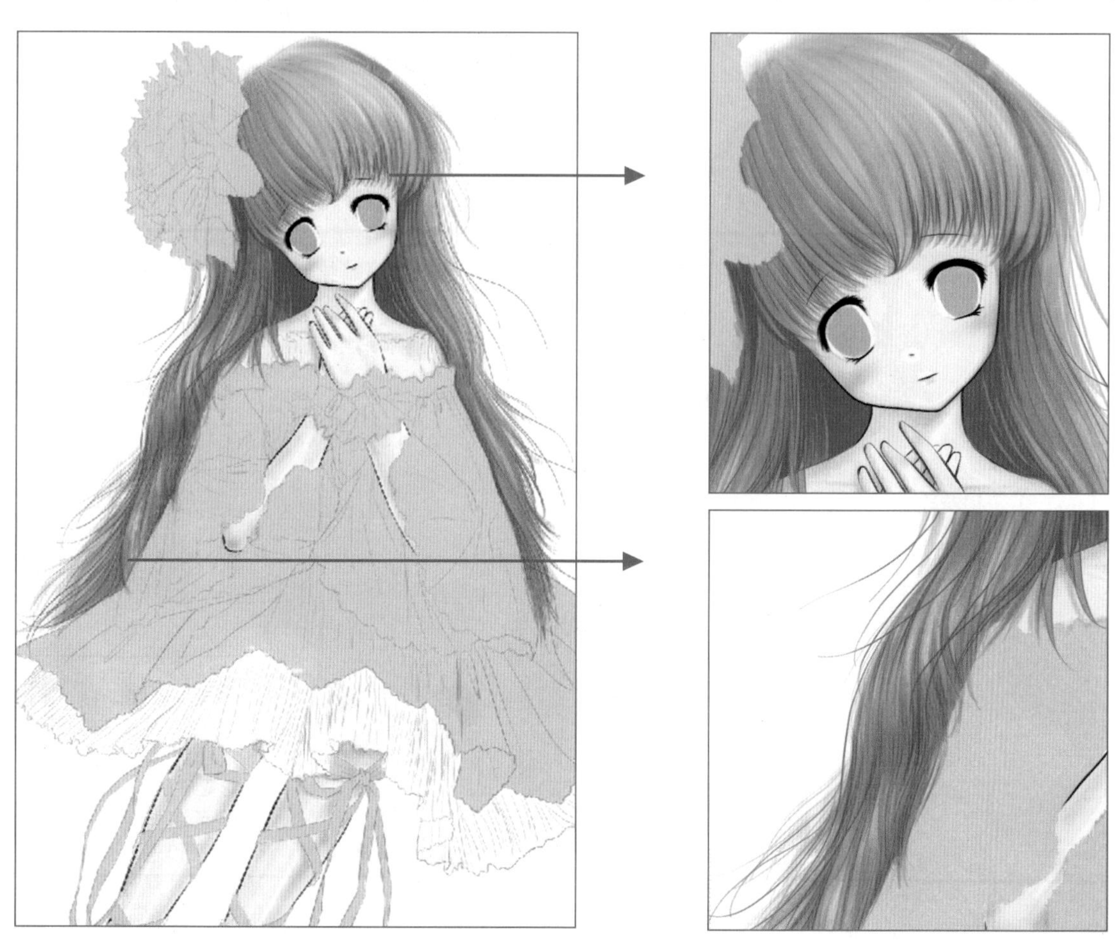

Step06 然后选择明度相差较大的颜色绘制暗部，让头发的体积感增强，注意暗部的颜色不能绘制太多，否则会让头发看起来太生硬，所以除了需要在脖子处绘制较多的暗部颜色外，也需要绘制些较深颜色的发丝。最后还要在头顶等处绘制少许高光。

4.2.4 眼睛的绘制

Step07 绘制眼睛。眼睛是半透明的球体，所以阴影要绘制成柔和的、梦幻的。首先选择相似明度的颜色，绘制出上深下浅的阴影，然后按照一样的方法加深阴影样式，最后在下部绘制紫红色的反光色，让瞳孔的颜色更丰富。

所谓“眼睛是心灵的窗户”。从左图可以看出，眼睛绘制好后，人物显得更加精神、生动了。所以在绘制的时候一定要将人物的眼睛绘制好。

绘制眼睛的重点：因为眼睛是半透明的球体，所以靠近光源的阴影要深，远离光源的反而浅些。还要让阴影柔和些（绘制矢量图的时候，可以不用考虑这个问题）。

4.2.5 衣服的绘制

CG Step08 绘制衣服的阴影要注意：如果是要表现软质面料，可以用柔和的阴影，如果是表现硬质面料，可以用硬朗些的阴影。依次由浅到深地绘制出衣服的阴影。从上面的表现可以看出，裙子的阴影表现出的是亚光的面料，而脚上的丝带为反光面料。

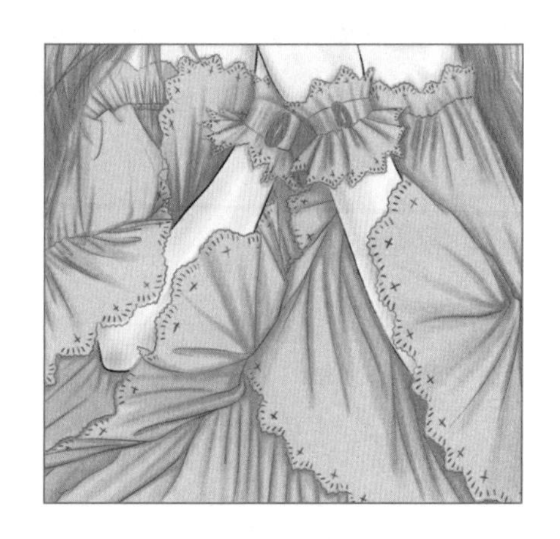

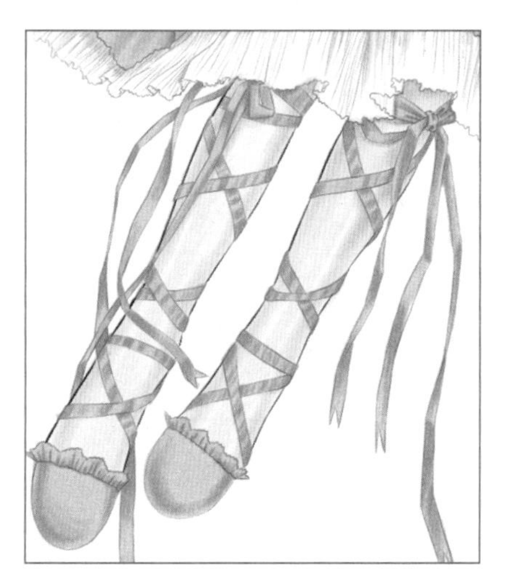

不同的阴影表现出的感觉是不一样的，所以在绘制的时候要根据画面的需要选择不同的阴影来表现。

4.2.6 高光的绘制

添加高光后，眼睛更加有神、更加生动了。

Step 09 添加高光能让画面更加生动。选择白色，将画笔的不透明度调小，然后依次绘制出头发、眼睛、皮肤的高光。

4.2.7 椅子的绘制

Step10 选择褐色，绘制出椅子的轮廓（这里将椅子的草图步骤省略了），然后选择浅紫灰色绘制椅子的阴影，注意靠近人物的部分阴影要深些。

添加椅子后，所传达的语言更加易懂了，画面也更加丰富了，也增加了画面的空间感。

4.2.8 背景的绘制

Step11 首先将背景的线稿确定好，然后添加固体色，在绘制固体色的时候可以多试一下多种色彩组合，找到合适的为止。然后再添加阴影：地面的阴影可以柔和些、窗帘的阴影要注意褶皱的变化，玻璃的阴影是倾斜的哦。

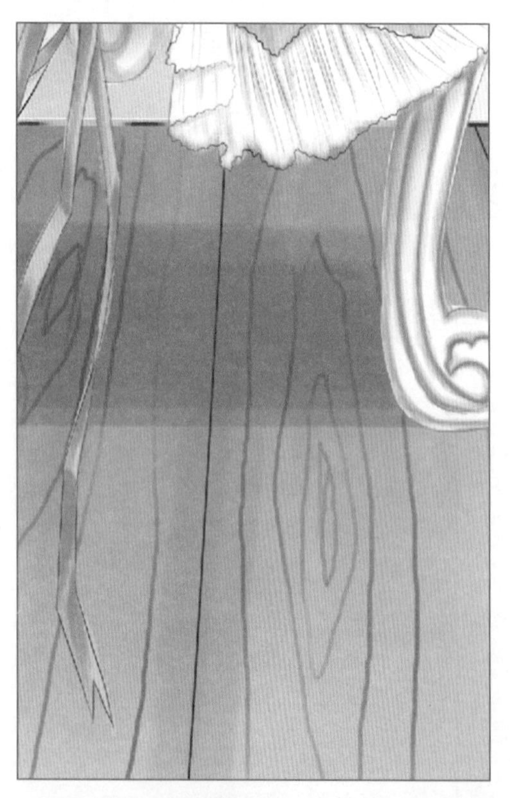

Step12 添加细节。选择浅褐色绘制出木纹（木纹为扁的螺旋状），让地板表现为木地板。再选择深紫色强化窗帘褶皱的阴影

CG Step13 添加背景后，画面的场景已经交代得差不多了，这样画面所要交代的故事一目了然。为了让背景更加丰富，可以添加窗户外面的植物（因为是窗外的，所以只要画出大概的样式就可以了）。

CG Step14 将绘制植物的图层的不透明度调小，一边调一边观察，没有具体的参数，只要效果好就可以。将植物的不透明度调小后，不仅让植物表现为在玻璃背后，也能增强空间感。

4.2.9 最后效果

从上图可以看出，不同的材质用不同的表现手法：丝带用平行的阴影来表现；木地板不仅要绘制出阴影，还要详细地绘制出木纹，而窗户外的植物只需要绘制出大概的轮廓就可以。

4.3 分镜构图与编排

漫画分镜，就是用一格格连续性的表演画面将作者脑海中的故事呈现给读者，而这些连续的画面就是分割出来的故事画面，再用画面里的构图表现出作者脑海中的故事。

日本漫画场景框的阅览是按照从右到左、从上到下的顺序进行的。作者也是按照读者视线从右上到左下的流动方式来绘制漫画的。

上下左右场景间隔：

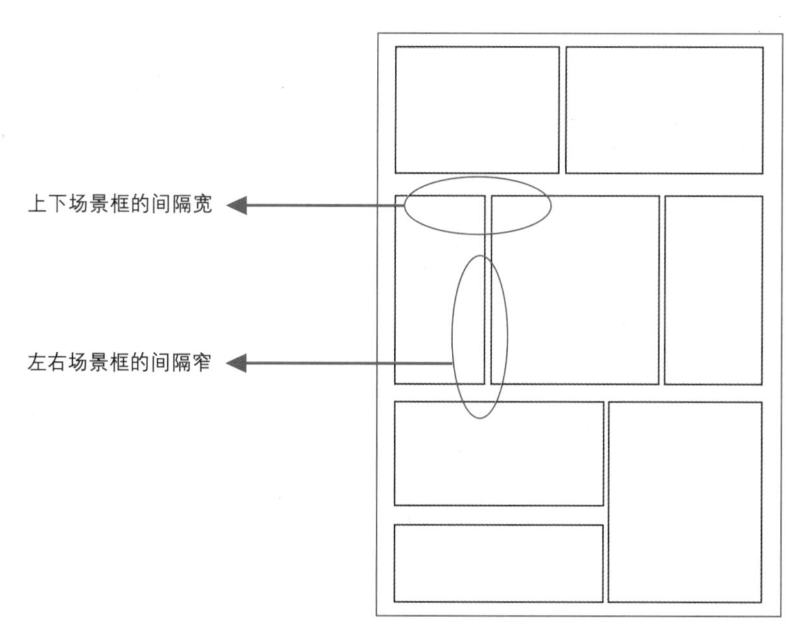

漫画中，左右相邻场景框的间隔窄、上下场景框的间隔宽，是基本规则。左右间隔窄，能够引导读者的视线尽快转入下一个想看的场景，从而加快阅读的节奏。上下间隔宽则能使场景框的分隔明确，从而便于阅读。

场景框纵向分隔不统一：

为了引导读者的视线从右到左横向看完之后自然转移到下面的场景框中，不一定要使场景框的纵向切分方式一致。

《银魂》

4.3.1 以对页为单位进行构图

以3段或4段的方式来切分场景框是日本漫画中常用的方式。一页中场景框的数量基本上是5~6个，而页中场景框的数量基本可以考虑安排10~12个。

场景框的大小和形状：

根据形状，场景框可以分为竖长的、横长的、倾斜的等。场景框大小的切分要张弛有序，不同的场景框表现不同的内容：场景呈现式一般要设计成占据两三个场景框空间的大方框，如果要表现人物的心理变化或表现动作的紧张度时，可以用倾斜式的场景框。作者通过大场景框、小场景框和不规则场景框的运用，能够引导读者有节奏地进行阅读。

第一个场景称为"卷首"，最后一个场景框称为"转接"。在编排上，第一个场景要能够吸引读者继续读下去，而最后一个场景框则要引导读者翻开下一页。

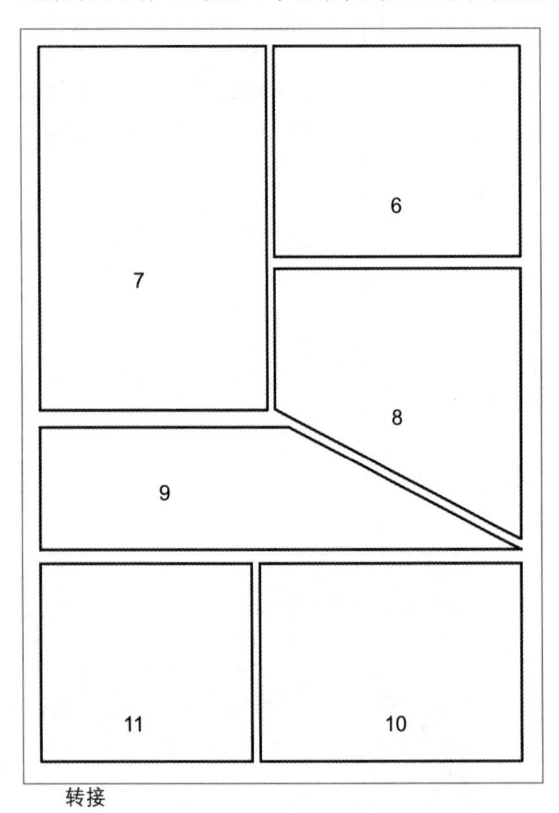

转接

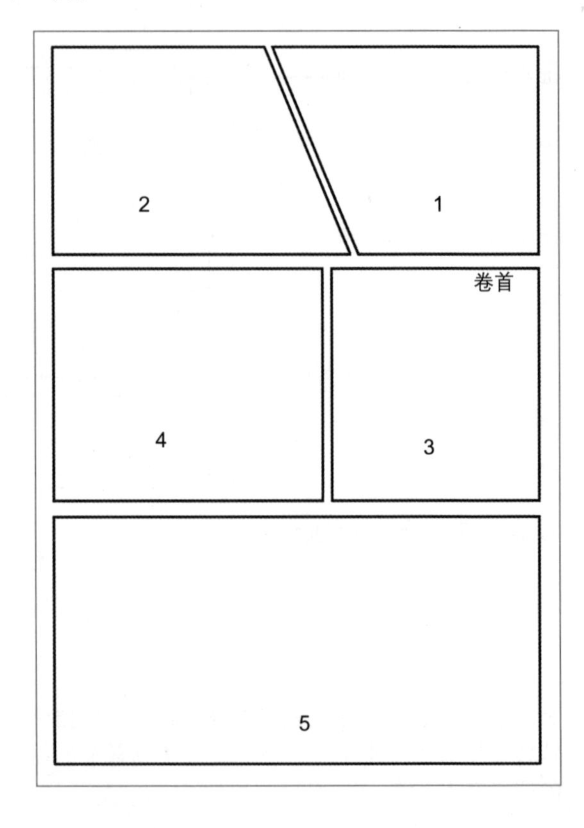

场景分框在漫画中的重要作用是：把该页中需要传达的内容进行视觉化的表现。一般都采用矩形的场景框，只有表现动作和心理等场景时会采用倾斜切分的场景框。

4.3.2 以页为单位的场景切分方法

切分场景框的基本原则是：横向四部分、纵向四部分。场景呈现的方框在第二至第三部分中切分。让我们运用纵向、横向、斜向不规则场景框在一个页面中进行编排吧。

横向两部分不均等的两个场景框，上大下小，用来表现吸引读者注意力的全景式场景框。

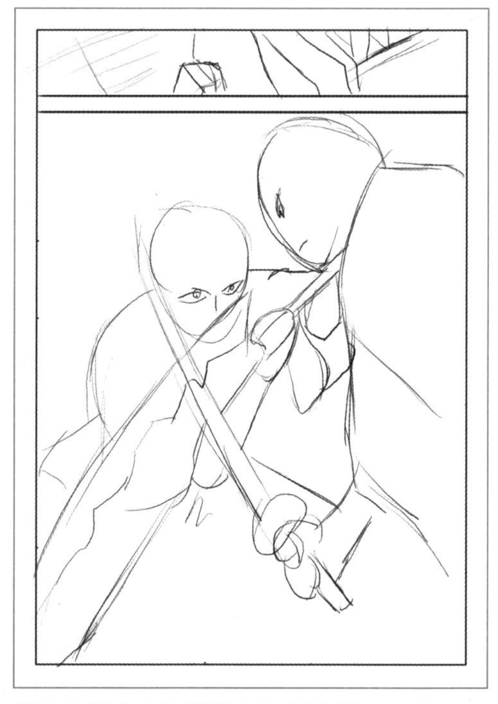

横向两部分不均等的两个场景框，上小下大，用于说明两人对打的场景。

格斗场景，上面大场景表现两人对打的大场面，下面左右两个场景框内，是人物的身体朝向相反，使他们面部相对。

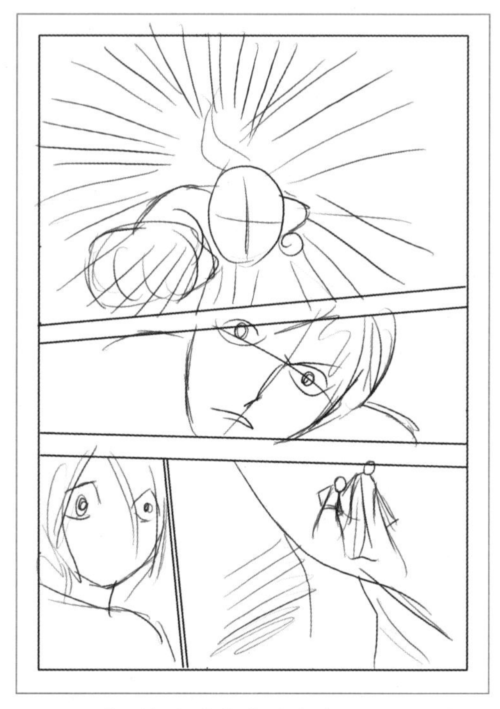

画面通过不安全感的营造来表现两个人心理上的距离。

纵向两部分、横向 3 部分 4 个场景框，在第二个场景框上覆盖第三个场景框并使其发生变化。表现两个人对打时的心理变化。

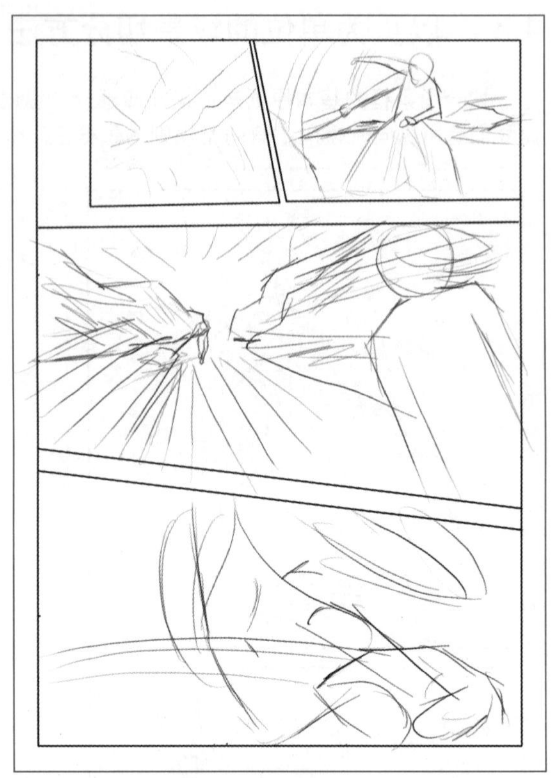

通过不规则的场景框营造激动情绪，再通过人物表情来表现动作场景的激烈。

让每一个场景框都具有一定的角度，对人物表情和眼神的刻画从而使画面产生动感和紧张感。

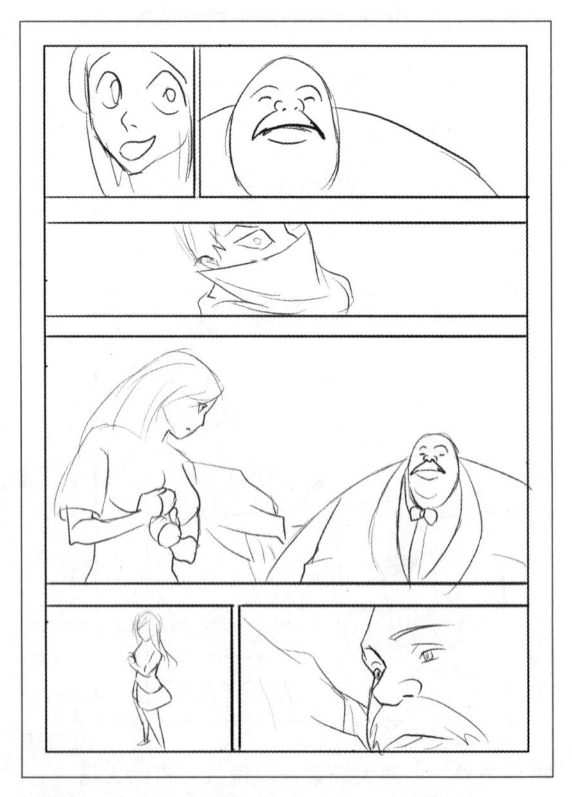

通过对人物不同角度的刻画以及表情的刻画，表现人物的心理变化。

通过第一个全景式框来表现人物的疑惑，中间小场景框和最后小场景框是刻画人物的表情变化。这样 就能够表现出画面的活跃感。

纵向斜切的镜头能够使画面富于起伏感，再加上仰视或俯视的视角以及表情、眼神的刻画，让画面效果更加明显。

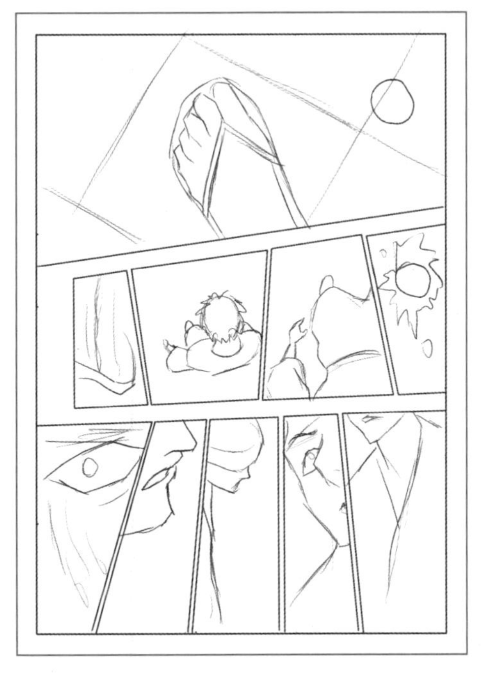

将碎小的场景框串联起来，加上刻画人物的动作、表情，从而有节奏地展开故事情节，表现出人物受惊吓的心理变化。

3 个纵向倾斜的镜头能够使画面富于起伏，再在中间刻画出人物的表情，从而使画面产生紧张感。

要绘制出感动读者的漫画故事，除了有吸引人的故事外，故事的节奏变化也是很重要的 . 何时该平和，何时该激动，都可以通过场景框来表现。所以掌握好场景框的划分很重要哦。

4.4 四格漫画

绘制四格漫画，首先要有故事内容，一般为小故事、小笑话。如果心里没有想法，可以将现场的故事转换成四格漫画。下面就选用出名的“蚂蚁和大象”的笑话来绘制四格漫画。

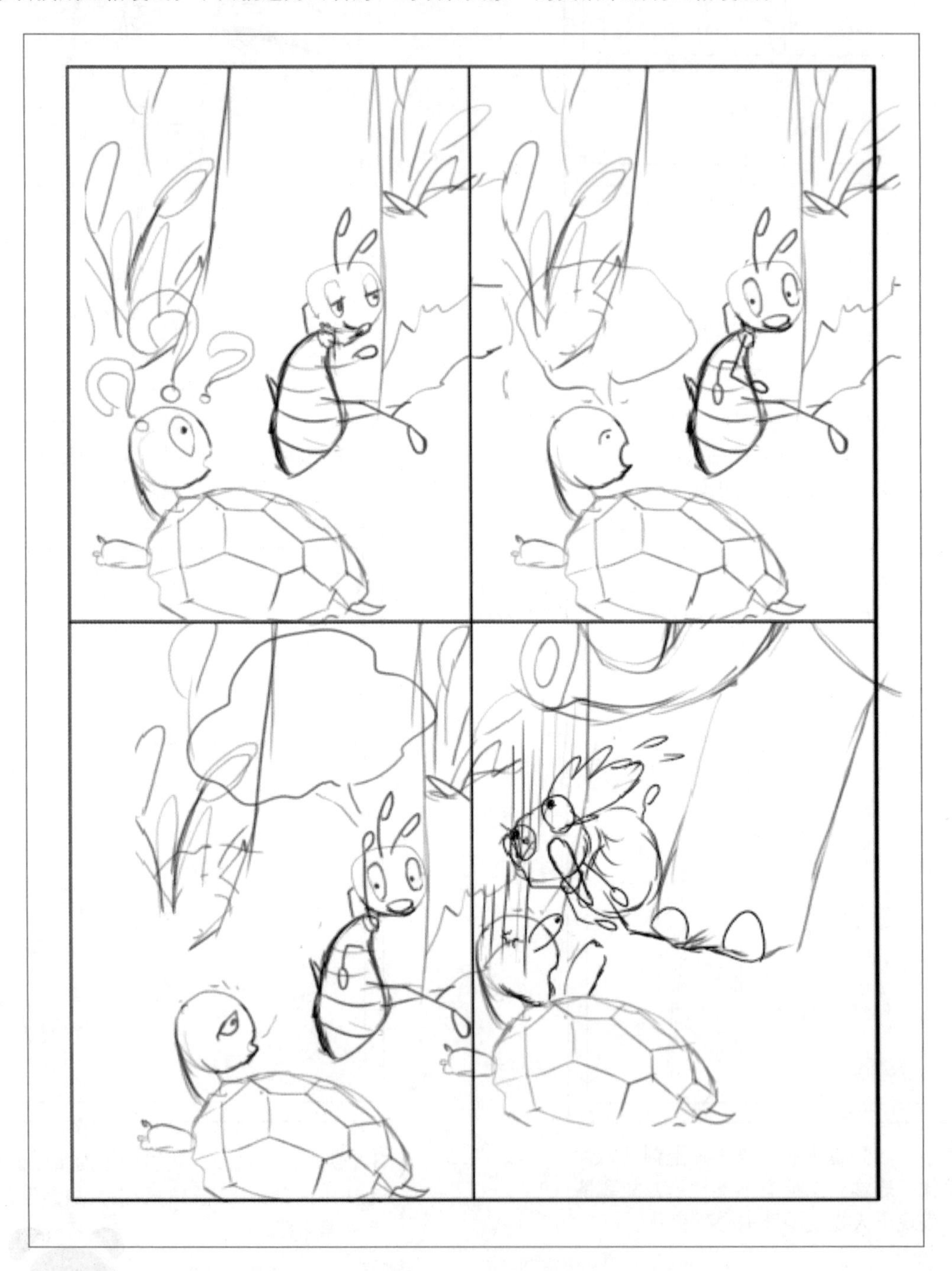

Step 01 故事的内容是：乌龟看到蚂蚁躲在树后面，却将脚露在外面，便奇怪地问道：“喂，蚂蚁，你为什么要把脚露在外面？”蚂蚁说：“等下大象会从这路过，我打算绊他一跤。”绘制草图，将故事分成4个部分：一是乌龟疑惑地看着蚂蚁；二是乌龟问蚂蚁；三是蚂蚁回乌龟的话；四是蚂蚁被大象踩到脚。

Step 02 描绘线稿。在描绘线稿的时候可以观察，场景框中只需要绘制一个背景的线稿，然后将其复制到其他场景框中，这样既能达到画面的统一，更能提高工作效率，同样，人物的线稿也是如此，如果人物的动作变化不大，将第一个人物线稿复制到其他场景框中，然后对其进行修改就可以了。绘制线稿可以根据即将上的颜色，选用明度低的同类色相来绘制，如蚂蚁和乌龟选择深褐色绘制线稿，植物则选择暗绿色来绘制线稿。

以上的方法只限制在背景不变，人物动作变化不大的情况下使用。读者可以多多练习，就会找出适合自己的方法啦！

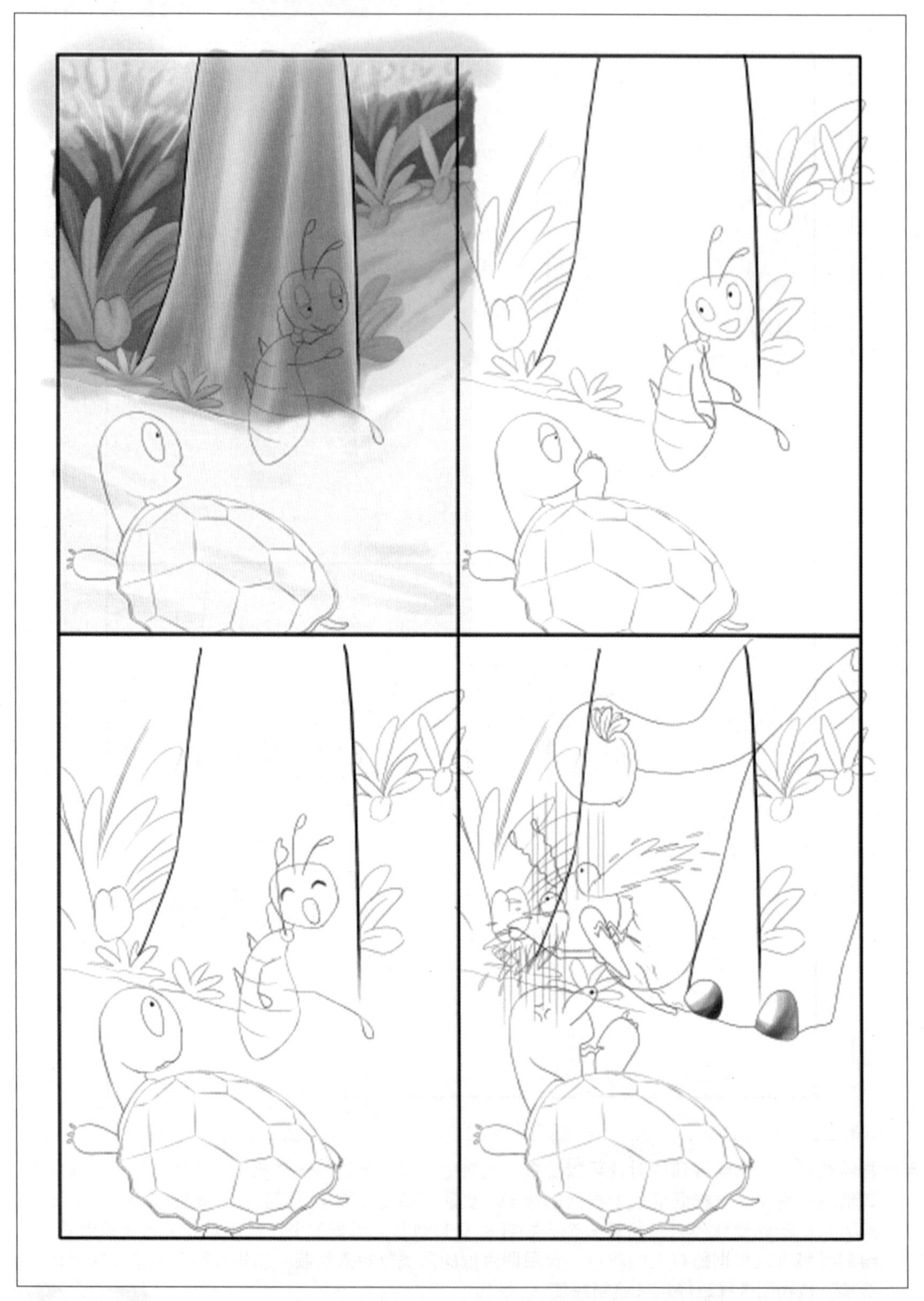

Step03 因为背景不变，所以只需要给一个场景框中的背景上色，然后将其复制到其他场景框中即可。首先选择浅土色绘制地面，然后选择明度低些的同色相的颜色绘制地面的阴影。选择几种相似的、同色相的颜色绘制植物的暗部，再选择比暗部颜色明度高些颜色的绘制中间色，最后选择高明度的颜色绘制出亮部。注意植物的上部要有模糊的变化，让植物丛看起来更加自然。最后选择不同明度的橘色绘制花朵。

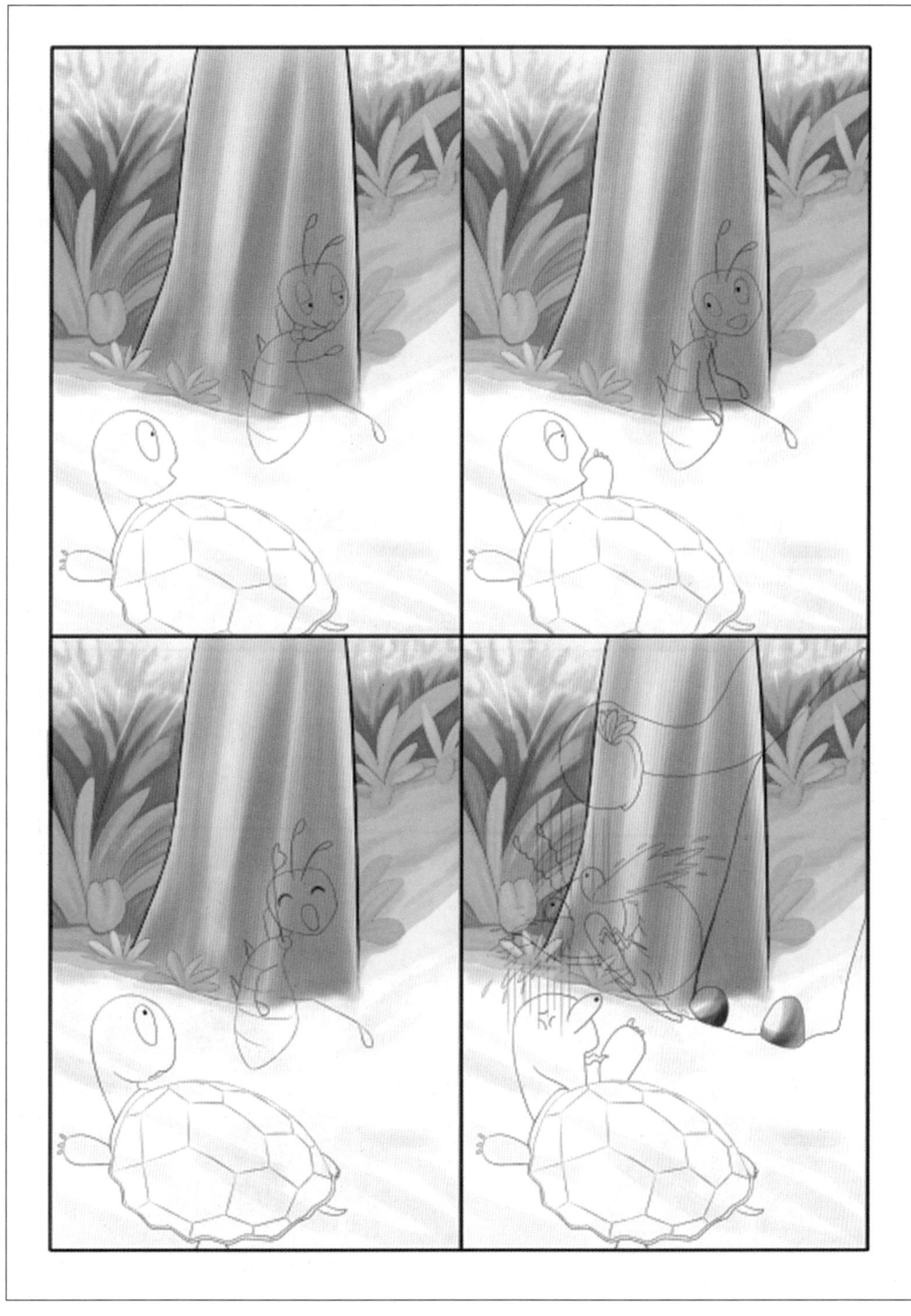

Step04 第一个场景框背景的颜色绘制好后，将其复制到其他场景框中，是不是很方便很快呢？这就是在Photoshop中绘制漫画的优点。如果想对已经绘制好的背景进行修改，只需要修改一个场景框中的背景，然后将其复制到其他场景框中即可。

通常四格漫画的人物和背景都绘制得较简单，所以就算是需要绘制不同的背景，也是很快就能绘制好的。

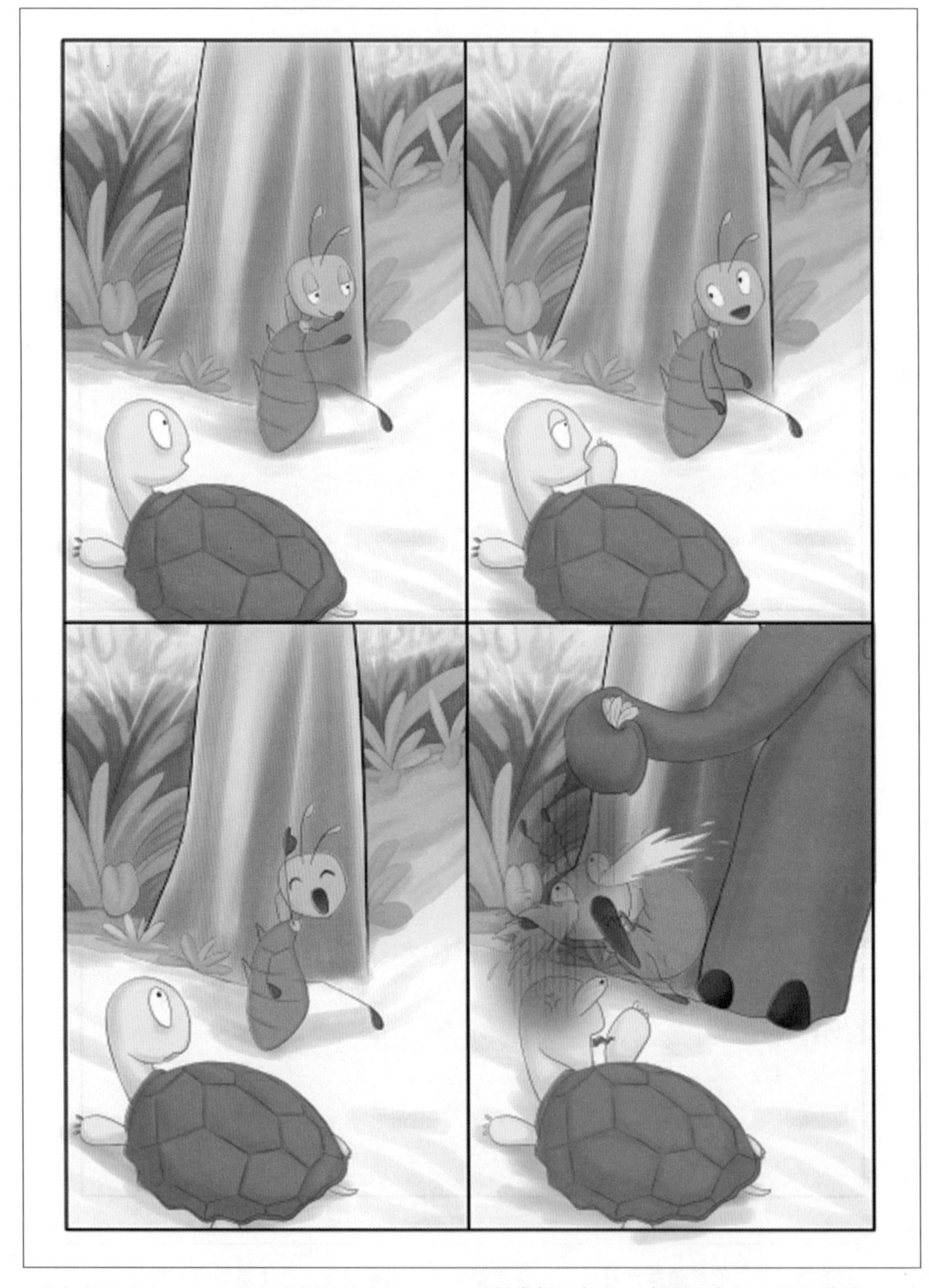

Step05 给蚂蚁和乌龟上色。漫画中颜色的选择可以不遵循常规，但是一定要注意画面的和谐性。上色不需要太详细，只要画面达到效果就可以。注意第四个场景框中用半透明的暗紫色表现蚂蚁和乌龟窘迫的情形。

四格漫画的人物造型通常为Q版人物，上色的方式一般为矢量上色法：通过两个明度不同的颜色绘制出固体色和阴影色就可以。

Step06 最后添加人物对话的内容：在 Photoshop 中选择“会话”图形来表现谈话内容。并添加表现心理的符号，问号表现出乌龟的疑惑。

绘制四格漫画只需要考虑人物的动作和表情以及背景的变化，不用考虑场景框的划分，画起来没有想象中那么难哦，赶紧拿起笔来绘制吧。

4.5 多格漫画

作品鉴赏与制作：彩色多格漫画 6 页“梦中的郁金香”。

绘制彩色多格漫画，首先要将线稿绘制好，这样能给后面上色带来很多方便。

表现温暖效果的采用暖色系色彩（红、橘红、黄色等），而表现冷静感觉时用冷色系色彩（蓝、绿、紫等）。在漫画创作中，巧妙地运用颜色，让读者的感受与之相对应。

在这个小故事中，通过效果草图和文字脚本创作人物与故事的骨架结构。在考虑如同彩色影像一样的、优美的场景框连接时，还注意每个镜头的串联。

梦中的郁金香

4.5.1 草图

第一页，上面为俯视的大场景框：郁金香的花丛。右下方为第二场景框：镜头拉近为中景，少女抱着宠物躺在草地上睡觉。左下方为第三场景框：镜头拉近为特写镜头，少女抱着宠物安详地睡着。

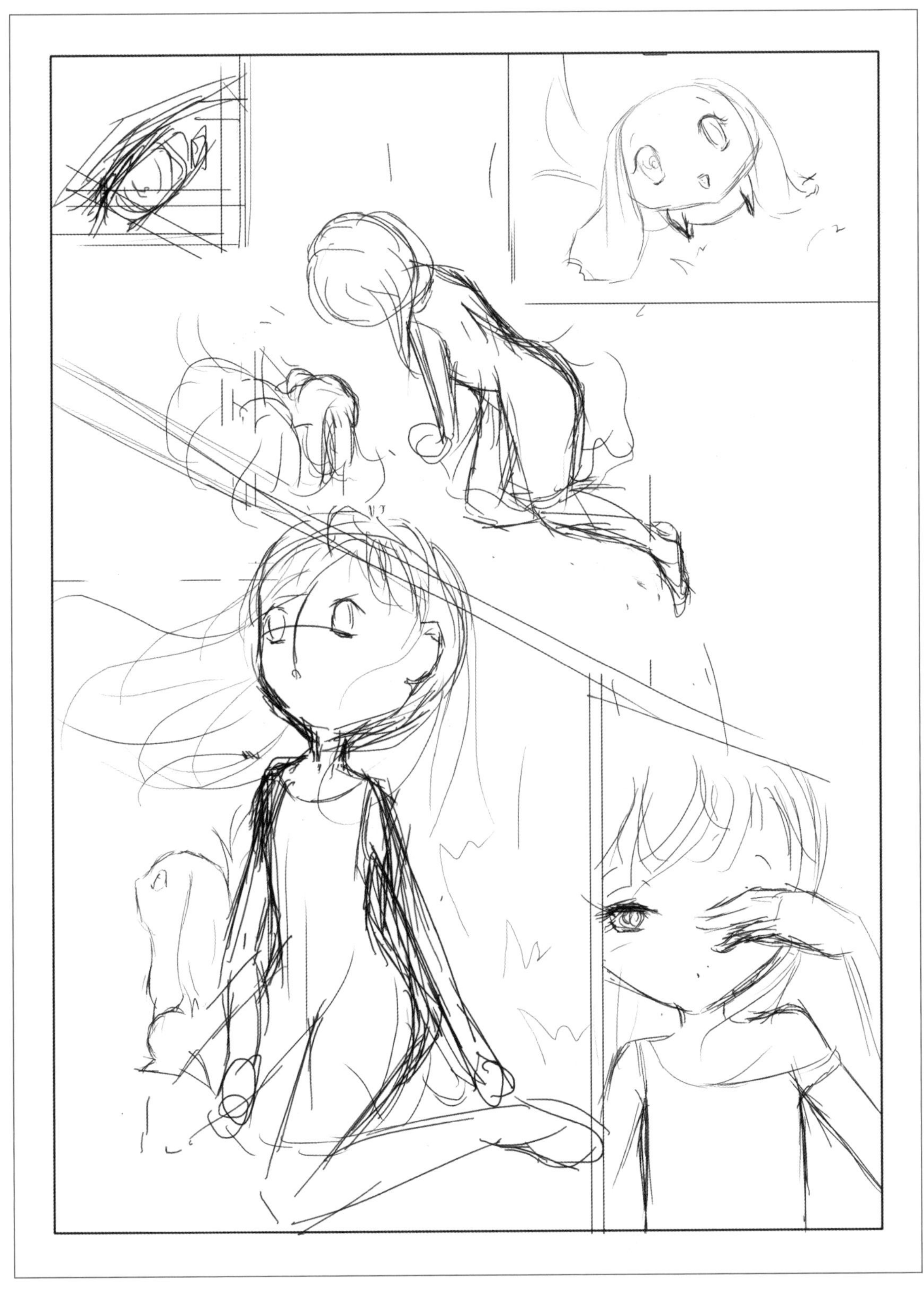

第二页，将页面倾斜分割为上下两大场景框，上面的大场景框用俯视描绘人物起身的动作，并通过左右两个小场景框叙述事情的过程。下场景框右边分割出小场景框绘制人物刚睡醒时睡眼朦胧的样子，左边的场景框为人物起身后观望四周。这样详细地刻画，让作者的故事更容易被读者读懂，也更易于感动读者。下场景框中的人物可以不受场景框的限制，让画面看起来更加灵活。

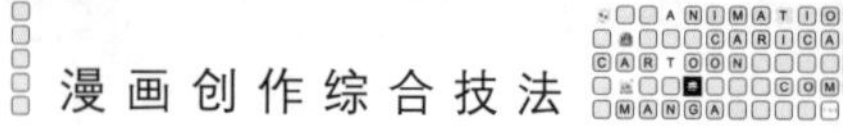

第三页，该页讲述的是人物对当下的场景感到很奇怪，起身后抬头观望天空，所以可以用仰视的视角描述人物抬头观看天空，然后在上面分割出3个场景框，从右到左分别为：正视描述宠物抬头看天空；中间场景框为俯视描述人物抬头看天空，主要是描写人物惊喜的表情；左边场景为正视视角，从侧面描写人物抬头观看天空。这样全方位详细地刻画出人物惊喜的感觉。

第四页，该页主要描述天空突然下起花瓣，人物对这景象感到很惊喜，面对漫天的画面，人物感到很开心。上面右边场景框为宠物玩花瓣，左边场景框用俯视视角描述人物用手接触天空掉下的花瓣，开心中带有惊喜的表情；下面大场景框描述人物用裙子接住花瓣开心舞动，宠物到处蹦跳，整个画面给人开心的感觉。

第五页，该页面是故事的转变。上面的场景框描述郁金香被大风吹动，风中夹杂着花瓣，所以除了绘制出郁金香和风外，还要绘制花瓣。下面有场景框描述人物面部：被风吹后用手挡风。右边场景框为人物和宠物被风卷起来。

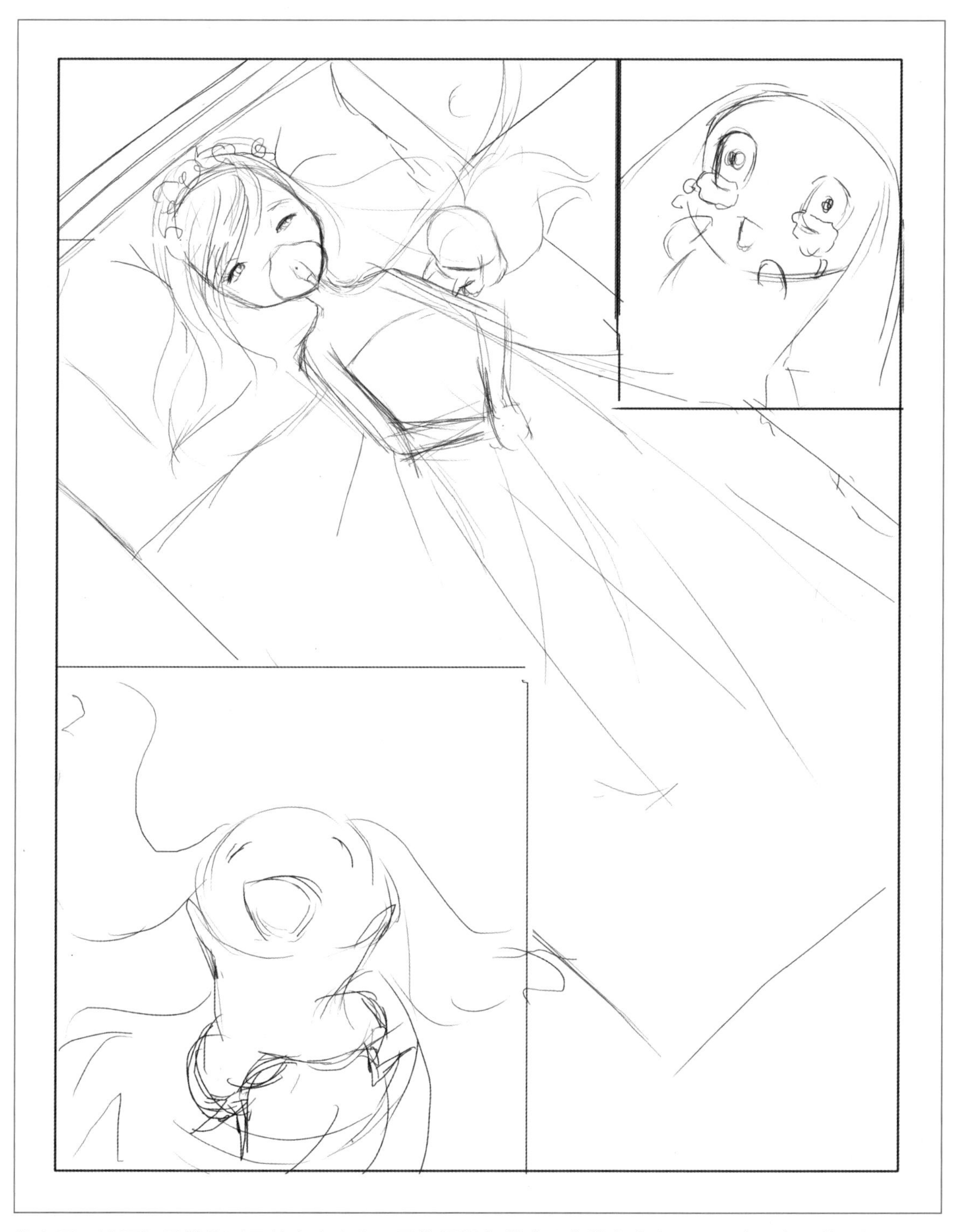

第六页，该页场景转换到医护室病床上：用俯视视角描述人物躺在病床上，眼睛是半开的，如果只是这一个画面，很难让读者明白作者的意图，所以在右上角分割出小场景框，描绘出宠物感动落泪的表情，左下角分割出小场景框描述宠物开心跳跃的场景，这样就可以看出人物是病后，做梦梦到在郁金香丛中游玩，然后被狂风吹起后从梦中醒过来。

这一步骤除了要考虑分镜头，还要考虑每页场景框的分割，既能将故事详细叙述，又能让画面更加好看！！

4.5.2 完善草稿

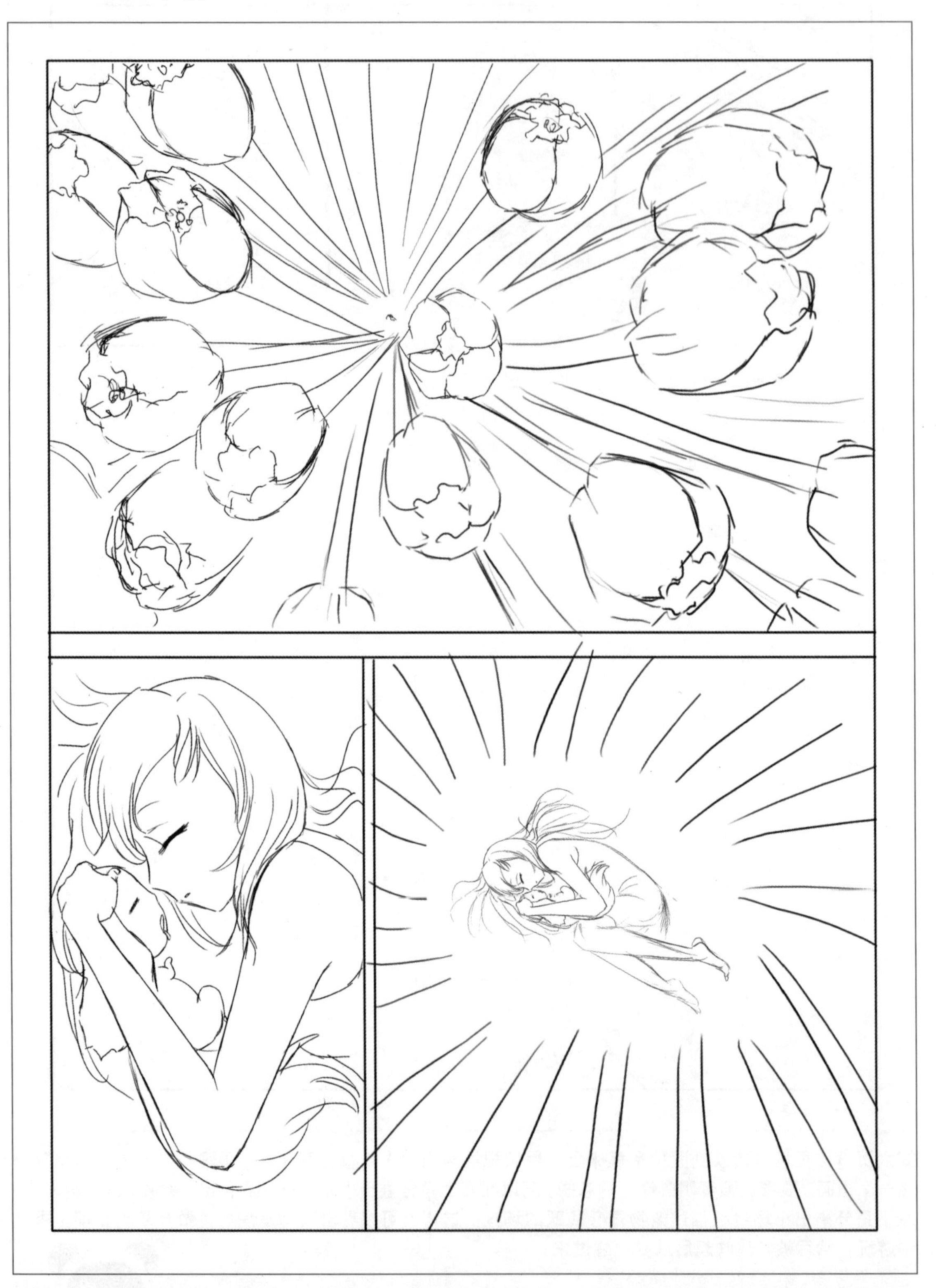

第一页，上面的场景框为俯视的郁金香丛，虽然是远景，但还是要画出人物的位置，还要注意绘制每朵花的样式，都是不一样的，这样才能画出好看自然的花丛。右下方场景框为中景，能看到花杆以及人物全身，放射性的花杆能让画面的视觉有冲击感。左下方的场景框为近景，要将人物详细刻画，注意人物侧面的刻画。

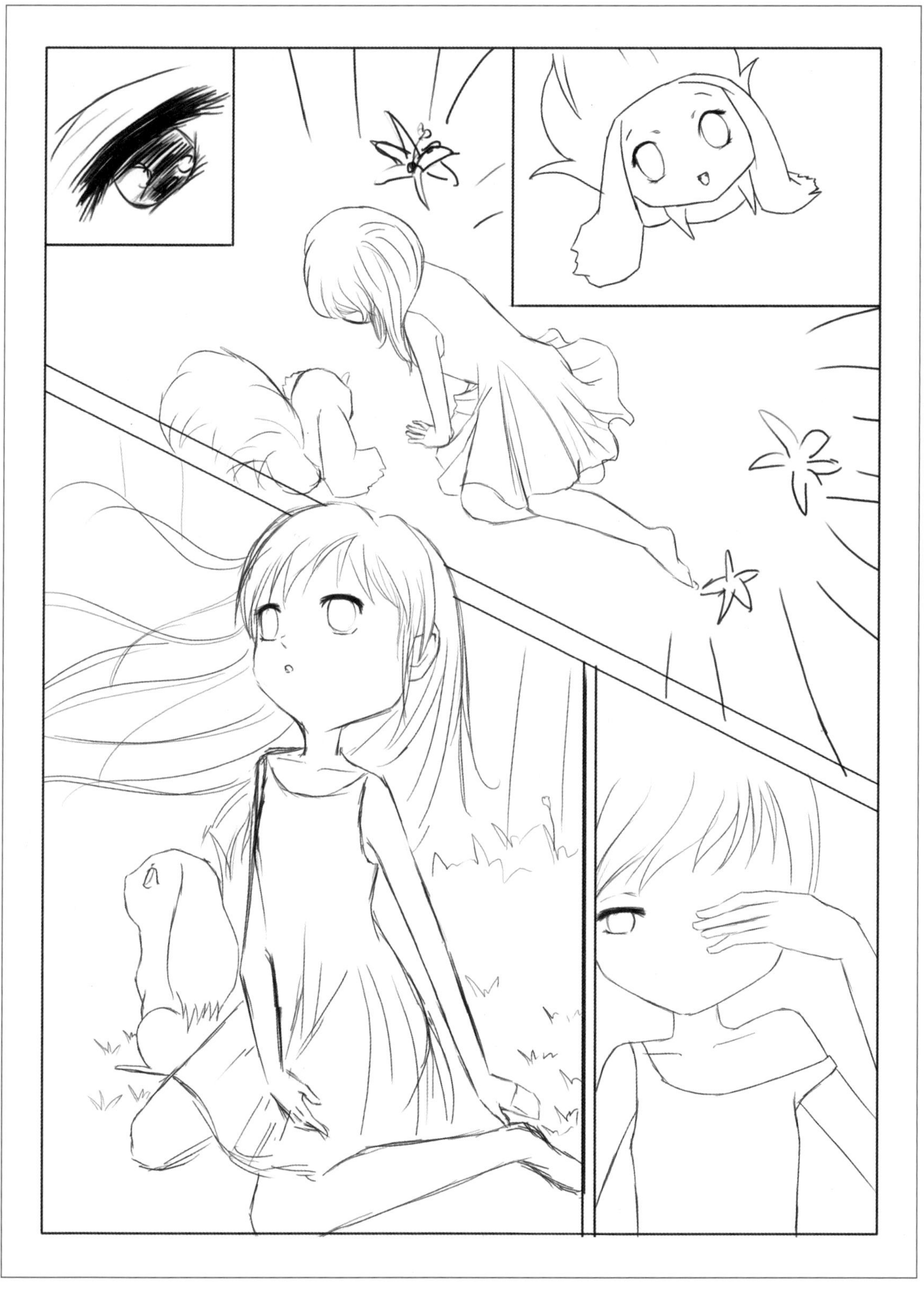

第二页，上方场景框为俯视图，绘制的时候要注意人物刚起身的透视变化——俯视视角。所以头顶看到很多，手臂的长度会变短，等等。右下方场景框刻画人物刚睡醒睡眼朦胧的样子，重点是半开的眼神刻画。左下方场景框为人物跪坐在地上，抬头看四周，注意跪地时腿的透视变化。

第三页，右上方场景框为俯视图，人物抬头向上看，因为透视角度的原因，基本上只能看到面部、胸部和手臂。左上方为平视视角，人物为侧面，画的时候要注意：侧面抬头下巴的刻画。下面的场景框为仰视图，虽然透视原理为近大远小，但漫画中不会将头部画得很小，这样才能有可爱的感觉。

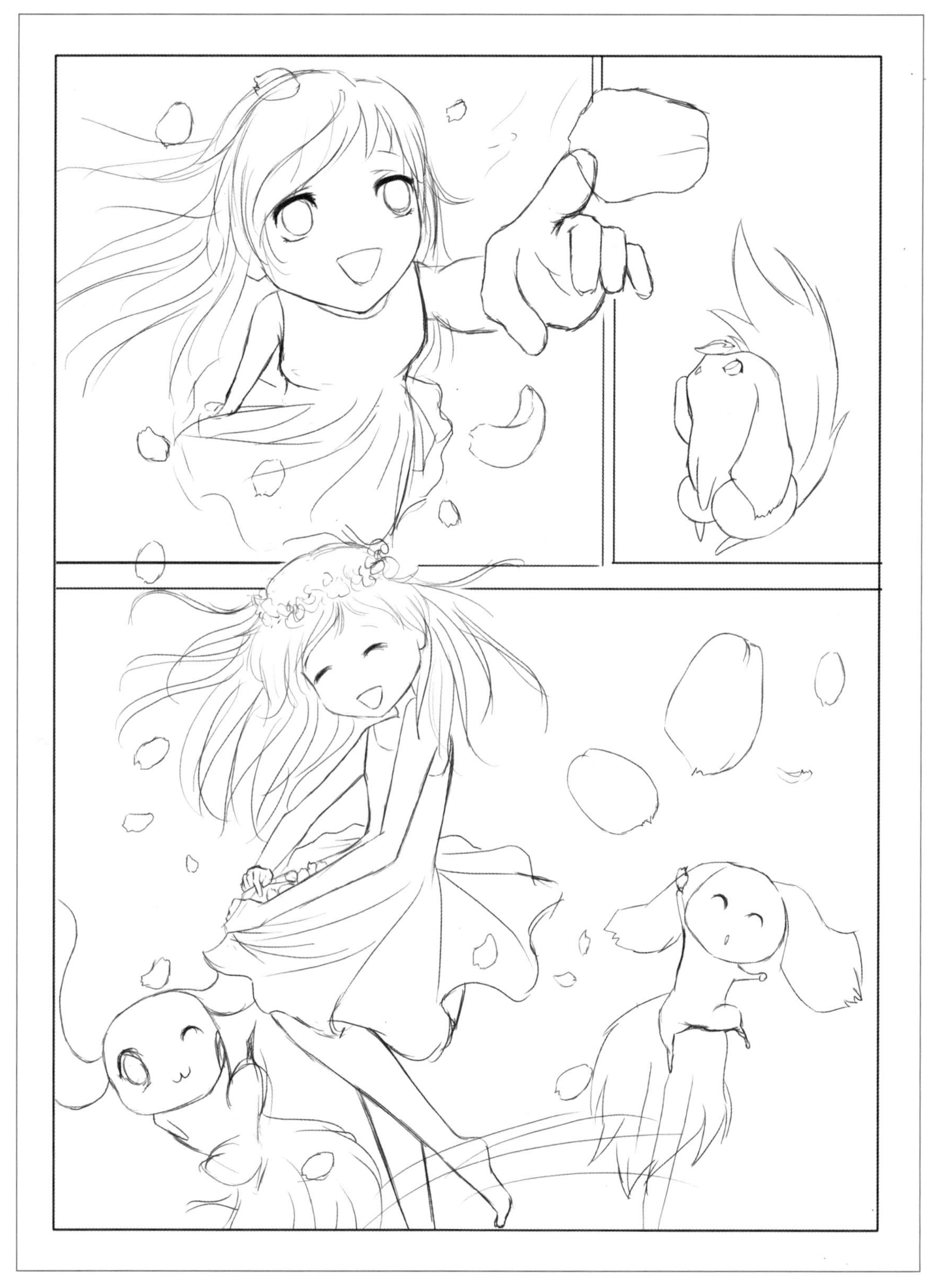

第四页，右上方为正视视角，宠物为侧面视角，注意要将宠物画得可爱些。左上方为俯视视角，注意手去触摸花瓣，因为透视的原因，手要刻画得大些，要注意手的结构变化。下面场景框中注意刻画开心的画面，所以除了绘制出人物跳动的动作，还可以通过头发绘制出跳动的感觉，绘制两个宠物，然后用线条将两者连接。

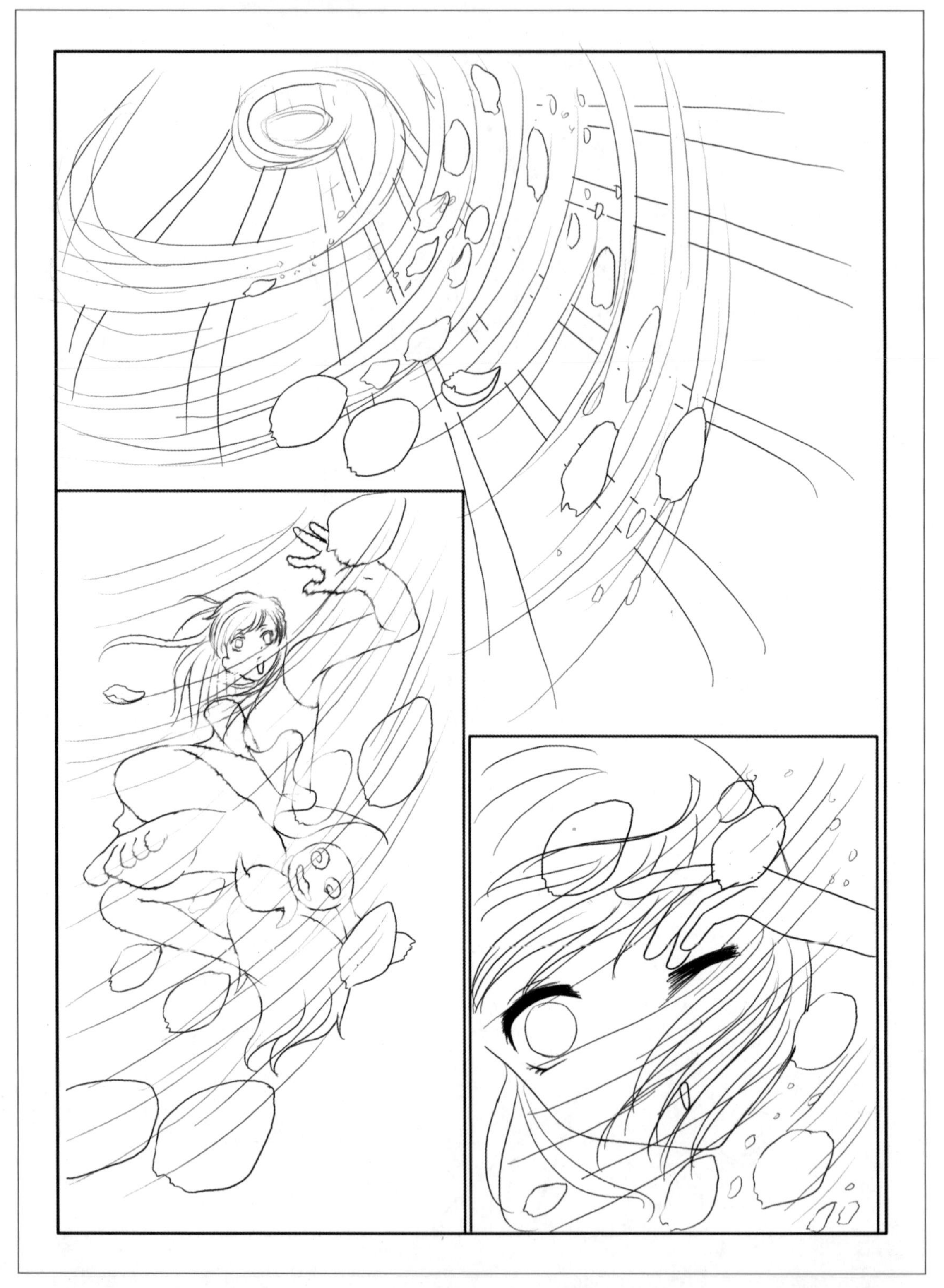

第五页，上面场景框为郁金香被大风吹动的场景，所以除了要绘制出郁金香枝干，还要绘制出风，以及飞舞的花瓣。右下方场景框中主要刻画人物被风吹动，用手挡风的表情。用头发来表现出风向，一只眼睛是闭着的，表示风很大。

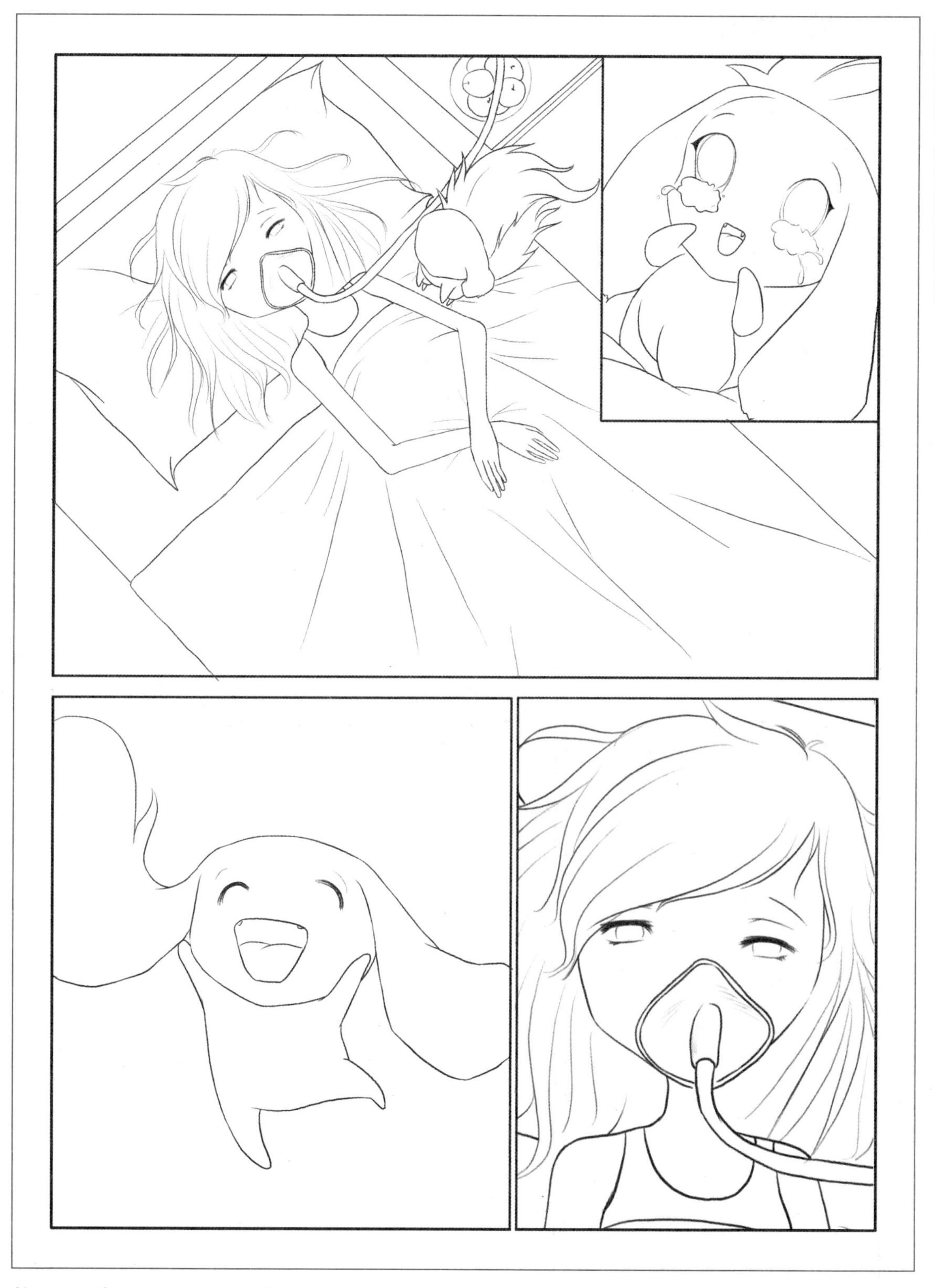

第六页，俯视图。人物躺在病床上吸氧气表示人物在生病中，通过半睁开的眼睛表示人物刚醒，还能表现出疲惫的感觉。宠物是站着的，所以俯视看到头顶，其他部分基本看不到。右下方场景框为人物面部的详细刻画。

4.5.3 描绘线稿

第一页，绘制郁金香的时候，注意枝干要有虚实的变化，将主要部分绘制出来即可。描绘花朵的时候注意除了要将花朵的形状绘制好，还要注意花瓣要优美。描绘人物的时候，注意人物结构的变化，绘制头发的时候除了要注意头发的走向外，还要注意线条的变化，如有虚实的变化，而且要流畅。

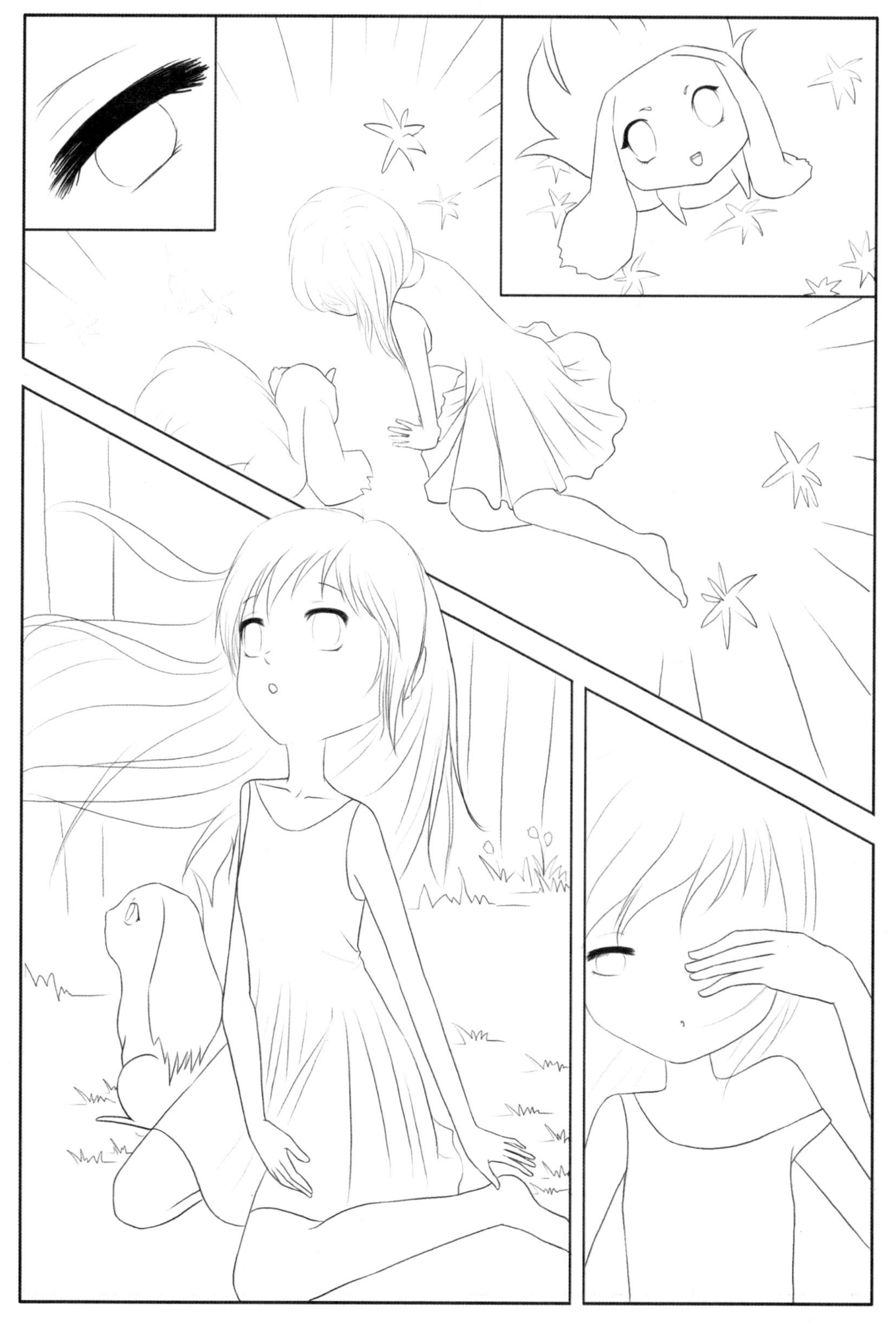

第二页，描绘上面场景框中的人物的时候要注意人体透视的变化，还有服装褶皱的变化，只有正确绘制变化，才能让人物看起来很自然。左上方刻画眼睛，因为后面要上色，所以只需要将轮廓绘制好就可以。宠物的刻画也要注意，造型要可爱，绘制宠物毛发的线条要流畅。下面的人物为跪着坐地，所以要注意裙子的褶皱变化，还要注意头发的线条一定要流畅。

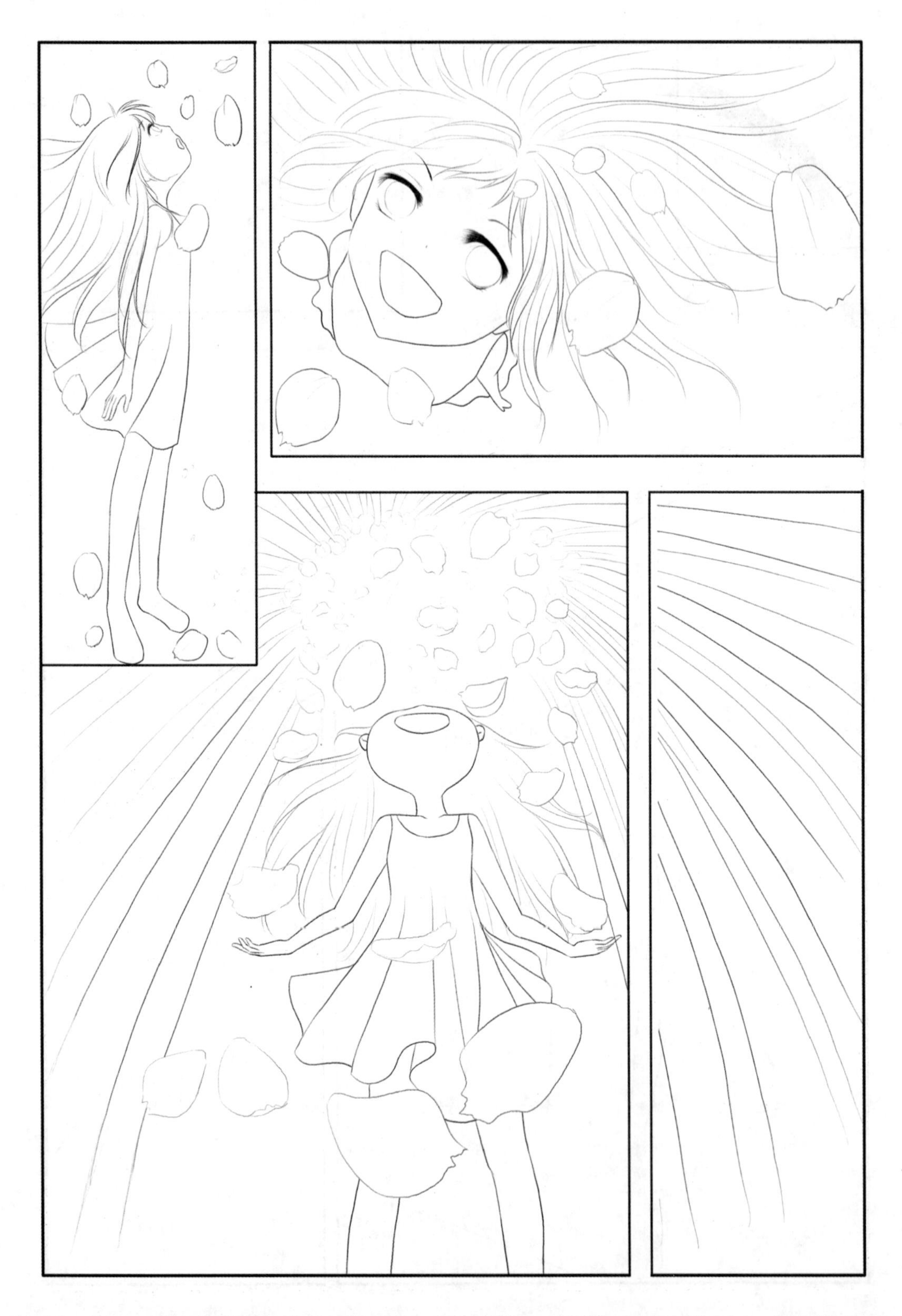

第三页，该页主要用仰视视角和俯视视角表现天空下起花瓣：右上角场景框为俯视图，重点描绘头部，注意五官的刻画（刻画眼睫毛的线条注意要深，尾部要表现出睫毛的感觉，鼻子和嘴巴用简单线条表现即可），要表现出惊喜的表情，头发也要画出飘逸的感觉，注意头发的走向，表现头发的线条要流畅。

第四页，该页注意表现人物和花瓣的互动。右上角从侧面刻画宠物将花瓣放在鼻子上玩，给人可爱的感觉。左上方用俯视视角刻画人物用手触碰花瓣，面部表情要开心，注意头发飘动的方向要和花瓣一致；下方用正视视角刻画在花瓣中玩耍，注意：人物用裙子捧住很多花瓣时手臂和裙子的表现方法，因为是跳动的，所以头发要画出飞舞的感觉，画两个不同动作的宠物，再用虚线表现出动物跳动时的方向，给人动感的画面。

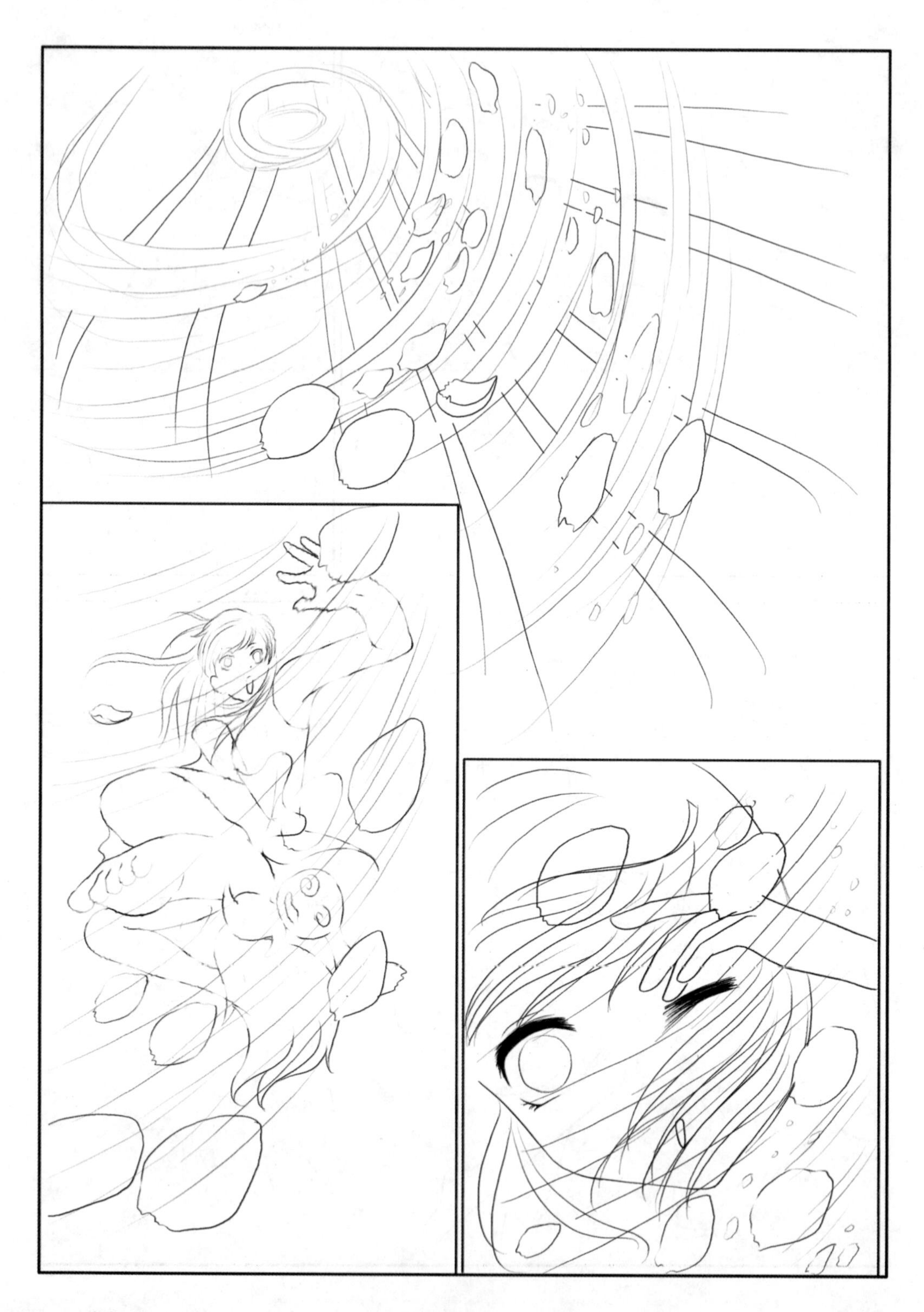

第五页，该页讲述的是突然起风，将人物和宠物卷起来。上面的场景框表现出起风后，将郁金香吹动的大场景；右下方的场景框刻画人物因为被大风吹动，用手遮挡风的动作，因为起风，所以一只眼睛是闭着的，注意表现风的线条要流畅，有虚实变化；头发的摆动要和风向一致。左下方场景框内表现的是人物和宠物被风吹起，因为在风中，所以刻画人物的线条是不连续的。

第六页，场景转换到医院病房中，上面的大场景框用俯视视角刻画出人物躺在病床上的场景（吸氧器是表现人物在生病中的主要道具），注意表现出柔软的枕头，还有躺时头发的表现方法，盖在身体上被子的褶皱要根据人体外轮廓来绘制。其余小场景框中的内容让故事情节更加丰富。

4.5.4 上色

第一页，上面场景框内先选择浅绿色和淡蓝色绘制出渐变色作为背景，然后选择浅黄绿色绘制郁金香花杆，花朵自然选择粉色来绘制，最后选择黄色绘制花蕊。整个画面的明度较高，这样才能给人清爽温馨的感觉。下面场景框的背景以上面背景颜色为基础，人物选择皮肤色、褐色和桃色绘制皮肤、头发和衣服，宠物选择白色。

第二页，上面选择浅绿色和淡蓝绿色绘制渐变色作为背景，再选择相似色相绘制草，让背景更加丰富。人物眼睛选择蓝紫色绘制，宠物眼睛选择蓝色绘制。右下方场景框中选择淡黄绿色和淡黄色绘制渐变的背景；左下方场景框中注意：草的下方可以绘制得模糊有变化，这样才能让草和地面相结合得更加自然。

第三页，上面两个场景框选择浅绿色和浅蓝色绘制渐变色背景即可，注意给头发绘制颜色时，可以选用模糊边缘的画笔，这样发梢的颜色看起来会更加自然。下面场景框中选择浅蓝色和淡蓝色绘制渐变的背景色，绘制郁金香花杆的时候，可以将两端颜色画得浅些，这样背景看起来更加和谐，顶部的花瓣不用仔细刻画，下面的花瓣需要仔细刻画，这样能增强画面的空间感。

第四页，上面的背景用渐变色表现。注意主要的花瓣要仔细刻画，点缀的花瓣只需要画出大概就可以了。

上色的时候，只要第一个场景中的颜色确定好后，后面的颜色都要以第一个场景中的颜色作为基础绘制：人物颜色不变，背景可以根据需要进行稍微调整。

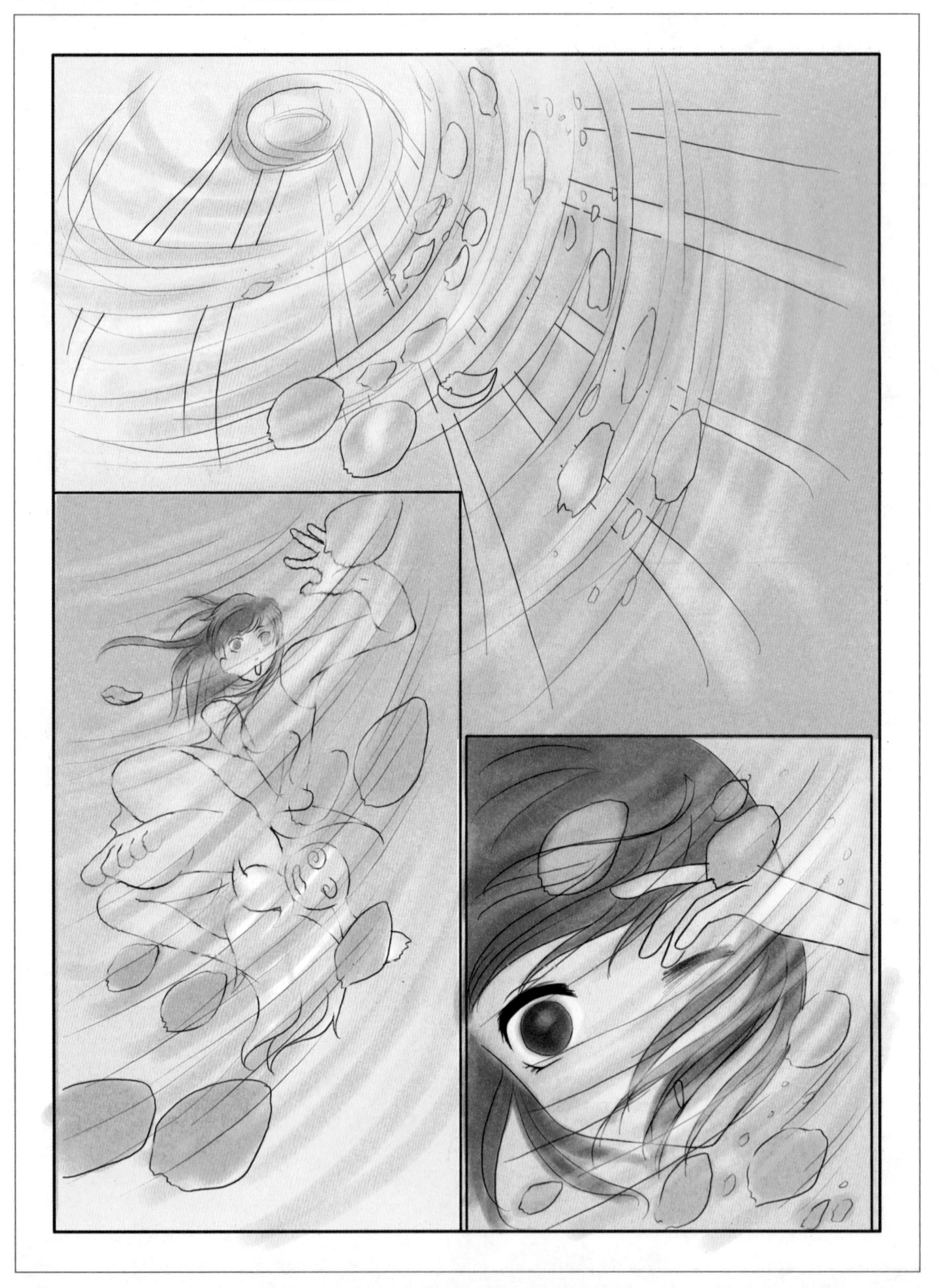

第五页，该页只要表现有风场景，上面场景框中要绘制出在风中的郁金香，先绘制出桃红色和淡红色的渐变色背景，然后只需要绘制出部分郁金香花杆的颜色，再用白色绘制虚实变化的线条，表现出风的感觉。下面场景框也是先绘制出基础颜色，然后用白色绘制虚实变化的线条，表现出风的感觉。

第六页，上面场景框中选择浅褐色绘制地板，青蓝色绘制床单。整体画面明度较高，病房给人清爽干净的感觉。右上方场景框中宠物的眼泪用水蓝色绘制。左下方场景框中的背景用发散的橘红色图形绘制，表现出惊喜快乐的感觉。

4.5.5 绘制阴影

第一页，上面场景框中只需要给花朵绘制阴影，选择比固体色明度低的颜色绘制出花瓣的阴影，让花朵看起来更加丰富，再选择金黄色绘制花蕊的亮部；绘制人物阴影的时候，要注意光源，绘制的阴影可以不太多，只要能表现出体积感就可以，这样能让画面看起来更加清爽。最后依次给人物和宠物添加腮红，让他们看起来更加可爱。

第二页，绘制人物注意光源，该画大面积阴影的地方要大胆去画，该细画的地方要仔细刻画，这样能增强画面的空间感。眼睛为半透明玻璃球体，所以阴影靠近光源的颜色要深，背光的浅些，最后添加高光。将阴影绘制好后，添加高光即可。

第三页，按照前面绘制人物阴影的方法绘制阴影，注意人体结构。该页的花瓣除了要绘制明度较低的阴影，还要选择白色绘制亮部，特别是下面场景框中上面的花瓣可以绘制成有虚实变化的白色，让上面的花瓣和下面的花瓣有所区别，这样能增强画面空间，还能让画面层次感分明。

第四页，该页和第三页绘制的阴影一致，从上面的图中可以看出，添加阴影后画面更加丰富，层次感更加分明，整个画面明度较高，给人清爽的感觉，适合少女漫画风格。

在上色的时候，要求整个故事画面风格一致，除非特殊场景框中需要绘制特别的效果（如欢喜、诡异等画面）。

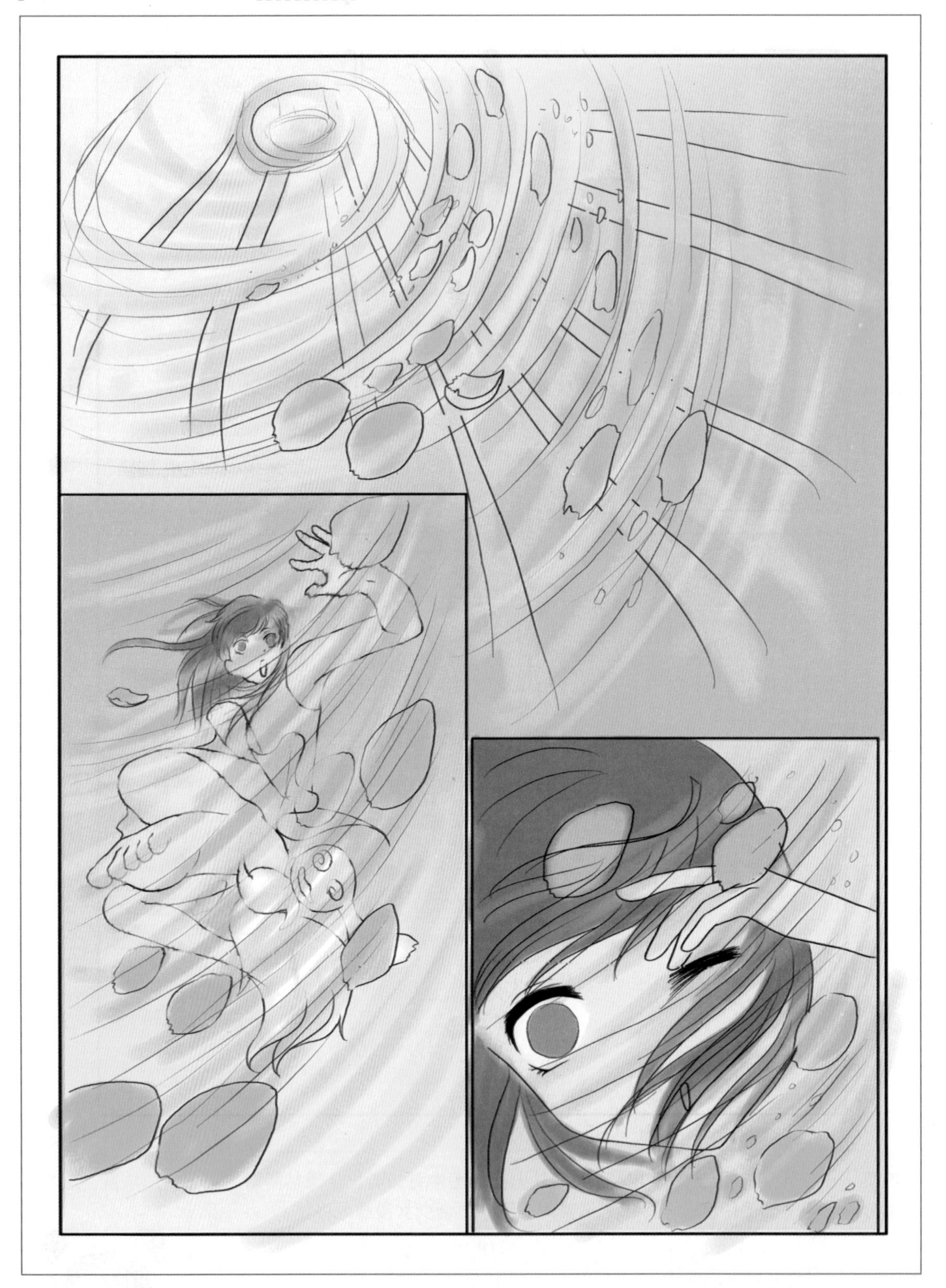

第五页，该页主要表现风，在风中人物的轮廓将看不清楚，人物的阴影不需要绘制得那么清楚，只需要绘制少许的阴影就可以了。从上面图中可以看出，用模糊变化的线条表现风，不仅能表现风向，还能让画面看起来很清凉，适合少女漫画风格。

第六页，通常有人物的画面中，背景的作用只是衬托人物，所以上面场景框中的地面不需要绘制得太仔细，只要绘制大概阴影即可；绘制床单也只需要绘制大概的阴影。右下方场景框中的阴影按照上面大场景框绘制。左下方场景中选择淡灰蓝色绘制宠物阴影即可。

4.5.6 添加文字

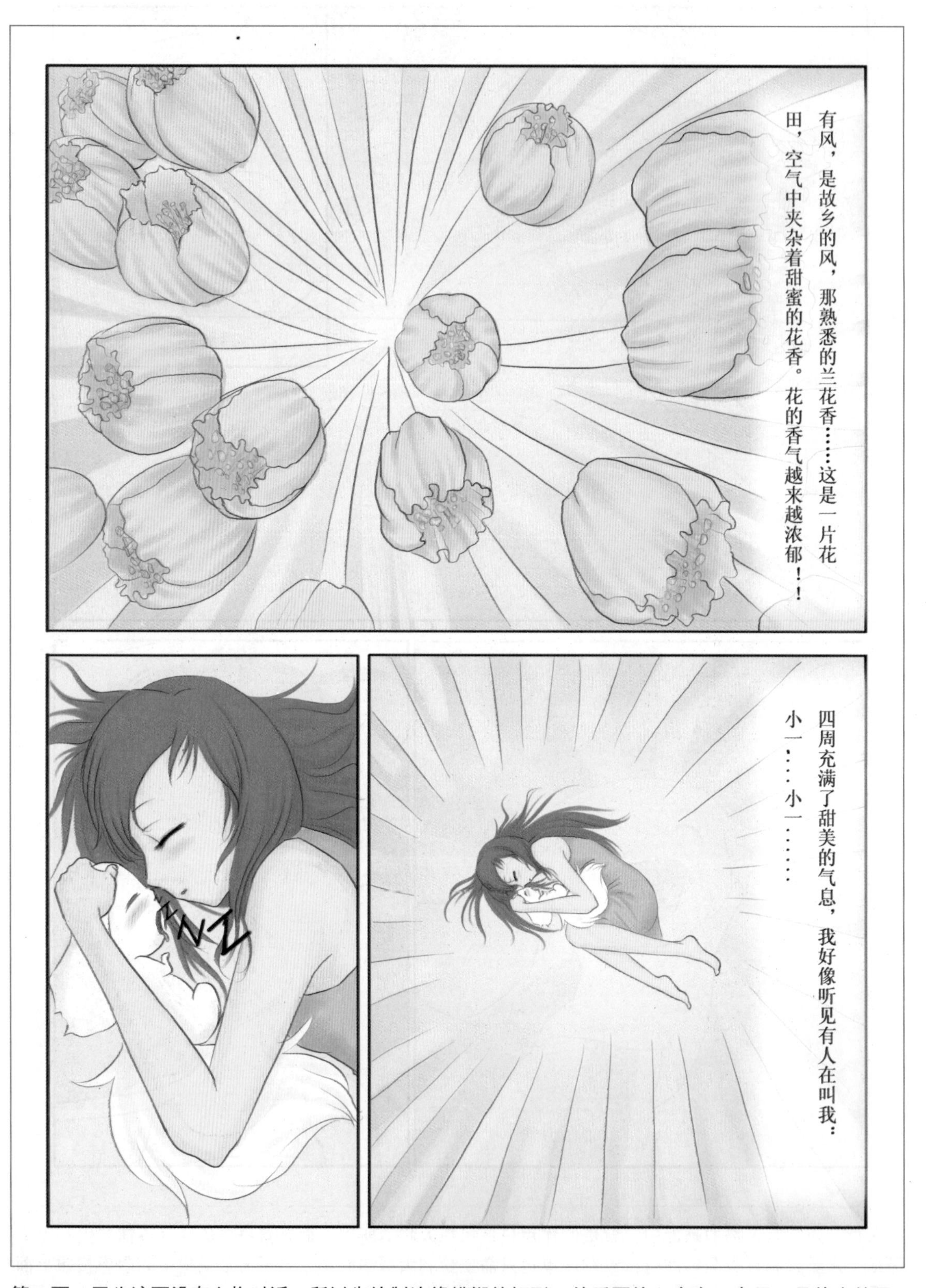

第一页，因为该页没有人物对话，所以先绘制边缘模糊的矩形，然后再输入旁白：有风，是故乡的风，那熟悉的兰花香……这是一片花田，空气中夹杂着甜蜜的花香。花的香气越来越浓郁！然后给人物和宠物命名为“小一”和“小咕”。

第二页，该页人物醒过来，右上方场景框中人物说“啊！”，是在给人物打招呼；右下方场景框中人物说“小咕～这是哪里哈？”，是对当下的情况不了解；左下方场景框中人物说：“好漂亮哈！这是郁金香树林吗？小咕～”，宠物回答：“嗯，让人心里安静呢！”，表现两人对当前的情况有了大概的了解。

第三页，右上方场景框中人物说："哗！下花了哦！小咕！好漂亮哦！小一很开心~"虽然该页没有将下花瓣的过程讲清楚，但通过人物的对话可以知道花是突然下的。下面场景框中人物说："看哈，好多好多花哈！"表现人物对当前的情景觉得很惊奇。

第四页，上面场景框中人物说："哈哈！小咕！看这花瓣！颜色多漂亮~"，宠物回答："还很香呢！！"表现出花瓣不仅漂亮，还香气四溢。下面场景框中宠物说"咕咕！！"是宠物开心的表现。

第五页，右下方场景框中人物大声地喊道：“啊？？？起风了？小咕~风好大！！！”，左下方场景框中为3个大小不同、方向不同的“啊”字，让人更加深刻感受到大风的力度。通过文字能让读者更容易读懂作者的想法。

第六页，上面场景框中人物虚弱地说："嗯~"，宠物则激动地说："哈……小……小一醒了！"，让读者知道人物刚从昏睡中醒来，而宠物对此感到无比激动；左下方场景框中宠物高喊"万岁！万岁！万岁！小一终于醒过来了，好开心哦！"，更能表现宠物的惊喜程度！

添加文字是让故事内容更加明了，让读者更容易接受，一般旁白可以用比较诗意的文字来叙述，对白用直白些的文字，但如果是搞笑漫画，文字也一定要搞笑哦！

第5章 用 Photoshop CS4 绘制奇幻少女

5.1 线稿的绘制

在绘制一幅吸引读者的漫画之前，首先必须把草图绘制好，这就和一个坚固的建筑必须有坚固的地基是一样的道理，确定草图后通过拷贝的方法绘制线稿。

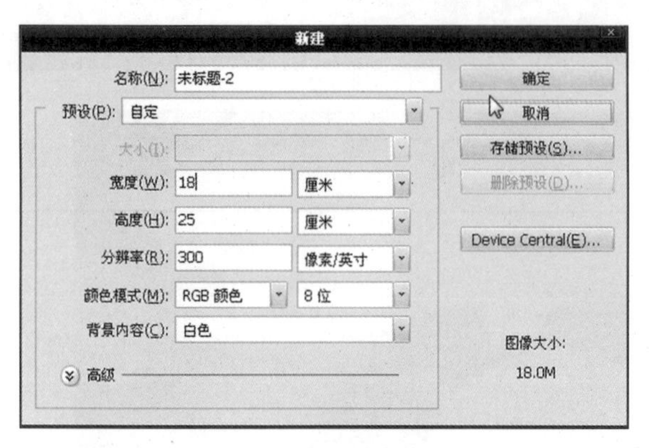

Step01 执行【文件】→【新建】命令，在弹出的对话框中设置宽度为 18 厘米、高度为 25 厘米、分辨率为 300 像素 / 英寸，完成后单击【确定】按钮。

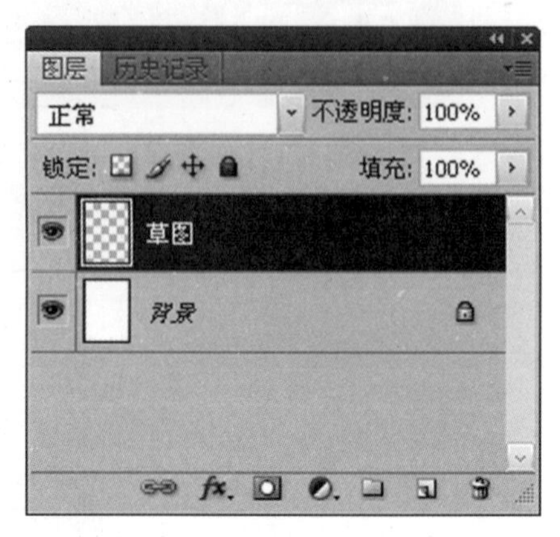

Step02 新建一个文件后，再新建一个图层，并将图层重命名为“草图”。

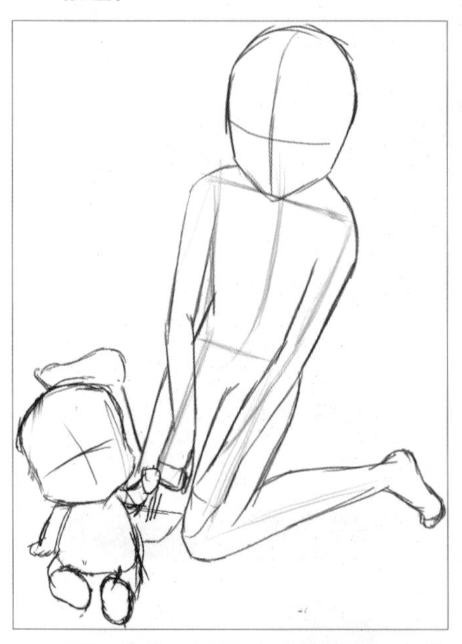

Step03 画面的构图设置为对角构图，人物为跪地的大约 6 头身的美少女和坐地的 2.5 头身的 Q 版人物。

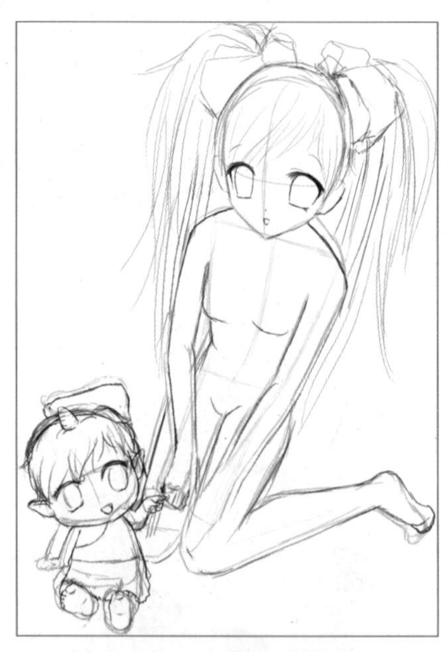

Step04 刻画人物形象和人体结构（也可以直接添加衣服，但为了让人物的结构不会出错，所以先绘制出人体结构。

绘制草图的时候，虽然线条很潦草，但人物形象、人体结构、服装样式都要求精准，避免在后面描绘线稿时出现错误。

CG Step 05 将人物形象设计好后，添加服装。这里将服装设定为学院派服装，绘制的时候不仅要注意服装的样式，还要注意褶皱要随着身体结构的变化而变化。

CG Step 06 新建一个图层，并重命名为“线稿”。草图绘制好后，将草图图层的不透明度调小，然后选择深褐色来描绘皮肤的线条、深青色描绘头发的线条、暗蓝色描绘衣服的线条。

线稿完成图

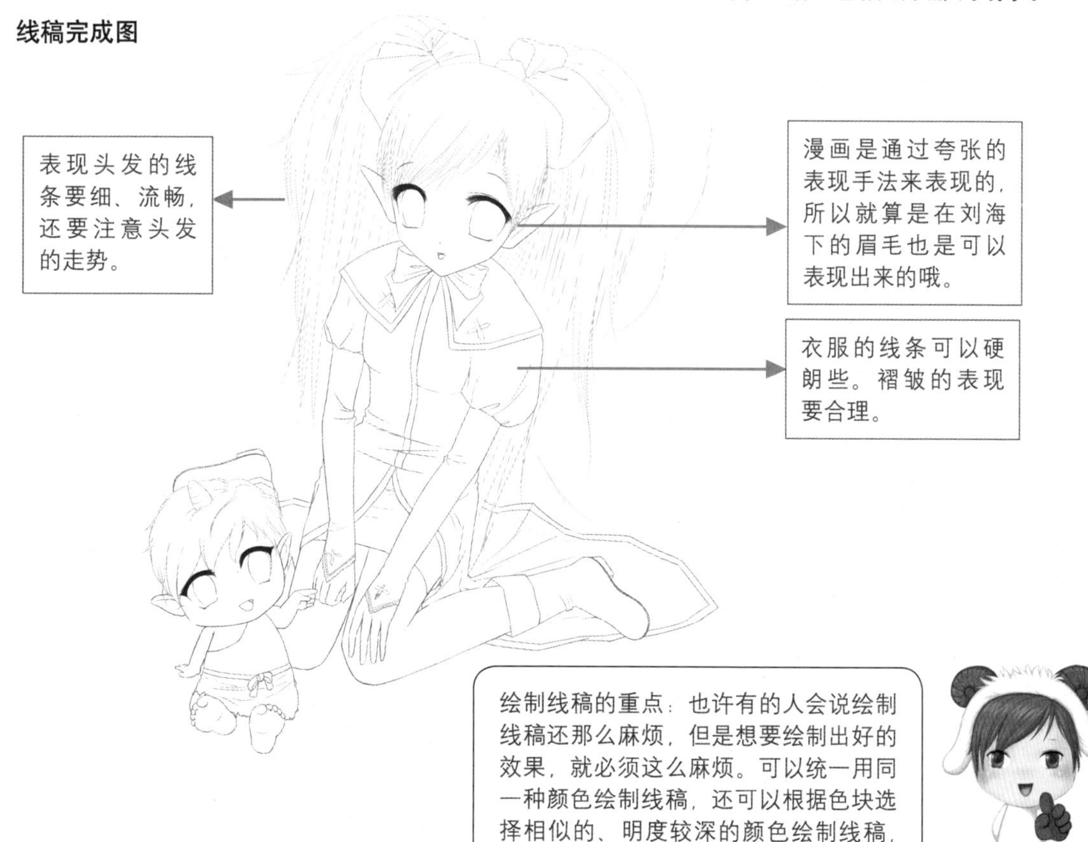

绘制线稿的重点：也许有的人会说绘制线稿还那么麻烦，但是想要绘制出好的效果，就必须这么麻烦。可以统一用同一种颜色绘制线稿，还可以根据色块选择相似的、明度较深的颜色绘制线稿，这样能让色块边缘看起来更加柔和。

5.2 皮肤的绘制

Step01 新建一个图层，并将图层重命名为“肌肤”

Step02 皮肤的颜色可以根据人物的性格来选择，如温柔型的可以选择浅肉色，运动型的可以选择麦色。这里选择肉色将皮肤的颜色均匀涂满。

Step03 选择比肉色明度低的颜色，根据人体结构绘制阴影，让人体的立体感增强。

Step04 按照上一步骤的方法绘制暗部，注意关节处的阴影、手和腿接触的地方等要明显些。最后选择桃红色绘制腮红。这样能让少女显得更加可爱、更加有活力。

CG Step 05 为了让人物的结构更加明显，也为了让人物看起来更加有朝气，所以在脸颊处、关节处等地方添加高光。从上图可以看出，人物的结构更加明显，人物也更加有活力了。

5.3 眼睛的绘制

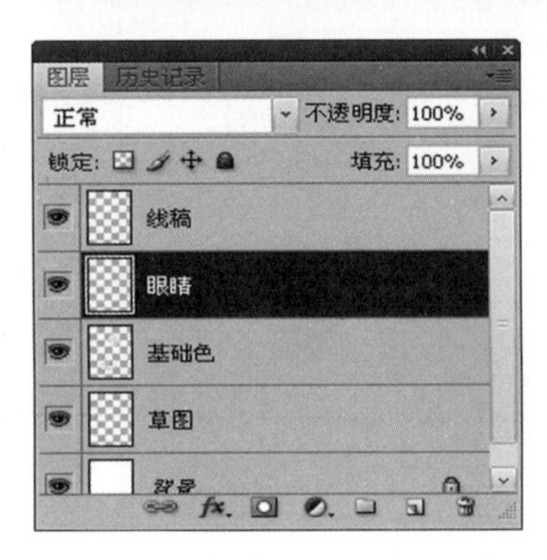

Step01 新建一个图层，并重命名为“眼睛”。

Step02 选择水蓝色绘制瞳孔的颜色。

Step03 选择蓝色绘制边缘模糊的阴影。

Step04 选择明度低些的蓝色，在瞳孔的边缘绘制瞳孔的眼神，让瞳孔的体积看起来更加明显。

Step05 继续加深瞳孔暗部的阴影，并在瞳孔下部绘制紫红色的反光，让瞳孔的阴影更加丰富。

Step06 添加高光，靠近光影的高光要画得明显些，反之就只需要绘制几个小反光点就可以。添加高光后，眼睛看起来更加有神了。

5.4 头发的绘制

Step01 新建一个图层，并重命名为“头发”。选择画笔工具，将“不透明度”设置为20%，选择浅青色，绘制头发的固体色，注意发梢色块的边缘可以有模糊的变化，让头发看起来更加飘逸。

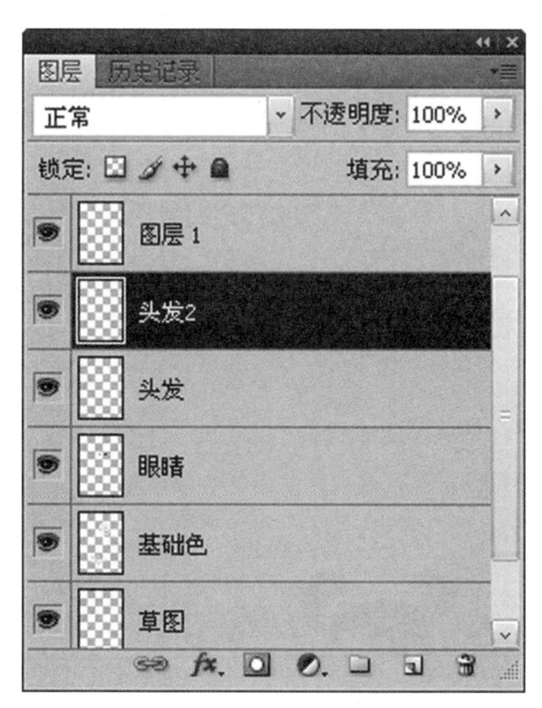

Step02 为了方便绘制，新建一个图层，并将图层重命名为“头发 2”。

Step03 选择青色绘制中间色的阴影，注意不仅要绘制出头发的体积感，还要绘制出一缕一缕发丝的感觉。

Step04 为了让中间色看起来不那么明显，可以大面地添加有模糊变化的阴影，让头发的体积感更加明显。

Step05 选择明度较低的青色，绘制头发的暗部，注意暗部不需要绘制太多，但要让头发的体积感和发丝的效果增强。

在头顶绘制弧形的高光，让头发看起来更加飘逸。

一缕一缕的发丝上添加少许高光，能让头发更加飘逸。

Step06 选择白色，然后绘制头顶的高光和发丝的高光。

在Photoshop中绘制头发，可以选择【钢笔】工具创建阴影选区，然后用小流量模糊变化的画笔，绘制有虚实变化的阴影，这样的绘制方法既干净，又很有效果。不管用什么方法来绘制，都要注意头发一定要绘制得飘逸。

5.5 衣服的绘制

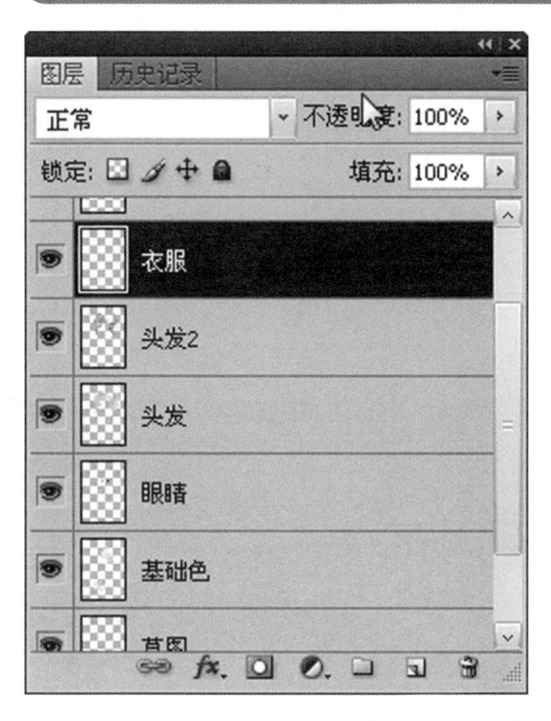

Step01 新建一个图层，并将图层重命名为“衣服”。

Step02 选择深蓝色，然后选择画笔工具，按照上图所示，均匀涂满颜色。

Step03 新建一个图层，并将图层重命名为“衣服1”，因为衣服为白色和深蓝色两种颜色，为了绘制阴影的时候更加方便，将图层混合模式设置为“正片叠底”。

Step04 然后绘制阴影，依次选择比固有色明度低的颜色，根据褶皱的变化绘制阴影。

Step05 按照上一步骤的方法，绘制衣服暗部的阴影。注意紧贴皮肤处的阴影要根据人体结构来绘制，如胸部的阴影要绘制出的胸部凸出感觉。

5.6 Q版人物的绘制

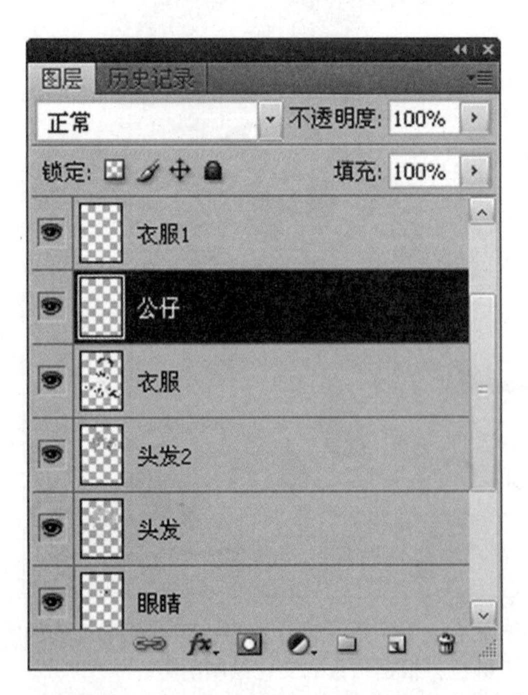

Step01 新建一个图层，并将图层重命名为“公仔”。

Step02 选择画笔工具，依次给皮肤、头发、衣服等绘制固体色。

Step03 新建一个图层，并将图层重命名为“公仔阴影”。公仔整体色相为黄褐色，所以为了绘制的方便，可以将图层混合模式设置为“正片叠底”。

Step04 选择画笔工具，选择“画笔”为“喷枪钢笔不透明描画”，并将“不透明度”设置为40%。选择比衣服固体色明度低的颜色，绘制衣服的阴影，注意褶皱的变化。

Step05 按照上一步骤的方法，绘制出皮肤、头发、眼睛的中间色。

Step06 再选择明度更低的颜色，绘制出皮肤、头发、眼睛的中间色。

CG Step 07 选择白色，给Q版人物的头发、眼睛和皮肤绘制高光，添加高光后的小人物显得更加可爱、更加活泼了。

Q版人物的结构比较简单，绘制阴影的时候可以绘制得简单些。

5.7 背景的绘制

Step01 选择渐变工具，绘制出上为水色下为天蓝色的渐变色。用绘图软件上色的优点除了修改、选色等方便外，还可以简单地绘制一些特效，如渐变色。

Step02 选择不同明度的黄色绘制地面，注意土地阴影不规则。然后再依次选择青色、绿色、黄绿色绘制远处的草色。

Step03 依次选择草绿色、浅绿色、黄绿色等绘制植物，远处的植物不需要刻画叶子，只要将整体效果绘制出来就可以了。

Step04 选择蓝绿色绘制更远处的植物，让远处的植物更加丰富，也增强画面的空间感。

Step05 绘制近些的植物，选择藤类的植物，选择深绿色绘制植物的暗部。

Step06 选择草绿色绘制植物的中间色，注意虚实的变化。

Step07 选择淡黄绿色绘制植物的亮部。在左上部没有添加植物，是为了让画面有呼吸的空间，太满的画会让画面显得很闷，添加植物后，画面的空间感增强。

Step08 为了让画面色彩更加丰富、让植物看起来不那么单调，选择紫红色绘制花朵。用点缀的方法绘制出花朵，绘制花朵先选择明度较低的颜色绘制固体色，然后再选择明度较高的颜色绘制出花朵的亮部。

完成图

背景的作用是用来衬托人物，人物的详细刻画和背景的大概刻画形成对比，这样的背景不仅能丰富画面，也能衬托人物。

绘制的方法多种多样，不同的表现手法绘制出不一样的感觉，只有多多练习，才能找到属于自己的画风。